# 灯火千千万

莲沐初光 著

中国文联出版社

图书在版编目（CIP）数据

灯火千千万 / 莲沐初光著． -- 北京：中国文联出版社，2024. 11. -- ISBN 978-7-5190-5607-0

Ⅰ．I247.5

中国国家版本馆 CIP 数据核字第 2024VP7784 号

著　　者　莲沐初光
责任编辑　王　萌　闫　洁
责任校对　秀点校对
装帧设计　中尚图

出版发行　中国文联出版社有限公司
社　　址　北京市朝阳区农展馆南里 10 号　　邮编　100125
电　　话　010-85923025（发行部）　　010-85923091（总编室）
经　　销　全国新华书店等
印　　刷　廊坊佰利得印刷有限公司

开　　本　710 毫米 ×1000 毫米　1/16
印　　张　14.75
字　　数　250 千字
版　　次　2024 年 11 月第 1 版第 1 次印刷
定　　价　58.00 元

版权所有·侵权必究
如有印装质量问题，请与本社发行部联系调换

# 目 录

第一章　29岁未断奶 …………………………………… 001
第二章　接盘侠的人生开端 …………………………… 018
第三章　爱情只会影响我赚钱 ………………………… 030
第四章　凭什么用流言否定我？ ……………………… 045
第五章　我讨厌亲密关系 ……………………………… 056
第六章　好像跟他命运绑定了 ………………………… 069
第七章　老妈到底出了什么事 ………………………… 080
第八章　年轻人就是虎 ………………………………… 091
第九章　可恶的男性凝视 ……………………………… 102
第十章　这房子居然跟他有关 ………………………… 113
第十一章　谁说婚纱不是寿衣呢？ …………………… 125
第十二章　史密斯夫妇 ………………………………… 137
第十三章　别扭的同居生活 …………………………… 149
第十四章　没有爱情，但有红本本 …………………… 159
第十五章　结婚的事露馅了 …………………………… 172
第十六章　闹到门口的家长里短 ……………………… 185
第十七章　最好的爱是手放开 ………………………… 198
第十八章　Suki公主 …………………………………… 209
第十九章　我们要站在阳光之下 ……………………… 220

# 第一章　29 岁未断奶

## 1

罗知南没想到,有一天自己成了八卦的主角。

周一上午,阳光明媚。罗知南端着马克杯,刚走进茶水间,就听到里面传来窃窃私语:"听说,她怀孕三个月了。"

"三个月,该显怀了。"

"她比较瘦吧,看不出来。哎,瞒得可真结实啊!"

"哇,难怪她最近在做母婴方向的智能家居呀!敢情这是有感而发?"

"哈哈,不管怎么说,她这次升副总监呀,是泡汤喽!"

幸灾乐祸的口吻,带着一丝柠檬酸。在公司,怀孕是一件微妙的事情。十月怀胎,六月休假,以及各种补助津贴,林林总总加起来的雪球,滚成了升迁路上的绊脚石。

罗知南忍不住同情起来,到底是谁这么惨,怀孕没瞒住?

下一秒钟,她就听到了自己的名字。

"也未必吧,领导一直看重她罗知南啊。"

"嘿,看重又怎么了?没结婚就有了……"

罗知南一愣,在茶水间门口僵住了。

她没想到,她一个从来没谈过恋爱的人,有一天也会成为八卦的主角,还是未婚先孕!

"孩子爸是谁啊?"

"小麻雀"们没有注意到她,还聚拢在咖啡机前叽叽喳喳。罗知南眼看这八卦越来越离谱,于是慢悠悠地说了一句:

"老娘腰围一尺八,哪个瞎子造黄谣?"

"小麻雀"们惊得一个咋呼,却没敢散开。

罗知南踩着高跟鞋,气场十足地走到咖啡机前,一通流畅的操作,咖啡的香气很快就飘散开来。

她扫了一眼三只"小麻雀",分别是销售部的小苏、艾艾,后勤部的星米。此时,三个女孩脸色煞白地低着头,想要溜走。

"站住。"罗知南冷冷地来了一句。

"小麻雀"们吓得赶紧道歉:"对不起!罗经理,对不起!"

罗知南端起咖啡,冷笑:"一句对不起就行了?自己去人事部交代吧!"

"别、别……罗经理,我们也是听小苏说的……"艾艾以为罗知南要她辞职,吓得舌头都打结了。

小苏更是吓得快哭了:"罗经理,我是听项目部的人说的,不关我的事。"

"项目部的谁?"

小苏哭丧着脸说:"是个男的,认不清,我刚进来两个月。"

星米实诚,问:"你刚才不是说,是何铭,何副总吗?"

"闭嘴……"小苏脸都绿了。

罗知南喝了一口咖啡,刚才喜怒不形于色,导致她忘了放糖。这会儿,咖啡的苦涩从口腔弥漫到喉咙,兜兜转转后直冲天灵盖,反而让她的记忆更加清晰——

上周,飓风公司安排员工体检。她也是一时脑抽,告诉医生自己例假两个月没来。医生告诉她,如果是第一次这样,很可能跟工作压力、生活习惯有关,慢慢调节就会好转。医生说完,就在电脑上一通操作,估计是将这一段给写进病历了。

后来,发放纸质版体检报告的时候,罗知南和何铭阴差阳错地拿错了报告,第二天才交换了回来。

何铭是分管技术和项目部门的副总,这职位比罗知南足足高了两级。这位大咖不至于那么低俗,偷看一个女人的体检报告吧?

但事实胜于雄辩,如果不是何铭传出这个谣言,那还能是谁呢?

罗知南在心里恼火的时候,星米已经哭了出来:"罗姐,我真的就是那么一听,我啥也没说,啥也不知道。"

"这会儿摘干净了?你刚才笑得比谁都起劲!"小苏不满地说。

"反正我以后再也不会偏听偏信了!"艾艾言下之意是,她并没有传播谣言,就是随便听听。

事情进入宫心计的扫尾阶段,罗知南也不想多计较,转身端着咖啡走出了茶水间。敌人的水平决定着你的档次,"小麻雀"们太嫩,和她们计较,难免让人觉得自己胜之不武。

只是当部门总监张恒找她谈话的时候,她彻底不淡定了。

张恒将她喊到办公室,单刀直入地问:"听说你怀孕了?"

"没有。"罗知南斩钉截铁地说,"谁造的谣?"

张恒笑了笑说:"公司里都这么说,没有就好,不过如果你将来有这类的打算，及时告诉我。咱们部门关爱员工，都可以分担工作重任嘛。当然，你马上要提副总监的职位了，不会被这种事影响的，你放心！"

罗知南太熟悉这种笑容了。

生育就是一道分水岭。入职两年以来，罗知南亲眼看到过许多怀孕的女同事也面对过这种笑容。起初，她们都受到额外的优待。后来，她们就在这个职场上默默地平淡下去，甚至消失。

"计划赶不上变化，没想过，我现在都没男朋友呢。"罗知南故意开玩笑地说，"张总，说实话，我从小就是母胎单身，天生寡王。"

张恒"扑哧"一笑："你这么优秀还寡王？谁信啊？"

"智者不入爱河，寡王一路硕博，要不然我这个学历是怎么读下来的？"罗知南摇头叹息。

张恒还是半信半疑，但也没再说什么。

也难怪张恒会质疑，罗知南是个天生的美人坯子，唇红齿白，标准的高颅顶和头包脸，浓密的黑色秀发垂下来是风情，挽起来是意趣。这样的美人，不可能没男人追求。

其实，罗知南还有后半段没说，往事不堪回首，她不仅没人追求，而且还被人避之不及。

## 2

罗知南盘算了一上午，她要怎么敲打敲打何铭，又不至于得罪他。没想到，何铭倒是自己送上门了。

午后，助理姜媛匆匆走进来："罗姐，项目部那边丢了一份策划案，看监控说是保洁当垃圾收走了，整理到咱们部门的杂物间了。"

"需要钥匙？"罗知南从抽屉里拿出一把钥匙。不少同事都有杂物间的钥匙，只是这会儿午休，许多同事不在。

姜媛说："何副总亲自过来找了，我带他去。"

"何副总，何铭？"罗知南愣了愣。

"是他。"

罗知南霍然起身："我带他去。"

解铃还须系铃人，眼下就是一个大好的机会，她一定要让何铭向自己道歉。

五分钟后，罗知南牢牢看向眼前的男人。

以前只是点头之交，头脑里没有深刻印象，如今面对面观察，她才发现何铭长得还算人模人样。他穿着低调的黑色衬衫和西装裤，头发一丝不苟地趴着，一副金丝眼镜倒是添了几分禁欲系的美感。真难以想象，那些不堪的谣言竟然是从他嘴里说出来的。

"何副总，听说你们丢了重要的文件？"

"是。"

"怎么丢的？也太不小心了吧？"罗知南故意问。

她扭头，果然看到何铭脸色微变，笑了笑："你别误会，我就是问问怎么丢的，也好加强我们自己的工作，有则改之，无则加勉。"

何铭淡淡地说："跟甲方开会时的纸质版记录，不小心碰掉在地上，被保洁以为是废纸，才闹了这么一出。"

"谁碰掉的，是何副总吗？"

何铭听出她语气中的嘲讽，微微皱眉："不是我。"

"不是你就好！说起来，文件是要保管好的！比如上周吧，咱俩的体检报告给发错了，报告上写我有一点小毛病。结果从那以后，公司里就有了我的传言，真是让人无语。"罗知南冷笑。

何铭一愣："什么传言？你怀疑我给你造谣？"

"没有啊，不过体检报告都是保密的，我的纸质版报告呢，也只有何副总您拿到过。"罗知南笑容里带着锐利。

何铭蹙眉更深："不是我，我也没看。"

罗知南也无意深究，冷笑着说："我也没说是你，只是提醒我自己，以后要好好保管文件。"

没想到，何铭却认了真："罗经理，真的不是我，你要是不信，我也没办法。或者，你说一个解决办法？"

罗知南暗自咬牙，这人居然耍赖？官大一级压死人，他足足高了自己两个级别，她还能提出什么办法？

"我信何副总。"罗知南露出公式化的微笑。

说话间，杂物间到了。罗知南用钥匙打开门，何铭紧跟其后。杂物间里是一排排的置物架，上面堆满了乱七八糟的陈年报纸，失效文件，还有打算报废的电脑等办公用品。

何铭在置物架上翻找起来，罗知南一边四处观望，一边往里走："东西太多了，我看还是让保洁来一趟……"

她一边说，一边往里走。走到最里面的置物架后，她猛然看到架子旁坐着一个人，差点尖叫起来！

那人是会计李珊，此时她居然脱了上衣，正在用泵奶器泵奶，雪白的乳房裸露在空气中。李珊三个月前刚生了个女儿，按理说产假是五个月，但李珊担心脱离岗位太久会被人顶了，刚三个月就来上班，做起了背奶妈妈。见有人进来，李珊赶紧去够搭在椅背上的上衣，胡乱地穿起来。

罗知南脑中急念飞转，一扭头看见何铭往这边走来，赶紧拦住："别，别来这边！"

"外面没有，我进去找找。"何铭不由分说地往里走。罗知南情急之下去拉他，何铭一个趔趄，撞在置物架上。只听"哗啦"一声，上面掉下来一叠旧报纸，砸了何铭满头满脸。

何铭咳嗽着往前迈步，恰好走到李珊身前。李珊刚刚套上衣服，见状尖叫一声："啊！"

何铭震惊，赶紧回过身。李珊一哆嗦，碰翻了刚刚装满的两瓶奶，奶液顿时流了满地。

罗知南气得恶狠狠地瞪着他："让你别往里去了，你怎么还往里走啊？"

"你呢？你不说清楚……"何铭也是一股急火，吼了两句，脸颊不争气地红了。

说话间，李珊已经收拾好了泵奶器和瓶子，低声说："你们别吵了，是我不对，我道歉。"

她的眼圈红了。

"等会儿这里我来收拾，给你们添麻烦了。"李珊说完，低着头弯着腰离开，背影充满了卑微。

气氛令人窒息。

罗知南入职七年，经历过许许多多的尴尬场面，但都比不过此刻。她看着李珊关上门，才问何铭："你刚才看见没？"

何铭表情僵了："看见什么？"

"说实话。"

何铭烦躁地两手叉在后腰，认真地看着罗知南："我看没看见，有什么区别吗？"

"如果你看见了，就要去道歉。如果你没看见……"罗知南看着满地的奶液，"就算了。"

何铭闭上眼睛，深呼吸一口气，才说："你懂事吗？且不说我没看见，就算我看见了，也要装作没看见！"

好像有几分道理。

罗知南点头。

"你去安慰她，我继续找文件。"何铭弯下腰翻找。罗知南走到门口，看到门后的箱子里露出一个蓝色塑料文件夹的边角，文件夹的脊梁上有"项目部"三个字。她抽出来一看，正是何铭口中所说，那本丢失的会议记录。

罗知南翻看起来，这是项目部为一个大型产业园做的智能生产和办公设备的规划项目书，里面记录了密密麻麻的数据和手绘设计图。

何铭抬头看见，忙走过来："找到了？"

罗知南将项目书递到他手里，冷冷地问："能提个意见吗？"

"你是外行，不过我还是愿意洗耳恭听。"

"建议做这种规划的时候呢，增加一个母乳室！喂奶不一定只喂五个月，还有很多背奶妈妈，挤了奶就要让跑腿外卖员送回家给孩子喝。如果她们只能在这样的地方……我觉得很不尊重职场女性。"罗知南比画了一下杂物间，"这样，才能体现出一个科技发达时代，应该匹配上的文明水平。"

罗知南一口气说完，心里很爽。

何铭眸光深深，将她手里的文件夹抽走，扔下三个字："受教了。"

随着杂物间的门被关上，罗知南舒了一口气。

她还是把人给得罪了。

## 3

下午，罗知南特意去了一趟会计室。李珊正在整理桌面，见她进来立即打招呼："罗经理。"

"你还好吧？杂物间的地我自己拖干净了，你不用去了。"罗知南见会计室只有她一个人，扶着李珊的手坐下来。

李珊摇了摇："谢谢，这件事是我做得不对，我没有考虑到公司。"

"这怎么能是你的错呢？"罗知南吃惊，"你本来就要休产假的，孩子要吃奶，你这样多辛苦啊！"

李珊的笑容有些憔悴："咱们公司每年进那么多人，你说我在家怎么待得住啊！还不如早些来上班，安心！"

"再熬熬，6个月就不喂了。"罗知南拍了拍李珊的后背。

李珊无奈地说："当初我也是这样想的，可是孩子生下来之后，我婆婆非要我喂到10个月，说是那样对孩子的免疫力有好处。罗经理，我以后可能还是要去杂物间，那里有电插头，我能接泵奶器。"

罗知南看着李珊，心头涌上一股苦涩。她就这样忍了？

"我知道你在想什么，按我以前的脾气，我不会这样付出，但这不是为了孩子嘛。"李珊摇头，"老人也是在家里忙里忙外地照顾孩子，就这点让孩子多吃几天奶的念想，你说我能拒绝吗？"

罗知南微微叹了口气。她也不想李珊去杂物间，但眼下好像真的没有太好的办法。

走出会计室，罗知南心头沉重。李珊仿佛是她的一个未来，如果罗知南结婚生子的话。

她，绝不！

罗知南望向走廊尽头的玻璃窗外，高楼大厦在阳光的照耀下闪闪发光——这里是科技产业的聚集地，无数人的命运将从这里崛起，也勾起她的野心，直冲云霄。

如果今年业绩不错，她就能从高级经理升职到副总监。过几年资历老了，再做上几个大项目后，副上转正，她可以坐上投融资部门的第一把交椅——部门总监。再往上就是执行总裁，一人之下万人之上的地位，这个位子她就不敢去想了，那不是努力可以赢来的。

但是，这条路上如果出现了竞争者，她可能在一个职位上蹉跎个七八年都不止。平时打个瞌睡都可能飞进来一只苍蝇，更何况怀孕生子，那是多难挨的夜长梦多，真是耽误不起。

她不要成为李珊，她只能是罗知南。

"所以，我才不会结婚怀孕。"罗知南望着外面的日光，在心里默念。

话音刚落，手机忽然同时跳出两条微信消息。

第一条：今晚6点，在销售部的牵头下，罗知南要代表投融资部参加一个招投资的饭局。

第二条：蒋红梅女士发话，让罗知南在晚上7点之前回家！

罗知南倒抽一口冷气，立即打电话："妈，晚上我有个工作上的饭局，估计不能赶在7点之前。"

手机那边沉默了两秒钟，蒋红梅才问："那你要几点回家？"

"9点半吧。"

"这个时间公交车和地铁，都没什么人了！走夜路不安全啊！"

"我打车回家。"

"网约车司机谋害乘客的社会新闻有多少起，你不知道吗？"

罗知南无语，提出一个建议："那你让我买一台车，我驾照拿两年了。"

"不行！"

"那没办法了，这不行那不行，我是要工作的。"罗知南说。

蒋红梅这次沉默了三秒钟，才说："那行，你9点半准时到家。"

电话断了。

这就是罗知南的母亲，蒋红梅女士，一位超级没有安全感的妇人。她像一个暴君，给罗知南设下了最严格的宵禁。只要罗知南超过晚上9点没回家，蒋红梅就会疯狂地拨打她的电话，确定她的人身安全。如果罗知南不接电话，蒋红梅就会在脑海里写小作文，幻想罗知南遇到了歹徒。最严重的一次，蒋红梅拨打了110报警，直接导致罗知南去派出所做笔录。

罗知南忍不住苦恼，为什么蒋红梅女士就不肯对她放松一些呢？

其实，罗知南之所以这么拼命工作，是想要买一套房子。这个空间里，没有蒋红梅女士。她可以在这个房子里想哭就哭，想笑就笑，不用管任何人的脸色，也没有任何人来干涉她。

念头刚落，罗知南又收到了蒋红梅的微信："晚上都有谁参加？有女同事跟着你一起吗？"

在蒋红梅眼里，男人都是潜在的危险因素。

罗知南想了想，晚上的饭局还真的就她一个女人。但是她为了息事宁人，还是给蒋红梅回复："有四五个女同事呢，放心，没事的。"

发完微信，她松了一口气，回头看了一眼会计工作室。

何止李珊的孩子10个月不断奶，她罗知南活了29年，还不是也没断奶。

谁都想不到，雷厉风行、精明干练的罗知南，其实是一个妈宝女。

## 4

七男一女的饭局，还是让罗知南有些尴尬。

资方代表之一姓张，是个50岁上下的男人，挺着啤酒肚。罗知南和同事很想让他答应投资飓风公司的一条生产线，但这个张总却总是满嘴侃大山，根本不肯正面答应。

他眼睛只顾在罗知南身上来回打转，感慨："现在天下都是你们这些年轻人的了。"

罗知南说："'莫道桑榆晚，为霞尚满天。'张总，您的能力和经验是我们这些后辈比不上的。"

张总喜笑颜开，拍着罗知南的肩膀说："小罗嘴巴真甜，还出口成章。"

罗知南见识过不少职场性骚扰，早有一套保护策略。她立即起身给张总倒酒，张总只能不情愿地收回那只咸猪手。

酒杯满了，张总却冷不丁地又问："小罗没结婚吧？"

"平时忙事业，结婚靠边站了。"

"也没什么同居的男朋友？"张总语气里色眯眯的。

罗知南忍住不快，爽快答："没！工作忙，没机会。"

"我看了你们智能家居里，其中一个'母婴照顾，解放女性'的细化方向，我觉得非常好，非常有胆识！"张总打着饱嗝儿说，"但是我也疑惑，小罗你都未婚未育，你能做好这个方向的产品吗？"

罗知南想说："没结婚咋了？你这是用刻板印象来PUA我们，没结婚就不能做好母婴方向的科技产品了？"

但是她还是维持着面上的和平，温柔地承诺："能！技术层面由技术人员解决，我们飓风是业内有口皆碑的科技公司，张总您尽管放心。"

销售部是四个年轻人，赶紧解释起一大堆专业名词来。张总大手一挥，打断几人谈话："别说虚的，我就是想知道，你们技术上的亮点在哪里？我就要简单明了地知道！"

罗知南忍不住郁闷，但还是耐心地和张总解释。张总却再次将话题绕回原地："小罗啊，我觉得你应该去谈个恋爱，结个婚，也许你真的能把这条线给做好了！真的！"

罗知南在心里暗骂张总，面上还维持着笑容。就在这时，包厢的门开了，何铭走了进来。

他应该是刚加完班，脖子上的工牌还没摘掉。不过他的表情还是那样自得，没有任何匆匆之色，走到饭桌前打了招呼。

"张总，李总，莫总，我是项目部的何铭，抱歉来晚了，我先自罚一杯。"何铭仰脖喝了一口酒。

罗知南跟何铭目光相交，又快速挪开。说不尴尬是违心的，两人白天刚夹枪带棒地说了一通，晚上居然还要凑在一起觥筹交错。

"何总，你来得正好。"张总招呼何铭，"小罗没结婚，这一桌子都是单身狗，你说你们做智能家居能做好吗？"

何铭微微一笑："张总，确切地来说，我们的'智能家居'只是其中一个很小的概念组件，往大了说，我们打的是'智慧生活'这张牌，不仅仅是家居，而且还扩展到工作场景、大型工厂。这么算下来，利润丰厚啊！小七，给张总看看预估的利润表。"

小七赶紧从包里翻出一张表格递过去。何铭拿到张总面前："张总，哪里看不懂，我跟您解释。"

张总和其他几个资方代表看着表格，交头接耳一番，才算是有了初步的投资意向。罗知南松了口气，张总点头，这顿饭总算没有白吃。

饭局中途，罗知南上洗手间，出来后正碰上何铭。他一身淡淡的烟味，应该是刚抽烟回来。

罗知南简单点头，算作打招呼，没想到何铭却先发制人："咱们生产线的亮点那么多，你们怎么会让张总注意到'母婴'那个概念的？"

"有什么问题吗？"罗知南反问。

何铭似笑非笑地看着她："'智能家居'，利润太薄！用于母婴方面的智能家居，更薄！你想想一个客户在家庭装修上能花几个钱？其实张总的想法很简单，就是要看到我们的利润潜力。"

罗知南最受不了的是这种傲慢的、自以为是的口气。

十个投资人，十个都在乎利润，这道理她明白。问题是，是张总自己揪着这个小概念不放，借机骚扰她。

她忍不住反驳："可是社会需要这方面的智能家居啊，能看顾孩子和产妇，能让一个家庭节省多少劳动力？女性的生育权益不应该被保护吗？"

"我在跟你讨论经济价值。"

罗知南自嘲："是，何副总您说得对，我自认有几分情怀，所以经常吃亏，算不好经济账。不过，母婴智能家居只是其中一个小概念，资方揪着这一点来回地问，我也是没办法呀。说起来，今天要不是有何副总您，这一单投资可能还真的拿不下来。"

这一番正话反说，何铭自然能听出其中不服气的意思。

见他脸色不好看，罗知南也无意和他硬杠："下次我们不会再给这样的空子了，母婴智能家居这个概念，从一开始就要删掉。除了利润，其他的都不重要，对吧？"

除了利润，其他的都不重要。

也许何铭想起了白天杂物间里的李珊，表情有些难堪。罗知南一边觉得解气，一边又暗自安慰自己，何铭在的项目部，和她的投融资部门是平行的，他不是她的上级直接领导，所以她没必要供着他。

"我没有单独邀功的意思，这单投资是大家一起拿下来的，明天张总那边签了合同，功劳大家分。"何铭说。

罗知南自然要客气几句，打打虚与委蛇的那一套。两人又说了两句，包厢的门被打开了，张总和其他资方起身收拾东西，看起来要散席。

两人忙走回包厢。

张总见了罗知南，热情地抓住她的手："小罗，今天这顿饭让大家都很有收获，我们接下来去附近的K厅，庆祝一下！"

"张总，时候不早了，咱们可以改日。要不，你们去！"罗知南想起蒋红梅的宵禁制度，有些为难。

张总不满地摇头："小罗，你不去，就是不给我面子。"

其他人也跟着起哄："罗经理，别扫兴啊。"

"夜生活刚开始，你们年轻人还比不过我们老辈的？"

"你不去，当心老张明天不签字啊！哈哈，我开玩笑的，老张，你不会吧？"

罗知南没办法了，有人说中了要害——张总有签字权，她只能答应去唱歌。

此时，她的手机再次震动起来，不用看，她也知道是蒋红梅女士催她回家，因为已经九点半了。

她只能狠心不理。

## 5

KTV包厢，一群人借着酒劲现了原形，对着麦克风狂呼乱叫。

罗知南唱了两首歌，手机也差点被蒋红梅给打没电。她瞅空子从包厢出来，给蒋红梅回电话："妈，我这边谈合作正谈到关键呢！"

"什么合作要晚上十点谈！"蒋红梅那边火气十足，"正经人哪里有晚上谈生意的啊？啊？！"

罗知南的耳膜都要被震碎了，她只能小声地说："几十亿元的投资，你以为就那么简单的？"

"几十亿元，又没进你口袋！你拼个什么劲？这钱谁想拿谁去谈！你给我回家，回家！"蒋红梅不依不饶。

罗知南"啊"了一声："没电了！"然后，她强行关机。

眼看说不通，那就干脆都闭嘴，这是罗知南一贯的应对法则。

罗知南回到包厢，断断续续唱了三四首歌，气氛渐浓，张总更不老实了。他干脆坐过来搂住她的肩膀，嘴巴往她耳边凑："小罗，你酒量怎么样啊？"

"酒量不行，让张总见笑了。"罗知南回答，同时躲开了张总嘴巴里呼出的热气。

"得练，得练！"张总摸起罗知南的后背，来来回回地转圈。罗知南恶心反胃，但想起他的签字权，还是选择了忍耐。这个包厢的人那么多，她做任何程度的反抗，都会被认定为打张总的脸。

其他男同事见怪不怪，似乎对这种事已经习以为常，除了何铭。他站在角落里，微微皱眉。

张总招呼何铭："何总，来来，小罗说她不会喝酒，是真的吗？"

"没有，罗经理是海量。"何铭笑了笑，拿着酒瓶说。

"小罗，你骗我！今天你必须喝到位，不醉不归！"张总来劲了，招呼着侍应生拿酒，兴奋得两眼冒光。

"我哪有……"罗知南以为何铭在报复她，气愤地反驳。但她很快就看到，何铭看着她的眸光深邃，似乎在提示着什么，顿时明白过来。

原来如此！

"小罗，刚才饭桌上放不开，没喝到位，现在补上，补上！"张总激动得手都哆嗦了。

罗知南故作为难，扭扭捏捏地应承着。何铭弯下腰开酒。他的手很利索，拿着扳手，快速地开完了一箱子啤酒。

"小罗，喝！不喝就是不给我面子！"张总拿起一瓶啤酒说，已经准备好了逼良为娼的架势。

罗知南忽然一反常态，拿起一瓶啤酒："张总，您是个爽快人，我今天舍命陪君子，报答您的知遇之恩！"

说完，她一股脑儿"咕嘟咕嘟"地喝完一瓶啤酒，然后捞起另外两瓶啤酒，同时往嘴里倒！

其他人本来在唱歌，看到罗知南疯狂的模样都惊呆了。张总眨巴着眼睛，手足无措地劝道："小罗，你别喝太猛了……"

"哇！"的一声，罗知南吐了出来。她整个人扑倒在桌子上，桌子上的瓶瓶罐罐摔了一地。

"罗经理！"

"小罗！"

众人赶紧去扶罗知南，罗知南一抹嘴巴，又操起一瓶啤酒："我还能喝，得感谢张总是不是……"

何铭不动声色地截过她手中的酒瓶："你喝太猛了，酒劲容易上来，看看，失态了吧？"

罗知南也不搭话，顺势软趴趴地靠在他身上，时不时地打着酒嗝儿。

"张总，不好意思，罗经理醉了，我把她送回去，失陪。"说着，他看向其他同事，"你们几个陪好几位领导，尽管吃，尽管玩，记得最后签单。"

张总不死心地站起身，伸出双手："小罗，你没事吧？要不我开车送你回去……"

"我顺路的，张总，您今天一定要尽兴。"何铭扔下一句话，将罗知南搀扶着带出了包厢。罗知南步履蹒跚，看上去真的喝醉了。

只是出了包厢，刚走了几步，罗知南忽然睁开眼睛，大梦初醒拍了拍湿透的黑裙子："晦气！真晦气！"

何铭乜斜她一眼："咱们还没走远，你演戏演全套。"

罗知南说："再演我就吐了。"

方才她看到何铭的暗示，忽然福至心灵，干脆破罐子破摔，用这一招躲开张总的性骚扰。不然等她和同事真的喝醉了，谁知道张总会干出什么龌龊事情？

两人走到K厅外的停车场，被夜风一吹，酒劲全上来了。

喝了酒，最怕吹风，容易醉到断片。

"以后，如果你不想这么恶心，那么……"何铭刚开口，立即就被罗知南打断："行了，你想说如果我不想这么恶心，以后要学会保护好自己，对吧？怎么保护？是领口开到下巴，还是裙子拖到脚踝？总而言之，解决办法就给女人套上贞洁带，而不是督促男人守礼守法！最可笑的是如果我今天闹起来，那在众人口中就是我作，我不懂事，我给公司添麻烦，真正欺负我的那个男人却隐身了。"

户外停车场，何铭站在光影交错间，静静地看着罗知南，没有打断，也没有提出质疑。

等她说完，他微微一笑："你醉了，我只是想说，如果你不想这么恶心，就给我打电话。"

罗知南摇头冷笑。

"怎么？觉得咱俩今天有梁子，不信任我？"何铭打开车门，手肘靠在车门上，斜着眼看她，"我和其他人不同，我见不得这种事，如果有人欺负女人，我是一定会出手的。"

罗知南头昏脑涨，打了个酒嗝，说："我知道现在呢，我应该高情商地欣然接受，这样会让你感觉自己像个勇敢的骑士。但很抱歉，任何人，都不能指望另一个人。我很感谢何总,不过我……还是慢慢变强比较靠谱。"

"你这样说,觉得自己很帅吗?"

"当然。"

何铭识趣地点了点头,坐进了驾驶座。

另一边,罗知南使劲拉车门,无奈手上没劲,怎么都拉不开。何铭从车里给她开车门,罗知南才坐进副驾驶。

"你刚才还说你不指望另一个人,现在还不是要指望我给你开门?"何铭故意讽刺她。

罗知南拍了拍脑门,那里灼热滚烫,酒劲彻底上来了。她也不想跟何铭多说,而是从包里掏出手机,颤巍巍地开了机。她关机半个多小时了,还不知道蒋红梅要怎么崩溃呢。

"系安全带。"何铭提醒罗知南。

罗知南扭头去找安全带,手却不听使唤。何铭倾了身子,伸手拉过安全带,"咔嗒"一声给她扣上。罗知南只觉得距离猛然拉近,他身上的古龙香水味混杂着淡淡酒味,扑了她满头满脸,莫名其妙地,脸就更红了。

她刚想说谢谢,就听到车外炸起蒋红梅的声音:"你干什么?流氓!"

这一声炸喝,让罗知南彻底酒醒了。

她目瞪口呆地望着车外,发现蒋红梅正怒目瞪着何铭,车灯将她的脸照得雪亮惨白,犹如暗夜里突然闯出的一只魅。

"妈,你怎么找来的?"罗知南震惊。

蒋红梅一把拉开车门,拽罗知南:"我不找来,你今天就被这个流氓给带走了!他趁你喝醉,想占你便宜!"

她指着何铭的鼻子,痛斥:"今天必须去派出所,走!"

何铭坐在车里,估计也蒙了,看着蒋红梅半天没说话。

"不是,妈,他刚才是帮我系安全带,没有其他意图。"罗知南一边解释,一边解开安全带。

蒋红梅问:"你不是说有其他女同事吗?怎么坐他车里了?"

"她……她提前走了。"罗知南只能撒谎,"他和我顺路,所以送我回家,我们刚结束一个工作饭局。"

"走了?她怎么能抛下你提前走了呢?"蒋红梅咬牙,"还有,你看看几点了,有这么压榨员工的吗?"

"阿姨,"何铭突然开口,"我也是被压榨的员工,所以你的疑问,我可以明天反映给人事部。"

罗知南听到"人事部"三个字，头都炸了。她认真地看何铭："你开玩笑的是吧？"

"不是，我明天真的会跟人事部反映。"

罗知南气恼地捋了下头发，压抑着性子说："何铭，你先回去，刚才的事就当没发生，也别去人事部提这一茬了，行不行？"

何铭微微一笑："为什么不呢？我今天可是被人冤枉两次呀！一次被误认为是大嘴巴，一次被人说是流氓。"

他这是反应过来，借机报复了。罗知南看着他那张脸，只觉得一肚子暗火无处发泄，忍了忍，最后她说："冒犯到你了，我道歉。"

何铭还想说什么，蒋红梅却认真地打量着他，忽然换了一种语气："闹了半天，你是他同事呀？你什么学校毕业的？看着还挺年轻，没结婚呢吧？"

罗知南鸡皮疙瘩都起来了，蒋红梅女士瞬间又进入了相亲包打听模式。她将蒋红梅拉开，低声说："妈，你干吗？这是人家的隐私！"

"如果他是个正派人的话，那我向他道歉，我看着他还不错。"蒋红梅低声说。

罗知南拍了拍脑门，让自己冷静下来："两分钟之前你还骂他是流氓，现在看着他不错？"

"对啊。"蒋红梅丝毫不觉得自己哪里有问题。

罗知南将车门关好，趴在半开的车窗对何铭说："何总，你先回去，我跟我妈打车回家。"

"我开车送你们也可以的。"何铭脸上露出一种奇异的笑容，"而且我觉得阿姨对我挺好奇的，路上正好可以深入了解。"

罗知南"呵呵"冷笑："何总，对不起，您先开车走。"

何铭见她态度认真起来，也就不再开玩笑，发动汽车，开出了停车场。蒋红梅惊讶地跟着车子走了两步："哎，怎么说走就走了？刚才还说他人不错呢！我还想多跟他聊会儿。"

"妈，你别添乱了，这是我工作上的事，你能不能尊重我，别整天跟踪我？"罗知南忍无可忍，终于发火了。

蒋红梅气得指着她的鼻子，数落起来："我还不是担心你！儿行千里母担忧，你十点多还不到家，我心里跟长了草一样！你还关机，关机！"

就在蒋红梅数落的时候，罗知南用手机喊到了网约车。2分钟后，网约车到了，罗知南拉开后座车门上了车，然后叫蒋红梅："走，上车啊！"

"都跟你说了多少遍，不能喊网约车！网上联系的，谁知道是什么坏人啊！"蒋红梅还在气头上，仔细观察司机，"你的身份证能出示一下吗？"

网约车司机哭笑不得："大姐，你可以拍车牌号，随便拍！"他扭头看着罗知南，"我要是坏人，你就软件报警，随便！"

"对不起，对不起！"罗知南将蒋红梅拉进车里，催促司机，"现在可以开了，师傅。"

司机翻了个白眼，一踩油门……

终于到家了，罗知南和蒋红梅下了车，看到罗爸守在胡同口，正焦急地张望。她忙上前："爸，你在这儿等我们吗？"

"可算是回来了，你妈在家里急得不行，从你手机里听出来有KTV的声音，就让我搜饭店附近的KTV地址。"罗爸看到罗知南身后的蒋红梅，"她找到你了？那我就放心了。"

蒋红梅一看到罗爸，就吐槽起来："我告诉你啊，小南居然又不听我的，喊网约车……"

罗知南反驳："你去KTV找我，去的路上不也是打车吗？怎么你打车就是安全的，我就是危险的？"

"我是在路边拦的出租，你是网上约的车，这就是不一样！"蒋红梅一口咬定。

夜色里，罗知南看着母亲，只觉得那是一座大山，她永远辩不过，攀不高。再想到今天发生的一切，上午被人造谣，晚上被人占便宜，罗知南忽然悲从中来，眼泪哗哗落了下来。

"小南哭了……你整天跟孩子吵个什么劲！"罗爸赶紧安抚罗知南，将她往家的方向领。蒋红梅一边跟着走，一边说："还不是因为咱们这个胡同太深了，女孩子走夜路不安全？老罗，要是你有本事，买那种商业小区，四面八方都是邻居，我何至于整天担心？"

罗知南说："去年看过一个楼盘，是你说附近鱼龙混杂，什么人都有，非不让买！怎么这会儿这种商业小区又是安全的了？"

"那商业小区楼下就是菜市场，进进出出谁知道什么人，买小区当然要买安全的了！"蒋红梅说。

眼看两人又要吵起来，老罗低吼："别说了！"

这三个字算是起到了短暂的效果，一直到家门口，罗知南都没有再说一句话。等蒋红梅洗漱完睡下，老罗才端着一杯热牛奶，敲开了罗知南的房门。

"小南,别跟你妈一般见识。"

罗知南接过牛奶,失魂地摇头:"爸,你和妈能不能就当没生过我这个孩子?"

"你说什么傻话呢?"老罗震惊。

罗知南颓然说:"我现在是大人了,求求你们不要再把我当小孩子了。我如果加班晚了,我妈就冲到我公司,到我领导面前说情,让我提前回家。你知道这事有多可笑吗?还有,我读书的时候,我妈把我所有的男同学都看成洪水猛兽,谁接近我,她就找谁谈话,结果呢?她现在天天催我结婚!我跟谁结,谁敢理我,我敢跟谁谈恋爱?"

罗爸听了,默默无言了半晌,才说:"你妈以前不是这样的,还是因为那件事,打击太大了。"

他垂下眼皮,转身走出了罗知南的房间。罗知南眼角湿润了,这一刻她是真的觉得爸爸老了。

## 第二章　接盘侠的人生开端

**1**

罗爸说的"那件事",罗知南是在7岁的时候知道的。

7岁那年,罗知南读小学一年级。有一天,她背着书包走出校门,拐过布满树荫的街道,进入一条巷子。

巷子的水泥板裂了一块,两根钢筋从裂口处无力地伸出。这是个不起眼的坑,只要奋力一迈就能迈过去,但对罗知南来说,这很危险。

罗知南站在坑边,踟蹰不前。

一个小男生咧开刚掉了门牙的嘴巴,怂恿罗知南:"你跳过来啊,这么点坑你都不敢,你个胆小鬼!"

水泥板侧边的土路,喝饱了雨水,变得一片泥泞。罗知南低头看了看自己崭新的红色漆皮皮鞋,十分为难。从侧边过去,这皮鞋下午就别想穿了。

"跳啊,跳过来啊!"小男生还在怂恿。

罗知南后退一步,微微弓腰,后小腿绷紧,打算越过那个坑。就在这时,蒋红梅从远处跑来,疯狂大喊:"不要跳!南南,别跳!"

"妈……"罗知南不知所措。

小男生不以为然,哈哈大笑:"这么点小坑,你还害怕呀?"

罗知南脸上烧红,毅然蹬起小腿,跳过了坑。就在她落地的同时,蒋红梅翻了个白眼,晕倒了。

"妈!"罗知南惊叫,扑了过去。蒋红梅很安静地瘫在地上,像是死过去一般,脸色煞白得没有一丝血色。

她只是迈了一个小坑,为什么蒋红梅反应这么大?

一小时后,罗知南低着头坐在房间里,蒋红梅已经从社区卫生所里被抬了回来,躺在床上休息,那脸色总算是好多了。

屋子里塞了许多人,都围着叹气:"以后可别让她受刺激了啊。"

"命苦啊,大儿子失踪之后,就各种心疼小女儿,生怕再出意外。"

"孩子毕竟上小学了,7岁还迈不过一个小坑?红梅是不是太在意了?"

"谁让红梅疼孩子呢,她不想重复第一个孩子的悲剧吧。"

罗爸走过来，抱着罗知南："南南，你现在是家里唯一的纽带了。没有你，家就散了。"

罗知南抬起头，望向装饰柜上竖放的一张照片。那是一张七八岁的男孩子的脸，英气勃发，正在微笑。

这个人，是她的哥哥。

她的哥哥，也叫罗知南。

她接盘了哥哥的名字。

哥哥死于1991年的春天，而她生于1993年的秋天。自从罗知南知道自己的哥哥也叫罗知南之后，她就知道，自己的命不单单是自己的，也是哥哥的，是全家人的。

她是一个接盘侠，不仅在公司里接手别人处理不了的烂摊子，也在生活上接下了一个糟糕的家庭局面。

她是全家的希望，她是蒋红梅的精神支柱，她要在这个家里成长成一个人人称赞的女儿。有时候，罗知南也会想，如果她没有接盘哥哥的名字，那么她会叫什么名字呢？

不管叫什么，哪怕叫重复率最高的"罗丽丽"，罗知南都觉得自己能欣然接受。罗丽丽，是一个很大众的名字，但那是属于她的姓名。

## 2

第二天下午，罗知南算准时间，让姜媛去销售部打听。姜媛回来说："听说张总的那个投资合同签了。"

"那就好。"罗知南在工作日志上记录下一笔。

也没白白被恶心，好歹张总还是签了合同的。

只是，罗知南一抬头，才看到姜媛右边脸颊异常地红肿，不禁诧异："你的脸怎么了？"

"嘿，没什么，下台阶的时候没留意。"姜媛含含糊糊地说。

罗知南没把这件事放在心上，因为发生了另一件事，让她倒抽一口冷气——蒋红梅女士居然向自己道歉了！

"对不起，南南，妈妈昨天情绪太激动了，在你同事面前没给你留面子，你能原谅妈妈吗？"蒋红梅留言的语气十分诚恳。

罗知南不敢相信，蒋红梅女士从来都是以自我为中心，这道歉的事还是破天荒，头一回。

她想了想，直接给蒋红梅回了一个电话："妈，你的道歉我收到了，原谅你了。"

"你也帮我向……向昨天那个男同事道歉。"蒋红梅在电话里说。

罗知南知道她指的是何铭,淡淡一笑:"我知道,他说了,不怪我,你也别往心里去。"

"我知道,我就是过意不去,想亲自跟他道歉。"

罗知南直击痛点:"我看,你是看上他,想让他当你女婿吧?"

"你这孩子……"

"我告诉你,就算天底下剩他一个未婚男人,我跟他都不可能有戏!妈,你的小心思收一收,别整天逼着我找一堆烂桃花。"罗知南一想到是何铭泄露了她的体检报告,就一肚子火。

蒋红梅没办法,只能妥协一半:"好,你不喜欢他也行,但是你得对自己的终身大事上点心吧?"

"上了。"

"你得落实到行动上,今天晚上有一个相亲大会,我给你报名了。"蒋红梅不容拒绝。

罗知南吃惊:"妈,你怎么报名都不咨询我意见啊?这种相亲大会跟买菜一样,有什么好的?"

"会费我都交了,别让我浪费钱。"蒋红梅挂上了电话。

罗知南无奈,这就是蒋红梅的脾性,说一不二,必须按照她的想法去行动,不然她会产生更多的想法。

下了班,罗知南按照蒋红梅提供的地址,去了相亲大会。相亲大会是在本市一家五星酒店的会议厅里举行的。罗知南到的时候迟到了10分钟,进去一看,只剩下角落的位置了,前面密密麻麻坐满了人。

罗知南在心里"啧啧"了两声,今晚的雌竞和雄竞,战况都很激烈啊。

主持人在台上煽情地讲话,大概意思是希望大家对生活心存希望,勇敢牵手。罗知南听得困倦,忍不住打了个哈欠。

牵手,还不如签一个合同有价值。

"现在有请我们今晚的特邀嘉宾,念到名字的人,请来长桌这边坐下……"主持人拿着纸片,开始念名字。

席间,不停地有人起身,坐到长桌旁边。罗知南正打盹,忽然听到了自己的名字,顿时惊醒。

"罗知南!"

"啊……在这里。"罗知南尴尬地站起身,弱弱地问,"请问,为什么要坐到前面？"

主持人笑了："一看就知道你没认真听规则。特邀嘉宾是我们特意选出来的，条件最佳的会员，你们坐到长桌这边，有第一选择权！"

所谓的第一选择权，就是择偶权呗！

罗知南脸涨得通红，心里气得碎碎念起来。这相亲大会居然还有VIP，这肯定是蒋红梅的主意，把她拱到最前面。

但是来都来了，她也没办法，只能坐到最前面的长桌后。长桌是面向观众席的，所以罗知南和其他人是面对观众的。她觉得又尴尬，又好笑，这种感觉就像是选出了色泽最漂亮的猪肉，"呱唧"一声拍在案板上，由身后那个聒噪的主持人吆喝，快来买呦，10块钱3斤！

很快，第一队买猪肉的男人上来了，他们分别在最心仪的女孩面前坐下，然后放上一朵玫瑰花。

坐在罗知南面前的，是一名有些木讷的男人。他看着罗知南，想说什么，又不敢说。

"你好，说话吧，不说挺尴尬的。"罗知南皱了皱眉头。其实她是想说，赶紧走完流程，好有下一个。

男人终于开了口："你好，请问你是混血吗？"

"哈？"罗知南有些惊喜，"你怎么会觉得我是混血的？是因为五官太立体了吗？"

"不是，是因为，你有一双微蓝的眼睛，是德国基因吗？"

"……"

"所以你到底是不是混血？"

罗知南冷笑："这不是微蓝，这是美瞳，是带颜色的——隐形眼镜片！"

男人尴尬万分，搓着手离开了座位。

罗知南翻了个大大的白眼。

这种可笑的男人，怎么会让她碰上？

"有会员牵手成功了，让我们欢迎替补会员上场，姜媛……"主持人开始念名单。

罗知南心头猛跳："姜媛，不会是担任公司助理的那个姜媛吧？"

她张望着，居然看到姜媛怯生生地从人群中站起身，往她这边走来。

走到她身边，姜媛小心地坐下，向罗知南打招呼："罗姐，你也来相亲啊？"

"啊……随便看看。"罗知南干笑。

问世间什么最尴尬，那就是和下属一起参加相亲大会。

## 3

姜媛别别扭扭地挨着罗知南坐下，罗知南也觉得这种感觉像软刀子磨肉。

很快，有两名男士分别坐在罗知南和姜媛面前。

罗知南看了眼前的男人一眼，只觉得他双眼无神，印堂发黑，于是，她忍不住问："你做什么工作的？"

"我做游戏工程，请问你年龄多大？"男人打量她。

罗知南脱口而出："45岁。"

"啊？啊？你看上去不像啊？"男人震惊，眼睛里终于有了神色。

罗知南狡猾一笑："保养得好，我一个月都要花十几万元去保养的，才弄得这么年轻。"

男人半信半疑。

"45岁也不老吧，还有5年才绝经呢！"罗知南笑呵呵地打量男人，"你多大？看着也就比我小5岁？"

"哦，不合适不合适，谢谢啊。"男人吓得慌忙起身离开。

罗知南望着男人仓皇的背影，坏笑。

回答自己45岁的时候，她的声音不大不小，刚好让其他对她蠢蠢欲动的男人听到。这一下效果惊人，直接劝退所有，接下来没有一个男人肯上前坐在她面前。

罗知南乐得自在，她要的就是这种效果。

这时，坐在姜媛面前的男人很直接地问姜媛："请问你多大岁数了？月薪多少？"

姜媛低声回答："32岁，月薪……到手一万元。"

男人皱了皱眉头，似乎在内心中纠结。罗知南还以为姜媛跟自己学了一招，仔细观察那男人神色。

"对不起，32岁太大了。"男人歉意地对姜媛说，然后离开了。

罗知南翻了个白眼，安慰姜媛："这男人不行，你做得对，就应该让他知难而退。"

姜媛似乎很是挫败，站起身，小声地说："罗姐，我先走了。"

她扭头快步向外走去，罗知南察觉不对劲，赶紧跟了上去。主持人在旁边挽留，罗知南理也不理，一直追姜媛到电梯门口。

"怎么回事？怎么突然不参加了？"罗知南追着姜媛到了电梯里，"姜媛，你不会是学我，在考验男人吧？你是不是不满意那个男人，才告诉他你有32岁？"

姜媛不说话。

"看来你对他是有眼缘的。要不我帮你去解释一下，如果他知道你是个小姑娘，说不定你们就能聊下去！"

姜媛苦笑："罗姐……哦不，罗经理，我真的是32岁。"

罗知南脑袋空白一瞬："什么？你什么意思？你不是刚毕业的小姑娘吗？"

"我不是23岁，我是32岁。"姜媛目光躲闪地回答，"我是娃娃脸，所以大家都以为我刚毕业不久。久而久之，我也就懒得去解释了。"

罗知南狠狠一拍脑门："天啊，我让一个比我大3岁的人，天天喊我姐？"

"罗姐……哦不，罗经理，对不起。"

"应该说'对不起'的人是我啊！你资历比我老很多，我……"罗知南此时不知该恨自己眼拙，还是恨自己自以为是。

姜媛忽然哭了："罗经理，你别说了，你越说我越难受。"

"怎么了？"罗知南赶紧从包里找纸巾，塞给姜媛。两人走出酒店，在酒店外的庭院里找了一张长椅坐下，姜媛才慢慢地说了起来。

"刚开始我被人认为是小姑娘，我还挺得意的。但是随着年龄越来越大，我已经不敢暴露自己真正的年龄了，年龄一把，职务上不去，我在新进来的弟弟妹妹面前怎么抬得起头？我只能继续装小姑娘，但这是一个恶性循环，领导看不到我的能力，就不会提拔我。不提拔我，我就只能戴上尴尬的面具，让所有人都以为我年龄还小……"姜媛说着说着，哭得更厉害了，"罗经理，我不是故意骗你的，我真的……"

罗知南轻拍姜媛的后背："我理解的，但你可以选择重新开始。"

"心理压力太大了，首先我就要让所有人都知道，我是一个32岁的小助理。"姜媛眼睛红红的，"我受不了别人对我的议论。"

这的确是一个两难的命题。

罗知南今年29岁，明年也要面对30岁。

古人说，三十而立。

古典占星学中也说，代表压力和磨难的土星就是30年左右回到一个人的命宫里的。也就是说，每个人的30岁都是一道难解的课题。

30岁前后必须有所成就，否则就是三十不立，就是被土星打压得抱头鼠窜。

"那你有没有想过，要想找个什么样的老公？"

"本地人。"

"嗯？年龄，学历，样貌呢？"

姜媛摇了摇头："不重要，就要本地人。"

罗知南心里有些不是滋味："我知道你想要一个依靠，但是我就是本地人，我想说，你还是要找到一个真心喜欢的人。"

"罗经理，其实我脸上的伤不是跌的，是被人打的。"姜媛擦了擦眼睛，"我是独居，一个人住，那天晚上我被人跟踪了，我很害怕，就跑快了一些，结果被那个跟踪我的人打了一拳。"

罗知南诧异，才发现姜媛脸上的伤，已经被粉底液小心地遮去，不仔细看很难发现。

粉底液可以遮住一个人的伤口，却遮不住她心里的创伤。

"我明白了，你的出租屋不能再住了，君子不立危墙之下，你还是要尽快换个地方。"罗知南站起身说，"走，我送你回家，收拾好东西，你就租我家楼上的空房间！"

姜媛惊讶地看着罗知南，忽然又哭了起来。

"哎，你还哭什么呀？"

姜媛一把抱住罗知南："我是哭我自己没出息，又表现得不像个32岁的人！从今天开始，我也要学着当姐！"

罗知南轻拍姜媛的后背，轻轻地说："我会帮你的。"

一顿收拾之后，姜媛租住了罗知南家的阁楼，这个小空间让她很满意。罗知南帮姜媛安顿好房间，已经是深夜十点。

其间，蒋红梅借口端水果上来，各种旁敲侧击姜媛的底细，生怕姜媛哪里有不妥的地方。罗知南怕姜媛生气，赶紧把蒋红梅支开。

"姜媛，你别生气啊，我妈就是这个脾气。"罗知南解释。

姜媛苦笑："她是怕你不安全，我能理解。"

不安全？

罗知南苦笑，她真的是从小到大，听"安全"这个词，听得耳朵都要磨出茧子了。

不安全，这三个字充斥着罗知南的人生。

## 4

过了几天，罗知南收拾东西，坐上了去S市的火车。

罗知南今年29岁，就职于一家高新科技公司。入职6年，凭借着收拾烂摊子的绝活，一路升职，人称"职场接盘侠"。只是，她的名字也是哥哥的名字，从某种意义上来说，她也是"人生接盘侠"。

火车上，罗知南忽然听到一阵古怪的哭声。

罗知南张望四周，恰好看到过道另一边的座位上，一个中年女人正在对着一张照片喃喃自语。

刚才的哭声，就是女人发出的。

只见女人将手里的照片贴在车窗上，泪流满面："儿子，你看到那个蒸汽电站了吗？那是你生前热爱的事业……"

整个车厢在听到"生前"两个字时，气氛顿时变得异常起来。罗知南也忍不住多看了女人两眼。

"妈没用，那一天妈要是坚持让你回家，你也不会遭难了。你之前还说呢，要带我去旅游，去看看大好山河。你没兑现诺言，妈不怪你，妈带着你去旅游，去看看大好山河……"女人对着照片，凄凄惨惨地说。

话还没说完，邻座的男子立即起身，一脸嫌弃地嚷嚷："这位大姐，你这样瘆人不瘆人啊？赶紧把那照片收起来，晦气！"

女人怔住，攥住照片，声音嘶哑地吼："我儿子是为了厂子死的！你敢说他晦气！你知道他多年轻吗？他都没坐过几次高铁！你，你敢说他晦气！"

男子吓得后退一步，干脆大喊："乘务员，乘务员！"

车厢里引起了不小的骚动。乘务员匆匆赶来，皱眉："怎么回事？"

"这个大姐，脑子有毛病，对着死人的照片说话！"男子颤巍巍地指着女人说，"我要换座位！"

"你好好说话，她没打人也没伤人。"

"我要换座位，要么就让她走！"男子不依不饶。

车厢里坐得满满当当的，要说换座位，哪么那么容易？乘务员很是恼火，正要说话，罗知南站了起来："我跟他换！"

众人惊讶地看着罗知南。

罗知南皮肤白皙，黑发如藻，身材不算骨感，却也能藏肉，温雅气质里也有职场女性的刚韧。那双眼睛黑而亮，双眼皮褶皱微微往上扫去，多了一丝凌厉的味道。众人大概想不到，这样一个娇滴滴的美人，居然不忌讳这些。

罗知南走到过道里，男子呆呆地看着她。她一笑："不让让？"

"哦，谢谢，谢谢！"男子忙转身走到她的座位上。乘务员对她点头："这位女士，谢谢你。"

"没关系，谁都有难处的时候，我能体谅这位大姐。"罗知南从包里掏出一张纸巾，递给中年女人。她的从容让那名男子脸颊红了一红。

中年女人没说话，默默地接过纸巾，擦着眼泪。罗知南坐在她身旁，略微扫了下眼角，就看到照片上是一个风华正茂的小伙子，站在树下，笑得阳光灿烂。

命运无情。

女人扭过头，继续将照片对着窗外，嘴里念念有词。只是这次，她克制着自己的情绪，将自己的声音压得很低，很低。

罗知南想说："你可以大声的，我不介意。"但她想了想，觉得不妥，于是打开手机，对姜媛发出一条微信："我们这次招标的智慧城市工程，可否加入一个设计，那就是加强人工智能对现代人的陪伴，以及心理疗愈。"

姜媛立即回复："何总监看到的话估计不会同意，因为投标文件已经定了。"

何总监？何铭？

罗知南想起何铭，有些头大。不过她知道，下午就要开招标大会，这个时候修改招标文件简直是天方夜谭。

"不过姐，你这个想法很好，可以跟中国移动提一提，把这个想法加入移动设备的APP架构里。"姜媛又说。

罗知南看着那行字，心里算是舒展开来。

高铁到站，罗知南起身打算下车，手腕忽然被身边的大姐抓住了。

大姐低着头说："姑娘，真的谢谢你。"

大姐的头压得很低，黑发里面夹杂着白发，看上去无比凄凉。

罗知南一时心头苦涩，轻轻按了按大姐的肩膀："节哀顺变。"

她明白，失去孩子对一个家庭来说，意味着什么。说完这句话，罗知南长舒一口气，踩着高跟鞋下了高铁，飞快地融入人群的洪流中。

下午，她还要跟何铭这个老狐狸并肩作战。

## 5

一小时后，罗知南抵达度假村的下榻酒店，助理姜媛已经给她发了两条酒会信息。

"罗经理，招标大会已经开始了，要不你先休息下，养足精神好参加晚上的酒会，这边有何总和贾总坐镇。"

自从姜媛搬到她家的阁楼，和她的关系就亲密了许多，会经常提醒她一些日常信息。

罗知南忽视，直接回复："告诉我会场的位置，我去会场。"

就算只是让她去凑个人数，她也要去发掘下机会。打扮得光鲜亮丽地去参加酒会，和一帮人觥筹交错——这样的工作固然轻松许多，但那样的话，她就彻底沦为一个花瓶。

绝对不做花瓶！

罗知南收拾利索，立即来到会场。

这是S市大型未来智慧城市会展中心，设在一个风景如画的度假村里。政府打算和中国移动联手，把移动通讯和网络进行结合，智能城市和智能设备进行互联。

未来，每个生活在"智慧城市"里的人们，都可以使用自己手里的APP享受各种衣食住行的服务，认证也不再复杂，而是通过互联就可以。因此，类AI技术公司围绕"智慧城市"这个主题，举办了技术展示和项目演示，全世界的智能项目需求方、投资人以及AI设计公司都会聚于此。

飓风科技作为AI智慧城市设计行业领头羊，自然也在这个会展中心搭建了自己研发的城市交通智能系统、医疗服务交互场景模拟系统等。而今年会展的特殊性在于，S市政府除了和中国移动达成了初步合作，还公开招标城市智能保洁工程，打造宜居的未来城市环境。

只要中标，那就意味着有大把的投资人可以供中标公司商谈和挑选，这是政府公开项目，谁都会觉得是一个政策红利。

罗知南在起初就察觉到，事情没那么乐观。虽然是政策红利，但是对供应商的挑选非常严格。加上这个项目有中国移动的参与，中国移动为了打造5G环境，对技术的要求是很高的，这关系到未来优化升级无障碍的技术基础。用5G做基础不难，难就难在做开放的环境还能保持技术优势。

所以，这场招标大会无异于一个没有硝烟的战场。各路英雄豪杰会聚一堂，各展身手，放肆角逐。而她罗知南，很可能又一次能够看着项目陷入窘境，然后出手做一次接盘侠。

果然，罗知南刚走进会场，姜媛就匆匆迎了上来。

"罗经理，咱们恐怕要丢标了。"

"谁说的？"罗知南心头炸开了烟花。她料准了！

不是她看公司笑话，而是这意味着，机会来了。

姜媛靠近罗知南，低声回答："老狐狸说的。"

老狐狸就是何铭的外号。

罗知南快步走进会场，一眼就看到飓风科技的区域。何铭端正坐着，神情淡然自若。别人都像绷紧了的琴弦，生怕弹错一个音符，就他像一台小资的唱片机，不合时宜也格格不入。

她十分意外，何铭居然不急？

罗知南坐到何铭身边的空位，装作愁容满面的样子："何总，咱们要丢标了呀？"

何铭淡看她一眼："你好像很高兴。"

"我高兴什么啊？咱们公司丢标，对我来说又没有好处。到底是怎么回事，之前不是说十拿九稳的吗？"罗知南掩饰地说。

"何总刚才摸底了，按照我们公司目前的投标报价，商务标第一轮，咱们公司肯定是倒数第二。"姜媛在旁边回答。

罗知南怔了怔。如果是这种情况的话，的确是有点棘手。

"不行啊，何铭啊，现在该怎么办？要不我们把利润再降降？"运营总监贾东擦了擦脑门上的冷汗。贾东是个中年男人，面临"职场35岁魔咒"的时期。这要是丢了标，他这个运营总监就要让位了。

"你要明白，现在不是利润之争，而是资本烧钱之争。"何铭用笔指了指周遭，"这些人，现在是狼。"

几个人都沉默了。

不过，何铭又说："中国移动这次派出的评标专家在技术上把关很严，人也刚正不阿。"

"什么情况都被你说了。"罗知南说，同时故意丢难题给何铭，"既然技术严格，那咱们应该靠何总把技术标锁死，商务标的压力也就小了，毕竟这次招标方技术标占比很重，不同于其他的项目。"

何铭被将军了一下，没有反驳，只是笑而不语。他心里也很清楚，技术标就是第一。无奈现在挤进赛道的公司已经杀红了眼，现在宁愿亏得头破血流，也要竞标成功。

贾东立即掏出手机："我给张恒打电话！让他想办法控制成本！"

罗知南迅速在脑海里盘算起了小九九。

张恒是项目经理，贾东这通电话是要让他控制成本了。但是这个项目模型已经很标准了，临投标才去调整成本，压根就不可行。

罗知南眉心一动，起身离席："抱歉，上个洗手间。"

姜媛起身，给她让出一条路。何铭的目光却似有还无地盯着她，让她后背有些发毛。

果然，罗知南刚走到过道，张恒就给她来了电话："小罗，怎么回事？咱们要丢标？"

"是吗？我不知道！"罗知南假意惊讶，"张总，我按照您的安排在酒店，正准备参加晚上的酒会呢。"

"是这样，小罗，成本实在无法调整，但是咱们这个标必须拿下来！你别去管什么酒会，先去会场看看有什么补救措施。"张恒的语气很焦急。

罗知南嘿嘿笑了两声，故意卖关子："言重了，我觉得贾东哥的能力可以的，我哪能救场啊。"

张恒无奈，顿了顿说："你别啊……这个项目要是投标成功，我会把你罗知南纳入业绩人之一！"

"真的？"罗知南喜笑颜开，"有你这句话，行。"

挂了电话，罗知南转身走回座位。何铭挑眉看她："挺神速啊，这么快就有好处了？"

罗知南深呼吸一口气，心口的怒火差点喷薄而出。

何铭这老狐狸，是恨不得把她的皮扒个底朝天吗？

就算他们之前有过不愉快，也不用这时候上纲上线吧？

"我要看数据和报价文件，咱们今天这个标，不能丢！"罗知南没接何铭的话茬，斩钉截铁地说。

# 第三章　爱情只会影响我赚钱

**1**

罗知南快速检查了雪片般的文件，心里稳了三成。

"按照飓风科技的技术水平，中标是肯定没问题的，就看后期商务标的两轮报价能不能够与其他7家公司抗衡了。所以，我觉得咱们还是有胜算的。"罗知南下结论。

何铭冷笑一声，反驳说："这个项目表面技术要求确实严格，但是有句话说，不会则难，会则不觉得这是什么高深技术。有技术，就是降维打击。虽然飓风就是杀鸡用牛刀，但是后期的商务标价格无法抗衡另外7家。"

"为什么？"

"另外7家疯狂抛出低价，咱们要是跟上，就没什么经济利益了。"

罗知南回击："嗜欲深者天机浅。"

姜媛眨巴了两下眼睛："什么意思啊，罗经理？"

罗知南没回答。倒是何铭，慢悠悠地说了出来："这是《庄子》里的一句话，凡事以经济利益为判断标注，就会判断失误。"

没想到，老狐狸还读过两本经典文学。

罗知南在内心深处，勉为其难地给何铭加了一点印象分。

果然，紧张的技术标开标结果出来了，罗知南的公司以技术评分第一，入围商务标。

罗知南虽然得意，但是也知道她前面将了何铭一军，有点心虚。现在何铭做到了100分，自己也必须做到100分。看着何铭的眼神，她知道自己必须全力一搏了。

贾东松了口气："你看，还是认可咱们的。"

"看商务报价吧。"何铭抬了抬眼皮。

一行人继续拧紧注意力。

可惜，事与愿违。紧张的商务报价第一轮，飓风科技的报价排名，降到倒数第二！

报价排名第一的公司是一个名不见经传的公司，价格低了罗知南公司三分之一。报价倒数第一的公司被当场淘汰，第一轮结果跟何铭预测的一模一样。

罗知南脑中立即冲上了一股热血。这时，她才明白过来，对方这是不计血本，就要拿下这个标！

"不行，咱们也舍了血本出去，这个标今天必须是飓风的！"贾东斩钉截铁地说。

何铭却一副无所谓的样子："我不建议再降低价格，那样的话根本就没有利润。其他公司拿这个明星项目是为了做品牌，我们公司在业内已经有了名气，费尽功夫拿标没有太大意义。"

贾东气得要吐血："何总，对公司没意义，对咱们有啊！拿下这个明星项目，算咱的业绩。"

何铭直接一个冷笑，不屑地耸肩。

罗知南看着这一幕，知道团队开始内讧，事情有些棘手了。

怎么办？

"冷静，冷静……"罗知南默念。她是公司赫赫有名的"接盘侠"，接手过的烂摊子不计其数，眼下也一定能够渡过的。

她快速想了一下，说："现在，咱们不压低报价，是没办法拿下这个标的。问题就在于，咱们压低多少。"

如果压低太多，公司就没有利润；压低不多，又竞争不过别家。

贾东没了主意："你先说，投融资部门能扛多少空间吧。"

罗知南仔细重新复盘了下电脑里的成本模型，最后做了一个决定。

"贾总，目前从资金管理方面，我就是求爷爷告奶奶，也只能将融资成本降低为0，也就是最多7个百分点。"罗知南故意叹了口气，"只压低7个百分点，咱们的报价还是没竞争力……我能力有限，实在帮不到什么了。"

"别啊，你再想想办法。"贾东真急了。

罗知南睁着一双乌黑有神的眼睛，目光落在了何铭身上。她刚才铺垫了一大圈，现在也该说重点了。

"办法倒是有一个——"她莞尔一笑，"何总监，我听说，一般项目设计都是有设计余量的，是5—10个百分点？要是往下再压几个点，那这个报价算有点把握了！"

何铭冷笑："压不了。"

"为什么？"

"设计余量是给设计留转圜余地用的，万一项目实际场地和规划有差距，正好用设计余量补上。你在前期就把设计余量全给抹了，万一真拿下了标，你让我后期怎么实施工程？"何铭拒绝。

眼前的人露出了刚硬的一面，贾东和姜媛又是尴尬，又是绝望。何铭从刚才就已经表明了态度：他不建议不择手段地竞标。所以罗知南这个提议，肯定会遭到何铭的强硬拒绝。

罗知南却毫不在意，声音放柔："何总，你低估自己了。"

"嗯？"

罗知南打开手机相册，快速找出一张照片，直接放到何铭眼前。何铭随意看了照片一眼，目光就被钉在照片上。

照片里，何铭正在峰会上做演讲，集万众瞩目于一身。

"你是我入职飓风以来，见过的，最厉害的项目总监！我非常崇拜你！"罗知南将语气放得很软，"你的照片，我一直留着，在我最困难的时候，我都会翻出你的照片，给自己加油！"

说话的时候，她也注意调整自己的眼神，将自己的目光调得十分柔软。气氛因为她这几句话，顿时变得暧昧起来。

何铭愣住了。

不，应该是，被她这番举动震住了。

不仅是他，贾东也傻眼了，一张脸涨得通红。尤其是姜媛，瞪圆了眼睛看着罗知南。那表情仿佛在问："罗经理，你是在向何总告白吗？"

罗知南白皙的脸颊多了一抹绯红，表情充满了委屈。她此时不再是精明干练的部门经理，只是一个楚楚可怜的小姑娘。

"何总，我明白你的为难，抹掉设计余量，会给工程造成很大的风险。我也知道何总追求精益求精，不肯降低项目品质。但是我相信，何总一定能够在设计的各个环节里做到风险平衡，因为你的精细化能力，是我见过最牛的！"罗知南吹牛不打草稿，一通恭维话将何铭奉为神明。

果然，何铭很是受用，表情缓和了许多。

他深深看了罗知南一眼，颇有些玩味地说："设计余量在8个百分点，如果公司利润能再降10个百分点，咱们的报价就有优势了。"

10个百分点！

罗知南立即抓住何铭的话，大脑开始疯狂地过着财务模型和报价排行的可能性。

"如果按照这个计算，咱们——"罗知南和何铭几乎是同时脱口而出，"商业报价排第三，综合评分排第一！"

贾东二话不说，赶紧掏出手机，立即向公司申请。

罗知南双手在电脑上飞快地舞动，很快就复算出了新的报价。姜媛赶紧将新的报价报了上去。

终于，开标的那一刻，显示飓风科技以技术标第一，商务标第三，综合评分第一的结果中标项目。

"罗经理，咱们中标了！"姜媛激动地拍起手。

罗知南看了姜媛一眼。刚毕业的小姑娘，就是沉不住气。不过年轻人嘛，就是情绪丰富。

"结果如你所料，铁齿铁断！何总，你真是名不虚传啊。"罗知南没忘记对何铭来一句总结性的恭维。在公司里，何铭的预判一直都是非常精准的。

没想到，何铭勾了勾唇角："你也不错，接盘侠名副其实。"

罗知南的笑容立即凝固在脸上。

这个人跟她都不是一个部门的，居然也知道她是个接盘侠？

## 2

招标会结束，罗知南和姜媛回到酒店房间。

姜媛帮她收拾东西，摆放洗漱用品。罗知南则手忙脚乱地上妆，挑了一身得体的金色长裙。晚上的酒会有一个重要的投资人做开场讲话，所以，她是绝对不能迟到的。

两人匆匆忙忙地出了房间，一直赶到酒会外面，罗知南才想起自己没涂口红。她忙从手包里掏出备用口红，侧身对着小镜子涂抹起来。

姜媛立即误会，开玩笑地问："罗经理，都说口红是女人的武器，你这支999，是为了何总吧？嘿嘿。"

"是为了气色好看。"罗知南否认。看来，她下午在招投标上的精湛演技骗到了姜媛。

"女人就是口是心非，你在手机里珍藏了他的照片，你还说——他是你的精神支柱呢！"姜媛不信。

罗知南心里叹了口气，姜媛还是迷信爱情。

她淡淡一笑："姜媛，我下午要是不那么说，何总能把设计余量给我抹掉吗？"

"啊？"姜媛惊愕。

"你可别多想，我一个字都没说我爱慕何总。我只是仰慕他，仰慕，明白吗？这两个词有根本的区别！你记住，我只是崇拜他的专业能力，然后才好让他答应我抹掉设计余量，仅此而已。"罗知南回答。

同时，她在心里嘀咕。何铭是一个造谣她怀孕的老狐狸啊，她爱上谁也不会爱上他，一切不过是逢场作戏罢了。

姜媛脸色忽然一变，望着罗知南身后，结巴："别，别……"

"脸皮薄，吓到了吧？"罗知南笑眯眯地说，"这都是话术，当不了真。"

姜媛看着罗知南身后，两眼发直。

罗知南自觉不妙，回头一看，顿时头皮发麻。何铭站在她身后五步远距离的地方，正默默地看着她。

何铭站在昏暗的夜色里，远处宴会的灯光透过玻璃漫洒而来，将他的轮廓衬托得挺拔，西装的褶皱上也反射出特殊的光泽。他依然那样俊朗非凡，那双眼睛里透着彻骨的冷漠，其中意味深不见底，很明显将她刚才的话听了进去。

"何总，来了呀。"罗知南一秒淡定，厚脸皮地向他打招呼。

她笑得十分自然，没有流露出任何心虚和不安。

是，她假装崇拜他，仰慕他，为了拿标不计手段。但是，他还能真的跟她撕破脸不成？再说了，公司可是禁止发展恋情的，她要是真的爱上何铭，恐怕该何铭头疼了。

何铭没回答，走到她面前，面无表情。罗知南没事人儿一样，继续说："何总，酒会要开始了，咱们进去吧。"

"发簪不错。"何铭说完，径直走向酒会入口。

罗知南愣了愣，抬手一摸，居然从头发上摸到了一根铅笔，赶紧拔了下来。她这才想起，自己有用铅笔簪发的习惯。刚才梳洗打扮太匆忙，她居然忘了把铅笔从头上拔下来！

"罗经理，对不起！这是我的疏忽，居然没看见这个……"姜媛愧疚地捂住嘴巴。

罗知南脸上红一阵，白一阵，只觉得是自己百密一疏。她咬牙："没关系，没在大庭广众下丢脸就行。"

只在何铭一个人面前丢脸，这都不算个事。

她罗知南，脸皮厚得吓人。

## 3

酒会很顺利，罗知南认识了不少投资商，左右逢源。

倒是贾东，一杯接一杯地自己喝闷酒，显得心事重重。罗知南应付完宾客，端着酒杯走到他面前："贾总，来，为我们今天的胜利庆祝一杯。"

贾东跟她碰了杯，指了指远处："你看。"

罗知南顺着贾东指的方向看去，只见中国移动的技术评标专家正在跟何铭相谈甚欢。

"他跟人家专家熟悉，结果有关系不用，让我们在那里激烈竞标，这通操作真是猛如虎。"贾东说。

罗知南眯了眯眼睛，心里感慨何铭的确是个高深莫测的人。

"何总还是谨守职业道德的，咱们是要凭实力拿标，不能动用关系。"罗知南就算心里嘀咕，嘴上也不会说任何人一个"不"字。

贾东欲言又止，但还是说了出来："小罗，我是把自己当你大哥才说你，你说你大好的前途，犯不着为了个男人自毁。"

罗知南差点被一口酒给呛到。

她咳嗽两声，忍着笑问："贾总，贾东哥！你说什么呢？"

"就是何铭！"贾东压低声音，"那家伙有股邪性，今天竞标多重要啊，他居然无所谓，不让继续跟了，我差点犯心脏病。"

罗知南四处张望，寻找何铭。

"别看了，他在你的9点钟方向！你一个小姑娘，玩不过他。再说咱们公司有规定，一旦办公室恋爱，必须有一个辞职……"

罗知南差点笑出声来，心里念叨着贾东就是个憨憨大哥。她笑着说："谢谢贾总提醒，我一直很清醒。"

"啊？！"

"我就没沉沦过。"

贾东傻眼。

"爱情在我眼里是无用的东西，只会影响我赚钱的速度。谢谢贾东哥的教诲和关心，我和姜媛先回房间了，贾东哥你再和投资商聊会儿吧。"罗知南微笑告别。

估计这番言论在贾东的心里泛起了惊涛骇浪，以至于他还是呆呆地看着罗知南。

罗知南不以为意，那种"女人都是恋爱脑"的刻板印象，早就该被人打破。她对贾东点了点头，然后施施然转身离开。离开酒会现场的时候，她盯了远处的何铭一眼。他在和一个投资人相谈甚欢，似乎并未受到任何影响。

罗知南在心里盘算了一下，确定自己没有做错。男人本质上好大喜功，爱听恭维话，而最好的恭维就是女人的仰慕。招投标大会上，她提供了情绪价值，让何铭在设计项目上让步，最终公司获利，众人皆大欢喜，这不是圆满结局吗？

她心满意足地离去，并在路上吩咐姜媛："给我订一张回去的高铁票，要明天的。"

"罗经理，我刚看过，高铁票没有好的时间段，要不你跟我们一起坐飞机回去？"姜媛有些为难。

"时间段不好就不好，我必须坐高铁。"罗知南说。

姜媛答应一声，但是罗知南从她的眼神里看到了疑惑和不解。全公司上上下下，没有一个人像罗知南这样，千里迢迢只坐高铁，从不坐飞机。

可是她又能怎么办呢？

回到酒店房间，罗知南坐在镜子前卸妆。正在涂抹护肤品的时候，姜媛已经将高铁票订单发到她的手机上："罗经理，你的票买好了，请查收。"

罗知南看了看那张高铁票截图，随手发到微信的家庭群里："爸，妈，我明天晚上高铁票回。"

家庭群里蹦出了罗爸的消息："南南真听话，这样才安全。"

蒋红梅立即打来视频电话，满脸担忧："南南，你出发得那么晚，打出租要当心啊。"

罗知南微微一笑："助理会把我送到出租车上，我上了车就发你车牌号，放心啊。"

视频镜头旁边出现了罗爸，罗爸说："你呀，又瞎担心孩子，她出去这么多次了哪次吃过亏？"

"现在坏人多得很，以前没吃过亏不代表以后不会！反正你要多注意点！南南，万一有什么不对，你要和我们保持通话啊。"蒋红梅紧张兮兮地说，眨眼频率很高，这是焦虑和没有安全感的一种表现。

"我知道了，你们放心吧。"罗知南有些不适，但她也只能耐着性子答应了母亲。

"就你多心，孩子心里有数。"罗爸在旁边说了一句。

蒋红梅顿时火了，扭头撑罗爸："就你能！就你能！我多说一句能怎么地？让孩子多注意安全有错吗？咱们就这一个孩子啊！"

眼看这番对话有了火药味，罗知南想要安慰两人，视频电话却在一片混乱中被挂掉了。罗知南看着黑乎乎的屏幕，想拨回去，却没了兴致。

有一种累，叫心累。

就算再给姜媛十个脑子，估计她也想不到，罗知南只坐高铁不坐飞机的原因竟然是——家庭的硬性规定。

1991年的春天，罗知南的哥哥去世，蒋红梅受不了这个打击，差点疯掉。两年后，罗知南降生，把这个家庭的阴霾冲淡了不少。

然而，从她记事起，妈妈就很神经质地限制她的人生。大风天不能出门、头痛脑热必须全项体检、不能和陌生人说话、不许出国留学……也包括不能坐飞机，因为蒋红梅总是会幻想飞机坠毁事件。

罗家不能再失去一个孩子，于是罗知南就失去了人身自由。

罗知南靠在床上，呆呆地望着天花板。白天那个雷厉风行的都市丽人不见了，此时的她只是一个控线木偶，提线被牢牢地攥在母亲手里。她没有见过哥哥，但是哥哥却影响了她的前半生。

就在她难过的时候，提示音再次响起。罗知南还以为是母亲又来了视频电话，恹恹地拿起手机。然而，当她看清楚消息之后，顿时睁大了眼睛。

是姜媛的微信。

她说："罗经理，何总说也要坐高铁，所以我也给他订了一张高铁票，看座位就在你旁边。"

何铭？

罗知南几乎不敢相信自己的眼睛。

从S市回北京的高速动车票很难买，坐普通动车的话，路程大概21小时。何铭这是脑袋里哪根筋不对，要来受这份罪？

她赶紧给姜媛打电话："你让他坐飞机，咱们公司又不是不报销。"

姜媛也有些无奈："罗经理，我都说了，但是何总说想坐高铁看风景。要不，你改坐飞机？"

看什么风景，分明是想监视她！

"算了。"罗知南挂了电话，调出手机里的高铁订单反复查看后，更是无语。来的时候姜媛没给她抢到卧铺，回去的时候倒是邪门，居然买到了卧铺票。

她在脑海里想象了一下那个画面，她和何铭一人一张床躺着，何铭的床铺就在她的旁边……

罗知南浑身过了一次电，麻了。

## 4

第二天一早，姜媛和贾东坐飞机回了北京。而罗知南一直到了晚上5点，才拖着行李和何铭一起上了出租车。

说不尴尬，那是假的。

前一天自己说过自己对他没兴趣，后一天她就跟这个男人并肩坐在出租车后座。罗知南尽量让自己的语气十分自然："何总，既然来了S市，其实你可以多留一两天的。"

"不用，回去还要工作。"何铭淡说一句，从手机里调出一份电子金融报，开始阅读。

罗知南还以为话题终结了，刚高兴两秒钟，就听到何铭问："听说你每次都坐高铁，这种出行方式挺传统啊。"

"啊，对，我恐高。"罗知南摸了摸鼻子。

何铭的目光顿时变得锐利："说话的时候摸鼻子，说明在撒谎。你这个理由，恐怕不足为信。"

罗知南微微淡笑："什么都骗不过何总啊。我除了恐高，还容易耳鸣，受不了飞机降落的感觉。"

"哦，这样。"何铭这才收回了目光。

罗知南暗暗咬牙。

何铭不会是要报复她吧？要不然，他怎么突然要和她一起坐高铁，还处处刁难她，莫非是想调查出她的底细？

这么想着，罗知南在心里迅速立起一道防火墙。她是投融资部门的，负责公司对外投资的业务，也为公司对接资金，这个部门等于是全公司的心脏。如果何铭看她不爽，想蹬掉她，然后把自己的眼线安插进投融资部门，也不是完全没有可能。

如果何铭抓住了她的小辫子，她的升职加薪可全泡汤了！

罗知南发誓，为了防止有类似的事情发生，她要让何铭度过一次难忘的高铁生涯。

到了高铁站，进站检票上车，一气呵成。高等卧铺是一个封闭的小房间，只有四个卧铺。罗知南与何铭将行李放好，两个上铺还是空缺的。卧铺的房门一关，顿时有了一股孤男寡女的味道。

偏偏这时，罗知南的手机响了。

是姜媛的电话，罗知南想也不想，立即挂掉。

"怎么不接？"何铭问。

罗知南笑了笑："哦，是推销电话，这些电话太烦人了。"

姜媛是早晨的飞机，算算时间，她应该是下午去了公司。这个时候给罗知南来了通电话，难道公司有状况？

罗知南的眼皮狂跳起来。她真想立即问个清楚，但当着何铭这个大电灯泡和监视器，她绝对不能直接打过去。

何铭打开笔记本电脑，估计在修改设计方案，但是他在罗知南眼里，已经化身为一个两条腿的摄像头。

想抓住她的把柄？没门！

罗知南冷笑，从背包里掏出一盒泡面，撕开包装纸，然后旁若无人地倒上热水。一股令人反胃的油腻气味顿时弥漫了整个车厢。

果然，何铭震惊地看着她："你这是？"

"何总，吃夜宵吗？我请你。"罗知南语气亲和。

何铭摇头："不用了，谢谢。"他尴尬地站起身，"我出去抽会儿烟。"

罗知南坏笑着看着何铭走出包厢，然后打了个响指。她本来都打算好了，如果泡面对何铭没用，她就拆一包螺蛳粉，绝对能熏走何铭。

打开手机，罗知南直接给姜媛去了个电话："姜媛，刚才你给我电话，公司有情况？"

姜媛的声音有些焦急："罗经理，华城的智能交通项目投资者尽职调查会议，明天就要开了！"

"明天？"罗知南皱起眉头。这个项目是她接盘并且修改的，如果是明天开的话，她是赶不及回去的。

"因为你赶不及回来，所以张恒下午决定，让王超拿着你的修改方案去给高层汇报。"姜媛说。

罗知南听了，心里顿时拔凉拔凉的。

王超是投融资部门里，另一个团队的男同事。二十五六岁，年纪不大，野心不小，可惜能力有限，经常搞砸事情。之前他负责华城的尽调案，结果方案做得一塌糊涂，部门总监张恒被公司上层骂得狗血淋头。为了保证汇报会议能够顺利召开，张恒才直接把这个案子交给罗知南去修改的。

当时的张恒，说话的语气可诚恳了。

他说："小罗，这个王超是个成事不足败事有余的，他的方案只能你来补救了。你能接受这个项目重新做估值模型，并且负责汇报吗？"

罗知南毫不犹豫地答应了。这种烂摊子的工作她接得多了，每次都完成得很漂亮。时间久了，领导就会认为她能为团队保驾护航，她是团队的主心骨。

可是她没想到，这一次张恒居然把她这个功臣晾一边，继续让王超去汇报工作。

谁汇报工作，功劳就会落在谁头上。张恒偏心谁，一目了然。

罗知南摇头："消息确定吗？"

"确定啊，我都气坏了！你在这个项目上费了多大的功夫，这一转眼还是为他人做了嫁衣。"姜媛生气。

罗知南也有些难过。王超那个尽调方案做得乱七八糟，她当时熬了几个大夜，才把方案修改完。结果现在，都成了王超的功劳。

"现在怎么办？"姜媛问，"我去找上层汇报情况，把汇报会议延期？等你回来？"

罗知南摇头："不行，那样一来，我会被张恒关小黑屋。为了一个尽调方案，还不至于做到这一步。"

对一个领导者来说，下属可以马失前蹄，可以亡羊补牢，但就是不能有跟领导的领导对话的小心思。这是越级，是背叛，是挖墙脚。

"这样吧，王超那个人我了解，他恨不得走三步掉一次链子，他拿着我的方案的确能完成汇报，但万一高层针对方案提问，他八成答不出来。只要我能答出高层的问题，这个华城尽调案的最大功臣就还是我。"罗知南呵呵笑着说，同时右手在笔记本电脑上开始搜索。

姜媛发愁："可你现在在高铁上，来不及参加会议啊。"

"凌晨两点，我会到曲城站，你给我订凌晨三点半的飞机，我坐飞机回北京！"罗知南做了一个决定。

姜媛咋舌："一夜不睡，你身体受得了吗？再说凌晨三点半，你在路上也不安全啊。"

"为了工作，拼了。"罗知南说。

挂上电话，罗知南将泡面扔到垃圾桶里，抱住自己的双膝。心脏一阵阵地抽痛，眼角也有些酸涩，但她极力忍住了。

这不是张恒第一次打压她，但却是第一次为了偏袒王超，牺牲她的利益。罗知南想不通，自己名牌大学毕业，工作努力上进，到底哪一点比不上王超？难道就因为他是男人，自己是女人？

罗知南擦掉眼角的一滴眼泪。

## 5

何铭进来的时候，罗知南已经调整好了状态。

上铺的两名乘客上了车，在两人旁边整理行李。两名乘客都是嘻哈青年，二十五六岁的样子，打扮很潮，一个头发染成了紫色，一个染成了蓝色。

罗知南旁若无人地卸妆，笑着对何铭说："何总，今天让你看见我素颜的样子，我吃亏了。"

何铭扫了她一眼："你可以不卸妆。"

罗知南差点翻白眼，真是个直男。

"不卸妆怎么行啊？要长斑的！"蓝头发的嘻哈青年立即接过话茬。他恭维罗知南："不过小姐姐，你素颜也很能打！"

罗知南礼貌性地对蓝头发笑了一下。蓝头发往她身边一坐，殷勤地问："小姐姐，能加个微信吗？"

"不能。"罗知南干脆利落地拒绝。

蓝头发的笑容僵在脸上。另一个紫头发的嘻哈青年往他胳膊上砸了一拳："你行了啊，别看到谁都想撩，没看见人家男朋友在对面吗？"

"她男朋友？就他……？"蓝头发质疑地看着何铭。

何铭没反驳，只是眼神瞬间变得锐利。

嘻哈青年显然被震慑到了，摸了摸脑袋，一声不吭地爬到上铺去了。

罗知南卸完妆，离开包厢去洗脸。在洗脸池旁边，她收到了姜媛发来的微信："罗经理，票已经给你买好。"

图片是购票截图，罗知南默默收藏起来，然后洗脸刷牙。

回到包厢后，何铭还在对着笔记本电脑工作。罗知南直接躺到床上，和衣盖上被子，然后闭上眼睛，开启了第六感的小雷达。直觉告诉她，在她决定入睡的同时，何铭也关闭了笔记本电脑，打算洗漱一番入睡。

何铭，果然是来监视她的。

夜深了，包厢里熄了灯。

假寐是个体力活。罗知南不能真的睡着，也不能定闹钟。她就这样躺在床上，熬着困意，坚持到了凌晨一点四十分。

高铁停靠曲城站。

车站的灯光从窗户射进来，将包厢里照得雪亮。罗知南悄然起身，发现何铭已经沉沉睡去，上铺两个嘻哈青年也都进入了梦乡。

她迅速将外套穿上，然后轻手轻脚地将行李从床铺底下拖了出来。然而，就在她打算穿上鞋子的时候，却发现——鞋子只剩一只了。

罗知南倒抽一口冷气。她记得，自己睡觉前明明将鞋子放在床尾的位置，眼下怎么只有一只了？

行李箱里有一双备用鞋，但那样的话就容易吵醒何铭，引来不必要的麻烦。罗知南急得鼻尖冒汗，就着微弱的灯光，猫着腰在地上搜寻，终于看见她的另一只鞋子居然在何铭的床铺里面。

可能是两名嘻哈青年放行李时，不小心将那只鞋子扫了进去。罗知南不得不跪在地上，一只手扒着何铭的床沿，一只手去够那只鞋子。

何铭侧卧在床上，呼吸均匀。罗知南因为要伸手够鞋子，不得不压下上半身，结果自己和他的脸距离非常近，几乎和他呼吸相闻。

这姿势要是被人看见，还以为他们在接吻。

罗知南咬着牙，还是没能够到鞋子。就在这时，上铺一阵动静，那个蓝头发居然醒了。

"啊，小姐姐，你、你……"蓝头发估计是起夜上厕所，坐在床沿上惊讶地说，"你们大半夜不睡觉，还要撒狗粮啊？"

"嘘——"罗知南竖起一根手指，示意蓝头发闭嘴。

蓝头发默默地在嘴巴上做了一个拉拉链的动作。

高铁在曲城站只停靠10分钟。罗知南够不到鞋子，心里焦急，干脆把唯一的鞋子踢开，光着脚就往外走。她迅速找到列车员换票，然后飞奔下了高铁。

脚底冰凉，罗知南全然不顾，只有一个念头：回公司！

凌晨时分的高铁站门口，乘客们惊愕地看着光脚走路的罗知南。罗知南快速走到出租车停靠点。

从这里出发去机场的车程需要40分钟，加上安检时间，罗知南不确定自己能不能赶上飞机。她一边心急如焚地等待着出租车，一边查看网约车的情况。

终于，一辆出租车行驶而来，罗知南心头一喜。

出租车停下，她刚要拉开车门坐上去，身后却有人捷足先登，抢先将自己的行李丢到后座上。

罗知南心头火起："喂，这辆车是我先……"

她扭头看到身后那人，整个人都呆若木鸡。那个往车上扔行李的人，居然是何铭？

何铭依然表情淡淡，不顾她的惊愕，上车坐到后座，拍了拍座位：

"愣着干什么，上来啊。"

罗知南心情复杂地坐上出租车。

上了车，不等她开口，何铭已经对司机说："去曲城机场。"

"你……"罗知南勉强笑了一下，"何总，你怎么跟来了？"

何铭冷冷一笑："我没问你怎么提前下车，你倒是问我怎么跟来了？怎么，对我有防备，觉得我会破坏你的好事？"

"我没什么好事，就是提前回公司工作！何总，你要是对我有偏见，希望你能放下偏见。"罗知南冷笑着说。

何铭不说话，只是打开随身的包，从里面掏出了一双鞋子，正是罗知南丢在高铁上的那双。

罗知南顿时觉得脸上一阵冷，一阵热。

这个人，早在她伸手够鞋子，跟他脸对脸的时候，就醒了？

奸诈的老狐狸！

何铭将鞋子摆在她面前，罗知南没好气地拿出卫生纸擦脚底，然后穿上鞋子。她想了想，扭头看何铭，质问："何总，你这大半夜的不睡觉，是为了监视我，是吧？你好好的飞机不坐，跟着我上高铁，也是为了监视我，是吧？我到底做了什么，让你这样？"

事到如今，她也不怕撕破脸，反正谁也没给谁留情面！

何铭还是没什么表情，声音里没有情绪："我没有监视你，我就是怕你走错路。"

话音刚落，罗知南一把抓过何铭的手机。何铭伸手去抢，罗知南已经疯狂地去试验开机密码。两人在后座争抢得气喘吁吁，司机坐不住了，出声阻止："两位乘客，你们有什么恩怨，好好说。"

"罗知南，你别这样，发生了什么事，我告诉你。"何铭表示退让。

罗知南喘着气，将手机交给何铭。何铭收起手机，整理了下衣服，才说："最近，公司的纪检找我谈话，想要了解你的情况。"

纪检？

罗知南惊愕。

她所在的投融资部，掌管着全公司的资金进出，也算掌管着一根至关重要的命脉。拉投资进来，需要投融资部出马。给项目分配资金，也需要投融资部审批。常言说得好，钱到位了才好办事。钱是水，水到了，才能成沟渠！一个项目成不成，能做到哪一步，全看能分到多少钱！

从罗知南进入投融资部的第一天起,她就知道自己的职务很敏感。为了避免这种情况,她连注册微信都没敢用手机号,生怕有心之人加她微信。

　　所以,她经手的资金都是清清白白的,纪检怎么会盯上她?

　　"有人告发你,业务资金来源不正当!说你每次出差总要比别人多上一两天时间,就是……"说到这里,何铭有些尴尬,但还是说了下去,"就是去进行贿赂去了。"

　　罗知南盯着何铭,一颗心如坠冰窟。

　　这里说的贿赂,还能是哪种贿赂,性贿赂啊。

# 第四章　凭什么用流言否定我？

**1**

"你说的最近，具体是指哪一天？"许久，罗知南才问。

何铭略微回忆了一下，回答："上周周五，29 日。"

这个时间点，正是在张恒将华城案的修改工作交给她之后。罗知南在心里盘算了一下，迅速锁定了制造流言的嫌疑人。

王超的嫌疑最大。

他的案子出了问题，罗知南负责修改，这一点估计让他觉得自己颜面扫地。不过现在没有证据，她也只能吃个哑巴亏。

罗知南一口气憋在胸口，何铭也是默不作声。

路灯在窗外闪过，罗知南望着外面，眼角酸涩。她终于明白，为什么何铭在招投标大会上，对她的态度那样奇怪。他总是时不时地揭穿她的小心思，看她的眼神深不见底，跟着她上高铁下高铁……原来在他心里，自己早已是个不择手段的人。

两人心照不宣地选择噤声，就这样一直到了机场。罗知南掏出手机想要付款，何铭却是抢先扫码。

罗知南不管他，拎着行李下车，闷着头往机场里走。何铭跟在她身后，扬声说："你等等我。"

罗知南没理他。

"罗知南，我知道你现在心情很悲愤，但是你没必要对我摆脸子。首先，我并没有散播你的谣言，一切应该都是个误会！其次，我最初并不知道事情真相，才那样对你。"何铭追上来解释。

罗知南猛然停住，扭头看他，眼睛通红如小兽。何铭也是第一次看到这样的眼神，顿步站住。

"不知道事情真相，你就可以对我妄加揣测，是不是？"罗知南火了，将行李往地上一扔，向何铭怒吼。

何铭也有些生气："你这也是妄加揣测。"

"我的成长经历告诉我，就因为我是女人，你就自然而然地相信了那些流言。"

"跟男女无关，毕竟公司的纪检找我，我不了解你，自然要查清楚，要对项目负责。"何铭辩解。

罗知南冷笑："只是在查清楚之前，你就开始怀疑我了。"

何铭自知理亏，不说话。

这些天的委屈和悲愤同时涌上心头，罗知南的眼泪再也忍不住，大颗大颗地往下掉。她指着自己，哽咽着说："现在是凌晨三点，我一夜没睡，还在赶回去的飞机！这种情况绝对不是第一次了，你知道我有多努力吗？事实是我熬了多少个日日夜夜，奔波了多少天！我力争做得比别人更优秀，到头来凭什么一个莫须有的流言就可以抹杀我的努力，污蔑我的人格？"

来来往往的乘客向她投来诧异的目光。罗知南全然不顾，冷冷地盯了何铭一眼，转身决然往机场里走。

何铭追了上来，脱口而出："对不起。"

罗知南依然不理他，找到检票台，从口袋里掏出身份证取票。何铭排在她身后，也拿出了自己的身份证，显然也买了票。

她拿了票，回头看何铭，忍不住嘲讽："看来何总真是属摄像头的，早知道我要坐这趟飞机，也跟着买了票。"

"你别误会，我没偷听，我是无意中才听到你吩咐姜媛买票的话。"何铭拿了票，指了指远处，"该去登机口了。"

罗知南拿着各种票据离开检票台，还不忘讽刺一句："跟我跟得这么紧，是怕我去找哪个金主是不是？"

"不是，是怕你走错路。"何铭一语双关。

罗知南翻了个白眼，在登机口排队，然后按照次序登机。飞机上，她的邻座居然还是何铭，这让她很不爽。

何铭低头看杂志，并未造次。罗知南狠狠瞪了他一眼，戴上眼罩。

现在最要紧的是养足精神，然后去公司收拾另一个烂摊子。

## 2

飓风科技大厦。

罗知南气势汹汹地走进光洁明亮的办公区。姜媛见了她，赶紧迎上来："罗经理，你来了？"

"我需要一杯咖啡。"

姜媛赶紧去给她泡咖啡，而罗知南则坐在皮椅上，揉着太阳穴。5分钟后，姜媛把一杯咖啡放在罗知南的桌子上，问："罗经理，汇报会马上要开始了，你要准备一下吧？"

"不用。"

"啊？你提前赶回来，不就是为了汇报会吗？"

"那我也不能上赶着。你只要告诉张恒，我回来了就行。"罗知南说。

姜媛看罗知南一身疲惫，也没说什么，点了点头，转身走出办公室。罗知南也不着急，定了一个半小时的闹钟，然后开始查看桌子上的积压文件，有条不紊地处理着。

大约过了半小时，闹钟响了。

罗知南关掉闹钟，然后闭上眼睛，默念："一、二、三……"

数到四的时候，办公室的电话响了。

罗知南冷冷地看着座机电话，响到第五声的时候，她才慢吞吞地拿起话筒。不等她说话，话筒里就传出了张恒急切的声音："小罗？小罗你赶紧来会议室一趟！"

"哦，知道了。"罗知南淡淡地回答，挂断了电话。

事情的走向和她的预判一致，王超的项目汇报会果然出了问题。

2分钟后，罗知南走进会议室的时候，场面是窒息般的安静。她扫视全场，发现参会的不仅仅是投融资部门，连董事长和投资团队都在。让她意外的是，何铭也参会了。

昨天行程那么折腾，何铭居然状态良好，并没有一脸菜色。

总监张恒一脸凝重地坐在台下，王超站在会议讲台上，尴尬地赔着笑脸。看到罗知南进来，王超像看到救星一般，眼睛里顿时充满了希望。

"张总。"罗知南轻声打招呼。

张恒赶紧起身，向董事长介绍罗知南："董事长，这是负责华城项目的罗经理，项目目前是由她全权负责的，崔总的问题，她一定能够解答。"

董事长是个50岁上下的男人，不怒自威，坐在主座，抬了抬眼皮，"嗯"了一声。

罗知南心里更确定了。果然，王超没有准备充分，没有很好地回答投资人的问题。她礼貌地对董事长点了点头，然后看向投资人团队中的崔总。

崔总是一名30多岁的职业女性，一身白色西装显得她格外精明干练。她是投资人代表，具有对华城案项目的一票否决权。

她看向罗知南，微微一笑："你好，罗经理。本着对资金负责的态度，我有一个问题，那就是——城市智能系统已经不是一个新鲜的概念，目前国外个别城市也有过试点和尝试，但是，前期投资的时候他们的财务模型很完美，实际推行的时候却是投资和建设期难以匹配，贵公司如何解决——万一出现投资和建设期不匹配的时候——资金流的问题？"

罗知南自信一笑："崔总的顾虑非常妥当，又专业又接地气，对项目的实际执行了解得非常透彻。"

崔总一笑，充满了职场女性独有的风味："谢谢夸赞，就是不知道你对于这个问题有解决方案吗？"

罗知南走到王超的位置，王超狼狈地往旁边让了让。她看了下投屏，投屏上正是她修改后的华城方案。

"崔总长期在国外做项目，可能不是很了解我们国内的项目执行，现在中国的项目建设执行是世界速度，在这方面完全不用担心。尤其是飓风公司目前是国内最大的人工智能交互服务公司，落地执行的项目进度、建设期没有任何拖沓的情况。"

说到这里，罗知南从王超手中拿过控制器，从自己手机中调出了两份文件："这是飓风目前正在建设中的两个项目，实际运营情况非常良好。崔总可以参考一下。"

投屏上出现的文件十分细致，崔总看完，跟旁边的法务和财务低声沟通了一会儿，点头表示认可。

"罗经理，你很好地回答了我的问题，我觉得飓风可以信赖。"

罗知南并没有就此打住，而是继续说："崔总，我非常明白一点，那就是大家其实是对项目的整体成本把控还存在疑虑，所以才会对实际的建设期存在一些想法。其实，在整个项目的估值模型中，我已经将建设期的核心硬件材料，以及软件收购估值都做了较为合理的未来估值，根据国内稳定的政治、经济环境，目前投资成本是非常可控的。"

崔总惊喜："是吗？你连未来估值都做了？"

"身在其位，必谋其职，我会做好每一个细节。"罗知南笃定地回答，然后在投屏上展示自己做过的估值报告。

这份报告十分专业，事无巨细地展示了未来估值。崔总一边看，一边认可地点头。

最后，在罗知南对答如流的情况下，会议完美结束。董事长和投资人对罗知南交口称誉，然后离开了会议室。

何铭走到罗知南面前的时候，目光都有些不一样了。以前是略带轻视和猜疑，现在是欣赏。罗知南气定神闲地和他对视，满脸都是坦然。

一时间，会议室里只剩下总监张恒、王超和罗知南。

王超自然不用说，像是霜打的茄子。他本来就想拿着罗知南修改后的方案去邀功，结果一个没兜住，差点搞砸了汇报会。总监张恒瞪了他一眼，转而对罗知南堆起了笑容。

"小罗，这次任务完成得漂亮。"张恒喜笑颜开，"咱们华城这个项目投资，算是顺利推进了一大步。你放心，奖金这块少不了。"

王超听到这话，脸色差了很多。

罗知南淡淡笑开："张总，我是您的老部下了，知道您对我们都很用心。我知道，无论我今天来不来这个会议室，我都不会拿不到奖金。"

"那可不是，今天要不是你，这个会可能还真开不下去了。"张恒说到这里，又向王超投去了恨铁不成钢的眼神。

罗知南得意极了。

她倒不是对穷寇赶尽杀绝，而是她希望张恒明白，有的人就是烂泥巴，怎么都不可能扶上墙。

## 3

不过，烂泥巴不仅扶不上墙，还能继续恶心人。

罗知南往外走的时候，王超追了上来，恶狠狠地说："你是故意的吧？"

"什么故意的？"罗知南站定反问。

王超恨声说："你修改的报告里，故意缺少了建设进度的内容释义，很显然就是故意坑我。"

罗知南将文件夹在腋下，拍手嘲讽："说得好，你也知道是我修改的报告呀？如果不是你自己想要揽功，又怎么会让我这种'恶人'趁虚而入呢？"

王超愣了两秒钟，忽然说："不对，你知道崔总是国外回来的！"

"做这行的有几个没去过国外？"

"可是你明显认识崔经理，所以会议才这么顺利！你是不是提前找人调查了崔总？或者你跟崔总提前沟通好了！"王超恍然大悟。

罗知南压抑住心慌，语气也变得冷硬："我警告你，别乱说话！我完全可以去纪检告你污蔑我！"

说完，罗知南强硬地撞了他的肩膀一下，仰着头离开。她一直走到安全出口，确定四下无人，才掏出手机。

手机一直在震动，上面显示了一个姓名"苏雨"。

罗知南接听电话，一个充满磁性的男声立即从里面传来："小南，给你打电话，没打扰到你吧？"

"怎么会呢，我刚开完会。"罗知南特意将安全出口的门关紧，"苏雨，有事吗？"

苏雨，人如其名，说话永远柔声细语，斯斯文文的他简直是从小说里走出的温润男二号。他是罗知南的大学同学，毕业后一直保持着联系，现在ADC银行做信贷业务，也算是做到了高层。

手机里，苏雨笑了笑："你刚开完什么会？是跟华城案投资人有关的那个会吗？"

罗知南立即甩过去一个彩虹屁："是！这次多亏了你的情报，我才知道那个崔总的喜好，让我打了个漂亮的翻身仗！说吧，你想去哪家餐厅，我想请你吃饭，你可得赏脸啊。"

说这句话的时候，她多多少少有些心虚。王超说她认识崔总，也不是空穴来风。毕竟，她的确是提前从苏雨那里拿到了崔总的一些个人资料。

可是做投融资这行的，没点人脉和手段，行吗？

苏雨听到罗知南的感激之词，有些腼腆："别客气，我就是帮你打听了下而已，你可别客气。如果非要请我吃饭，那我有个提议，不知道你采纳吗？"

"你说你说。"

苏雨顿了顿才说："我家里人现在催我相亲，但是我现在只想好好工作。要不，你过来和我家人吃个饭，就说是别人介绍的相亲对象，让我好交差。"

罗知南愣了愣。

相亲？

她尴尬地笑了笑："可是，咱俩是同学啊……"

"你别误会，我就是让你帮我完成相亲KPI而已，要不我妈天天催我，我都要离家出走了。"苏雨在手机里发出了爽朗的笑声。

罗知南放心下来，答应了苏雨。苏雨很开心地说："行，那就下周末吧，我来约你。"

挂上电话之后，罗知南还是有些愣神。苏雨不会是暗恋她吧？

她仔细过滤了一遍大学生涯，苏雨是俗称的小奶狗，虽然有1.8米的大个儿，但不是那些不通情理的直男，行事温良恭谦。他很喜欢跟罗知南交流学业，属于互相欣赏的那一类朋友，当他知道罗知南不能跟他一起去澳大利亚留学的时候，还惋惜了一阵子。

其实当年，罗知南的签证都下来了，蒋红梅却要死要活地不让罗知南离开。她的理由是，国外社会混乱，万一罗知南出了意外，她该怎么活？

罗知南没办法，只能选择放弃留学。不明就里的苏雨还以为罗知南没钱，主动找到她，表示自己愿意负担她的学费。反正国外的研究生读下来就一年时间，他负担得起。

本来，罗知南一个人在自习室里哭，结果听到苏雨一番孩子气的话之后，破涕为笑。她告诉苏雨，她选择放弃留学不是为别的，只是有一个很好的就业机会摆在自己面前。

苏雨半信半疑地离开了。他出国后，时不时会给罗知南邮寄一些小礼物，还会在某个深夜，问询罗知南工作怎么样，如果她后悔了，想要选择留学，他可以帮忙。

现在想起这些细节，罗知南越琢磨越觉得不对劲。苏雨的种种行为都已经越过了朋友的边界。难不成，他真的喜欢自己？

"是，他是喜欢你。"一个男声忽然从楼梯道里传来。

罗知南吓得惊叫一声，手机差点摔到楼梯上去。她扶住墙壁，颤声问："谁？谁在那儿？"

何铭从楼下拾级而上，手里还拿着电子烟。他依然是一副潇洒公子哥的做派，但在罗知南眼里，他如今不亚于恶魔。

罗知南目瞪口呆，反应过来后气得发抖："你偷听？"

"我只是想抽根烟。"何铭举了举手里的电子烟，笑容里有点促狭，"别多想了，他喜欢你。"

"你、你这种偷听别人讲电话的行为，是不礼貌的！"罗知南说话都有些结巴了。

被何铭知道她跟ADC银行的人有来往，这还了得？就算她确实没做什么乌七八糟的事情，但职场身份的敏感，足以让她跳进黄河也洗不清。

"窃听者常常听的是一些很动听有益的东西，我又没听到什么动听的事情。"何铭放松地说，不知他是真的没听到什么，还是只是想维护表面上的和平。

罗知南忽然觉得这句话有些耳熟，立即想到了《飘》这本书。这是白瑞德撞破郝思嘉的告白后，对郝思嘉说过的话。一时间，她面红耳赤，

居然什么也没说出来。

"你心思缜密,是个做投融资的好材料,只是怎么都没发现他暗恋你呢?"何铭又问。

罗知南冷声道:"我的私事你不用管。"

她狠狠地瞪了何铭一眼,将安全通道的门甩上,然后迅速离开。

## 4

回到办公室,罗知南还有些魂不守舍。早已得到消息的姜媛迎上来:"罗经理,听说你在会议室里叱咤风云,太棒了!"

罗知南很累,没回答,只是点头。

"我就知道,事情到了你手里,没有办不妥的!你是最厉害的!"姜媛还在兴奋。

罗知南淡看她一眼,姜媛的娃娃脸上泛着红晕,那么天真,那么可爱。她笑了笑:"姜媛。"

"嗯?"

"上个月月底,纪检是不是找你谈话了?"

姜媛一愣,笑容迅速从脸上消失。

罗知南心里更确定了。本来嘛,纪检都能找到何铭,为什么不会找她的助理姜媛呢?

"罗经理,我,我什么都没说啊!"姜媛吓得结结巴巴。

"我当然知道你什么都没说,我只是很意外,关于这件事,你一点口风都没有向我透露。是因为你是觉得我就是那种人?还是觉得要公事公办?"罗知南眼里透着失望。

姜媛面红耳赤,一句话也说不出来。

罗知南又是伤心,又是难过。她对姜媛可谓是掏心掏肺,把房子租给姜媛,没想到姜媛还是对她隔了一层肚皮。

姜媛没有做错,但这世上很多事情不是对错就可以形容的。

"罗经理,我从没怀疑过你的人品,我就是不知道怎么开口,尤其是你对我那么好,我更是不想伤你的心。"姜媛眼眶红了。

罗知南拍了拍姜媛的肩膀,语气和缓了许多:"没关系,我知道你不是故意的。"

只要提点做到位就行了,她也不能真的跟姜媛闹掰。这件事告诉她,所谓感情就是瞎扯。

因为这件事，罗知南一整天都有些心情抑郁。

公司有福利，会安排班车送同事们去地铁站。罗知南特意挑了个最后一排的座位。果然，一路风平浪静。

下了车，罗知南刷卡进地铁站，暂别了夜色和霓虹——她没有足够的消费力，让她下班也能坐出租车。

挤进沙丁鱼罐头似的地铁车厢，她深吸一口气，然后用鼻翼呼了出来。

呼——红尘的味道。

这座城市很神奇，白天工作的地方充斥着各色精英，人人都在打一场没有硝烟的战争。晚上从前线回到出租屋，又渐渐投身于万家烟火的氛围，仿佛穿梭在两个世界中。

罗知南跟随人潮走出地铁，步行10分钟后走进熟悉的小区，那股沙丁鱼的红尘又回来了，而且越来越浓烈，高峰点就是她打开了家门——家门，是另一个沙丁鱼罐头。

玄关处放着横七竖八的拖鞋，罗知南找到自己的那双，穿上后深吸一口气，走进客厅："爸，妈，我回来了。"

话音刚落，她就被一个人搂住了脖子："南南，我想死你啦！"

罗知南差点被勒得快要喘不过气，定睛一看，果然是自己的闺蜜曼丽，顿时气笑了："曼丽？你什么时候来的？也不提前和我说一声。"

曼丽是她大学宿舍室友，两个人特别投缘，大学4年差点活成了连体婴。毕业后，曼丽留在这个城市，经常和罗家往来。和其他同学不同的是，曼丽并没有找一个大公司就业，而是选择了做一名网络写手，整天宅在家里写小说，因为网络连载流量火爆，所以她在网络上拥有大把的粉丝，报酬也不错。

罗知南曾经问她，她选择做一名灵活就业人员，没有进大公司打拼，将来会不会后悔？曼丽抬抬眼皮说，进大厂有什么好的？如果说为了高薪，那我现在的收入也就是比你们低一点而已，关键是我能睡觉睡到自然醒，没有领导给我穿小鞋。如果是为了社保，那我现在就开了一家小公司，用来运营自己和其他作者的有声小说，自己给自己交社保，也不愁未来的老年生活。

一番话说得罗知南哑口无言，她想想自己险象环生的职场生涯，觉得曼丽这样的生活反而自在许多。

两人正说话的时候，罗爸端着一盘鱼，从厨房里走出，瞪了罗知南一眼："你这孩子怎么说话的，什么叫不跟你提前说一声？说不说的，你还

不是要让她来？"

因为曼丽经常来罗家，所以罗家人跟她已经熟络了。

"叔叔，没事，是我没打招呼，主要是想给小南一个惊喜。"曼丽扔下罗知南，"锅里的菜该好了，我去看看。"

曼丽离开，罗知南摇了摇头，四处张望："我妈呢？"

"卧室躺着呢。"罗爸的脸色有些异样，"你别管了，我给她夹菜送去点，让她在卧室里吃。"

罗知南皱了皱眉头："我妈不会是病了吧？"

她提步就往卧室走去，没想到蒋红梅却在这时打开了房门，直勾勾地盯着罗知南："回来了啊？"

"回来了。"罗知南被蒋红梅看得后背一阵发毛。

蒋红梅天生自带一股低气压，将整个客厅的气氛瞬间降到零点。罗知南甚至觉得，自己生活在一块压缩饼干里，令人窒息。

罗爸赶紧扶着蒋红梅的手："不是让你躺着吗？你怎么出来了？"

罗知南仔细看妈妈，发现几天不见，她的面容憔悴了许多，瘦得一对眼窝更深邃了。不仅如此，蒋红梅身子骨也有些单薄，身上那件小碎花衬衫空落落的。罗知南心里一"咯噔"，不由问："妈，你哪里不舒服啊？"

"有些头疼，没事。"蒋红梅盯着罗知南坐下，"这趟出差，火车票拿回来了吧？"

罗知南赶紧拿起包找火车票，却看到皮包夹层里还有一张飞机票，这才记起自己今天忘记找财务报销了。她不由得头皮一麻，蒋红梅要是看见这飞机票，还不把她骂到明天太阳升起？

她使劲把飞机票往夹层里塞，然后把火车票拿出来，递给蒋红梅看。蒋红梅看了两眼，又递给她，阴阳怪气地说："你们公司也真是的，让女同志出什么差啊？"

罗知南当自己没听到这句话，因为她知道一句反驳能引来无数吐槽。就在这时，曼丽从厨房端着菜出来："叔叔，阿姨，菜好了！"

蒋红梅这才露出微笑："曼丽真是够懂事的。"她看向罗知南，"小南要是有曼丽一半懂事就好了。"

"阿姨，小南已经够能干了，她现在是大公司高管，比我厉害多了。"曼丽嘴巴像抹了蜜。

蒋红梅淡淡地看了罗知南一眼，话语里像带了一把小刀子："厉害什么？都这么大了，还没有男朋友。曼丽去年结婚了，小南跟个没事儿人一样，急也不急。唉，我们这辈人，是不中用了，管不动子女了！"

罗知南笑了笑，没说话。催婚已是日常，这些话她听得耳朵都生了茧子，就没打算接过话茬。

但是蒋红梅显然还不打算放过她："小南，这次跟你一起出差的，是男同事还是女同事？"

罗知南脑子里立即蹦出了何铭的形象，心脏莫名其妙快跳两拍。她立即撒了一个谎言："别人都坐飞机，就我一个人坐火车，就算跟男同事一起出差也碰不到。"

"没有男同事就好，现在男性犯罪率多高啊。"蒋红梅说。

罗知南忍不住反驳："妈，你不让我跟男同事出差，又催我找男朋友，这是自相矛盾吧？"

蒋红梅脸色一冷："我是提醒你小心。"

"你想说，小心驶得万年船是吧？可惜一条船要想实现真正的安全，那就是在港口停靠一辈子不出海！你以为我不跟男同事出差，我就安全了？你以为我不坐飞机只坐火车，我就全须全尾了？结果呢，流言蜚语照样找上门来，对着我的脑门子磕磕碰碰！安全有用吗？危险可以预防吗？事实就是，安全是温水煮青蛙，危险反倒是可以锻炼一个人的应激能力。一个人总是生活在温室里，结果就是碰到变天就成霜打的茄子！"罗知南不知道哪根筋不对，竹筒倒豆子般把心里话说了出来。

蒋红梅急了："流言蜚语？谁说你了？你告诉妈，妈找你们领导。"

罗知南将筷子一撂："妈，你真当我还在读小学呢？找我领导讲这事，出了门我就不用干了！"

罗爸也急了："你这孩子，怎么讲话的？"

罗知南不吭声了，她知道自己没控制住情绪。

"阿姨，小南刚回来，你就放过她吧。"曼丽赶紧圆场，给蒋红梅盛了一碗鸡汤。有外人在，蒋红梅不好发作，这件事也就此翻篇。

罗知南忍不住想，家里要是永远有一个外人在，就好了。

那样的话，大家都会碍于情面，至少能维持表面上的和和气气。

## 第五章　我讨厌亲密关系

**1**

餐桌上摆满了一桌子的美味佳肴，罗知南食不知味，只觉得味同嚼蜡。等到晚餐后，曼丽拉着罗知南进了房间，才问："你平时不是乖乖女吗？怎么今天知道反驳了？"

罗知南这两天的委屈一下涌上心头，眼眶顿时红了。曼丽吓得赶紧拽着她坐下："跟我说说，到底怎么了？"

"就因为我妈对我的限制，我工作差点出岔子。"罗知南想起华城案的项目，心有余悸，"幸亏有你在，不然今天我妈能把天花板给闹腾得换上三遍。"

曼丽叹了口气："我知道，不过……毕竟你家庭特殊嘛。"

罗知南知道她说的是自己曾经失去一个哥哥的事，也就没继续这个话题，而是说："你在我这儿留宿，记得跟老猫说一声。"

老猫是曼丽的老公，以前两个人谈恋爱的时候，曼丽叫自己小猫，对象就自然成了老猫。

曼丽哼了一声，往床上一躺，双手枕着头，满不在意地说："跟他说什么呀，我要离婚了。"

"啊？"罗知南大脑这才转过弯来。敢情曼丽这不是找自己叙旧，而是跟老猫闹矛盾了。

"老猫前天一本正经地跟我讨论备孕计划，我一提出质疑，他就跟我急。是我自私吗？是我们现在都没有足够的经济基础去生孩子！"曼丽提起这件事，就气得胸口起伏。

罗知南笑了笑："你信不信，生下来就养得起了。"

曼丽忽地从床上坐起来，两只眼睛黑黢黢的，神色复杂。"你说到重点了，养，谁养？肯定是我这个灵活就业的人来养啊！老猫每天去公司上班，下班后跟小绿茶喝喝茶吃吃饭，就留我一个人在家里蓬头垢面地带娃？我才没那么傻！"

罗知南哼了一声："这么说，你除了考虑钱的问题，还考虑了自己的家庭地位？"

"那当然，生一个孩子不比以前，什么都要打算的。"曼丽烦躁地抓了抓自己的头发，"再说了，他一点也不关心我。"

罗知南摇头："不可能。"

"不信，你给他发微信试试。哎，对了，你最近不是找他买房子吗？"曼丽说。

罗知南赶紧竖起一根手指头："你小点声，别被我妈听到了！"

为了离开这个窒息空间，罗知南的确在四处看房。曼丽的老公，老猫就是一个房产中介，最近给罗知南推了一套郊区的小院房，罗知南很是喜欢，手续已经走了一半了。不过她打算先斩后奏，等到搬出去的前一天再通知蒋红梅，省得夜长梦多。

曼丽咕哝："知道了知道了，不过老猫现在真的不关心我，简直就是扑克牌精上身！交完作业就去书房睡觉，这跟冷暴力婚姻有什么区别？"

罗知南看她越说越丧，干脆拿起手机，给老猫发了一条微信，询问他房子过户的事。老猫很快就回复了微信，说正在办理。

这段聊天记录一共21个字，老猫还真的一个字都没提曼丽。

"你看，他知道我在你这儿，连问都不问。"曼丽眼睛红了。

罗知南叹了口气。男人薄情寡义起来快得简直如老天变脸，她只能问："那你打算什么时候回去？"

"周日下午去一家餐厅。"曼丽从口袋里掏出一张餐厅名片，"到时候你跟我一起去，我要看看老猫约了哪位美女吃饭。"

罗知南撇嘴："捉奸？"

"也不是，就是看看能不能捉到。"曼丽一身钓鱼执法的架势，好像要完成KPI。

罗知南翻了个白眼："没空，我周日还有事。"

就在她回家的路上，苏雨已经发来了短信，邀请她周末下午装作相亲对象，跟他一起吃饭。

"不要，是不是姐妹，这么大的事你一定要陪我。"曼丽眨巴着眼睛央求。

罗知南也不好多劝什么，对于婚姻这件事，她没有发言权，更是没有想法和计划。她只觉得悲哀。

结了婚又怎么样，那一张纸并不能给人带来安全感。在她的认知里，结婚是从一个牢笼逃向另一个，区别只不过是笼子的豪华程度。

如果必须在笼子里，那么她宁愿这个笼子是自己一手打造的。

有句话是这么说的:"幸福的家庭都是相似的,不幸的家庭各有各的不幸。"很显然,幸福是有标配的,包含一、二、三、四等选项。罗知南知道自己不具备完整的幸福标配,而曼丽之所以不想生孩子,也是因为她知道自己还没有凑齐幸福的标配。

谁都希望等到万事俱全的时候,再迈出关键的一步。每个人,都不想让自己的人生迈错一步。

## 2

第二天是周末,罗知南醒来的时候,差不多刚刚 8 点。她想抬起上半身,胸口却被曼丽的一条胳膊压得死死的。

"起床了。"

曼丽耍赖:"我不,你再睡会儿。"

"那我不陪你捉奸了。"

曼丽被戳中痛点,猛然从床上一跃而起:"不行,捉奸这种事怎么能少了姐妹!你必须得陪我去!"

罗知南瞪了她一眼,论起抓自己老公的小辫子,曼丽比谁都积极。

"跟我跑步去,你这宅女最近太缺乏锻炼了。"罗知南从衣柜里挑出一套刚洗好的运动服。

曼丽磨磨蹭蹭地换上衣服,跟罗知南一起下了楼。罗知南走出家门的时候,发现一向早起的蒋红梅还在沉睡,卧室门关得严丝合缝。她觉得哪里不太对劲,但是又说不上来。

两人拎着垃圾袋,走到垃圾分类站,罗知南却发现垃圾都混合在一起,还没分类。她皱着眉头戴上塑料手套,蹲在地上开始给垃圾分类。

曼丽捏着鼻子说:"我在你家,你就让我干这个?"

"别啰唆了,干完还得去跑步。"

曼丽哀号一声,开始从垃圾袋里挑挑拣拣。忽然,她看到垃圾袋里居然有一张飞机票,立即惊叫出来:"小南,这是你出差的飞机票?"

罗知南吓得魂都要出来了,一把抓过去:"不可能啊!我昨天明明把飞机票藏好了的!"

她的飞机票要是被蒋红梅看到,还不得闹翻天?

罗知南急得就要撕掉那张飞机票,却看到了一个熟悉的名字,蒋红梅。

她两眼发直地盯着那个名字,有些不敢相信自己的眼睛。蒋红梅,这就是蒋红梅的大名,她居然坐飞机了?

曼丽看她神色不对，凑过来一看，也惊叫一声："真的假的？阿姨……居然坐飞机啦？"

罗知南仔细看这张机票的出发城市，居然是江城。据她所知，这座城市里并没有罗家亲友。再看日期，是在她出差的当天从那个陌生城市返回的，用时两小时。

她赶紧翻找垃圾袋，看看有没有罗父的机票，却一无所获。

"我妈怎么会一个人坐飞机呢？这太反常了！"罗知南百思不得其解。自从哥哥失踪后，蒋红梅整天没有安全感，对飞机这种交通工具格外抗拒。因为生活封闭，蒋红梅也没有一同出行旅游的小姐妹。再说了，就算蒋红梅真的要出去旅游，也应该会跟家里人说一声。

罗知南正在琢磨母亲的出行目的，曼丽神秘兮兮地凑过来，说："阿姨，出轨了。"

罗知南火了，拧起曼丽的耳朵。曼丽赶紧捂着头求饶："小南，你放手啊！我不是乱说，要知道老房子着火，最是要命！还有，我昨天去你家，我听到阿姨在卧室里跟人讲电话，讲了足足有20分钟呢……"

罗知南愣了一下，松手。

曼丽揉着耳朵，龇牙咧嘴地说："我端水进去，听到手机外音，那是个男人。"

这倒是稀奇，蒋红梅不怎么与人交往，人际交往如同一张白纸。罗知南还是第一次知道，自己妈妈生命里除了老爸，还有其他男人。

罗知南看了看左右，清晨的小区人烟稀少。她回头恶狠狠地说："就算是个男人，那又能说明什么？"

"是不能说明什么，但是你没发现吗？客厅柜子里，你哥的相片不见了……"曼丽说。

罗知南打了个冷战，迅速想通了其中曲折。她七手八脚地将垃圾草草分类，丢进垃圾桶后，拔腿就往家里跑。曼丽急了，慌忙追上去："小南，你别冲动啊！你要是真……你可别说是我说的，别卖我！"

罗知南一个字也没听进去，快步冲进电梯，打开自己的家门。她顾不上换鞋，跑到客厅里，果然看到柜子上——

哥哥的相片不见了。

那是蒋红梅最珍视的照片，几十年如一日地摆放在柜子上，谁动一下她都要吼谁半天。如今，那个相片连带着相框都不见了。

蒋红梅女士，为什么要把儿子的照片收起来呢？只能有一个原因，那就是她认为做了对儿子有愧的事,她不想面对儿子。

罗知南脑子嗡嗡的,只盘旋着一句话:"难不成,母上大人真的出轨了?"

## 3

有句成语叫作,疑邻盗斧。

一个人的斧头丢了,他怀疑是邻居偷的,于是越看邻居,越觉得邻居行动鬼祟。结果后来,他在自家的后院找到了斧头。

周末两天,罗知南小心翼翼地观察蒋红梅,越看越觉得蒋红梅有些异常。她是个控制欲很强的人,如今却经常将自己关在屋里,大门不出二门不迈。就连罗爸也很不对劲,支支吾吾仿佛在掩饰着什么。

罗知南觉得自己陷入了疑邻盗斧的心理效应,但直觉告诉她,蒋红梅女士可能真的有了第二春,或者干脆就是陈芝麻烂谷子时代的初恋。只是,母亲给她烙下了30年的刻板印象,让罗知南无法想象母亲谈恋爱会是个什么样。

不过她还没来得及想清楚,曼丽就将她拉到一处高档餐厅,据说那是她老公备忘录里出现的地址。两人坐出租车的时候,恰好苏雨打电话问她到哪里了,罗知南就顺便说还有半小时就到。

"你是不是好姐妹啊?不是说陪我捉奸吗,居然还要相亲约会?"曼丽表示很不满。

"我哪有那么多时间,只能相完亲再陪你捉奸。"罗知南一边对着小镜子刷睫毛,一边吐槽,"反正是同一家餐厅,效率高点。"

驾驶室的司机"扑哧"一声笑了:"哈哈,小姑娘时间管理得很不错啊。"

罗知南听出其中的嘲讽意味,翻了个白眼。成年人的生活压力那么大,一边相亲一边捉奸怎么了?犯法吗?

20分钟后,她们抵达了餐厅。这是一家日料居酒屋风格的餐厅,进门需要换上木屐,走过油光水滑的长条形地板,可以看到木质格子门挡出了一个个的包厢。

服务员向她们鞠躬,亲和有礼地问:"请问有预定吗?"

罗知南问:"苏先生订的包厢在哪儿?"

曼丽却问:"毛先生订的包厢在哪儿?"

服务员一脸好奇:"两位不是一道的吗?"

"是一道的,我去苏先生订的包厢。"罗知南强调完,瞪了曼丽一眼,"先陪我去相亲。"她心里清楚,苏雨可能真的对自己动了情,不如就带曼丽这个女伴过去当个挡箭牌。

服务员在iPad上查了下，伸手将罗知南请到靠里的一个包厢。罗知南深呼吸一口气，脑海里已经编排了一整套话术，如何明里暗里地告诉苏雨，同行不能谈恋爱，尤其是投融资这个圈子，否则万一惹上一身腥，名声臭了，去哪里都讨人嫌。为了工作和未来，他们只能是同学和至交好友的关系。

没想到，格子门刚拉开，罗知南还没说出第一个字，就被眼前的一幕惊得呆住。长条桌旁，除了苏雨，居然还坐着一位穿着旗袍，盘着发髻的慈祥长辈，看穿衣打扮，应该是苏雨的妈妈。

电话里，苏雨可没透露他妈也要跟着来相亲！

"哎呦，两个小姑娘，是哪一个啊？"苏妈站起来，笑着看向苏雨。

苏雨穿着白色卫衣，青涩气质还像个刚毕业的大学生。他脸颊微红，向罗知南招手："我介绍一下，这是我母亲。"

"阿姨好，我叫罗知南。这是我朋友，曼丽。"罗知南尴尬地介绍自己和曼丽，并向苏妈打招呼。

"别客气，坐，坐。"苏妈让了让位子。

罗知南拉着曼丽坐下。曼丽凑过来，在罗知南耳边低声问："什么情况？你不是说就一相亲吗？"

对啊，就是一个相亲，谁想到苏雨会把自己家里的老人给搬出来呢？罗知南一边在心里叫苦不迭，一边默默地把脑海里准备的话术全部画上叉叉。对待长辈，那就是另一套话术了。

可是还没等她把另一套话术起个头，手腕已经被苏妈拉过去。苏妈抚摸着她的手背："小罗，苏雨一直夸你来着，我本来还不信，今天一看到你，立即就信了！多好的姑娘啊！"

话音刚落，一只碧绿的翡翠玉镯已经出现在罗知南的手腕上。水头很足，看上去价值不菲。

罗知南赶紧推辞："阿姨，使不得……"

"我跟你有眼缘，送你的见面礼！你就戴着吧。"苏妈笑眯眯地说。这下子，罗知南更是坐立不安，扭头向苏雨求助："苏雨，这礼物太贵重了，我不能要。"

苏雨只微微笑着："小南，我妈喜欢你，你就收着吧。"

这话不是虚的，苏妈是挺喜欢罗知南的，简直将她当成了儿子的女朋友，亲亲热热地问了她哪里毕业，家住哪里，在哪里工作，未来有什么打算。罗知南心里翻江倒海，但也不好驳了长辈的脸面，礼貌性地一一作答。

苏妈问完问题，开始对着菜单点菜。趁着这当口，罗知南在桌子底下掏出手机，偷偷给苏雨发了一条微信："你去二楼一趟，注意别跟我一块。"

苏雨看到微信，眉心微动，很快就找了个借口走出包厢。两分钟后，罗知南也借口去洗手间，让曼丽陪着苏母，自己一个人走出包厢。

这家日式餐厅很大，内里景致不俗，九曲回廊，走到二楼，能看到一棵人造樱花树，树下放置着几张竹篾椅。

樱花树下，苏雨正站着等她。罗知南上前几步，咳嗽一声，苏雨转身看到她，忙问："小南，让我出来，有话说？"

"是，有话说——说好的是应付爸妈，阿姨怎么来了呢？"罗知南心里有些不悦。

苏雨尴尬，解释道："我跟我妈说要来相亲，我妈非要跟来。本来说好了就远远看一眼，谁承想她在包厢里不走了……你要是感到别扭，我让她走好了。"

罗知南心里"咯噔"一下，自己怎么能做这样一个坏人？她笑了笑说："本来也就是一个形式，既然是形式就没必要那么复杂，你看……"

她从手腕上褪下那只镯子，郑重其事地交给苏雨："我不能收这只镯子，但是阿姨这么热情，我也不好驳了她的面子，要不你先替阿姨收起来吧。"

苏雨呆住了，脸上红一阵白一阵。罗知南见他不动，直接拉起他的手，把镯子塞到他手里。

"啊呀呀，这是怎么了呀？"苏妈的声音忽然在耳边响起。

罗知南头皮一麻，扭头果然看到苏妈正站在楼梯上，震惊的目光落在那只翡翠镯子上。她刚想解释什么，苏妈已经上了楼，拿过翡翠镯子，一把拉过苏雨："你先回包厢去，我来跟小罗说说。"

"妈……"苏雨抗议。

苏妈的语气里不容反抗："回去！"

苏雨闷着头下楼了，只剩罗知南和苏妈两人相对。苏妈是个自来熟的人，不由分说地拿着镯子，又去拉罗知南的手。罗知南早有准备，缩回了手，低声说："阿姨，这个见面礼我不能收。"

苏妈笑了笑，问罗知南："是苏雨哪点没做好，惹你伤心了？"

有一瞬间，罗知南几乎脱口而出，她不是不喜欢苏雨，只是不喜欢妈宝男而已。但是为了表面的和气，她还是笑笑说："工作正在上升期，我暂时不想谈恋爱。"

"工作和年龄不都在上升期？再等几年，工作上去了，年龄也跟着上去了，错过这个村，就没有那个店了。"苏妈一针见血，"小罗，你是介意我跟着苏雨一起来相亲，觉得他妈宝，是吧？"

姜还是老的辣，一句就命中要害。罗知南讪讪应对，慌忙否定，但苏妈已经展开架势，从各个方向进攻："你不用否定，换个人过来，也会觉得他妈宝，我独裁。但是小罗，我们老一辈人忙活了半辈子，真的只是不想让儿女走错一步路，选错一个人。我今天看见你了，觉得你跟苏雨非常合适，这就行了。你留下，跟苏雨继续聊，就当没看见我，行吗？"

罗知南坐立不安："阿姨，我不是这个意思。"

苏妈还在喋喋不休："你有所不知，苏雨在这之前拒了好多次相亲，我给他介绍多少女孩他都不愿意。现在他终于答应相亲，我就琢磨着不对劲。小罗，他早就喜欢你了。"

罗知南不知道该怎么回答。

苏妈一笑："这小子，不知道怎么表达自己，我这当妈的为他急，一时间方法激进了点，你可别介意。"

罗知南为难地说："阿姨，不是方法的问题，是我忙啊，我等会儿还有事……"

"什么事？"

罗知南犹豫，总不能回答"帮人捉奸"吧？

"到底有什么问题？你有什么话可以直接跟阿姨说！"苏妈拍胸脯。接下来的5分钟，罗知南这才知道了什么叫作口若悬河。苏妈从360度无死角的程度，来证明罗知南和苏雨就是天造地设的一对，让罗知南无从辩解。这种情况始料未及，她也不知道自己在会议上叱咤风云，却在苏妈面前没有还手之力。

正在僵持中，罗知南忽然听到楼下传来了曼丽的一声吼叫："老猫，你什么意思——"

罗知南反射性地一跃而起。

还没到饭点，这就开始捉奸了？

## 4

10分钟前。

苏雨失魂落魄地回到包厢,脑子里乱乱的。他从没想过罗知南会拒绝自己,因为在自己的印象中,罗知南从来没有谈过恋爱,同学里面又跟他的联系最长久,她为什么会不答应自己?

此时,服务员推开格子门,将一盘盘的菜肴放到桌上。曼丽是个没心没肺的,瞬间食欲大动,但是她看了看苏雨难看的脸色,有些迟疑。

"哥们儿,有心事?"曼丽冷不丁地问。

苏雨这才想起包厢里还有一位客人,忙回神:"不好意思,招待不周,菜上了你就先吃吧。"

"谢谢,你也吃啊。"曼丽毫不客气地夹起一块寿司放嘴里,又伸向一块天妇罗,"人生在世,吃喝二字,凡事别委屈了自己。"

苏雨苦笑,沉默地夹起一块芥末章鱼,却没防备地被辣出了眼泪。他咳嗽了两声,曼丽立即将一杯柠檬水递过去:"你看,走神了吧!吃饭就不能有心事,影响营养吸收。"

苏雨将柠檬水一饮而尽,问:"你是罗知南的朋友?"

"闺蜜。"曼丽说。

苏雨琢磨了一下,问:"罗知南是不是有男朋友?她……"

"你俩没戏,实话跟你说吧,她压根就没有谈恋爱的那根筋,需要一个海王去开发她内心的情感。"曼丽蘸了一块虾肉说,她打量苏雨,"你就算了,别说海王了,顶多虾米级别。"

苏雨顿时不服气了:"我怎么就不行了?我比其他人都真情实意……"

"看在这顿饭的份上,我可以多说两句。你啊,一腔真情实意得用对地方,小南是你不了解的人。比如,你知道她当年为什么没去留学吗?"

苏雨眼睛发直:"为什么?"

曼丽想着这顿饭不能白吃,于是端着碗筷坐了过去。俩人越说越来劲,头也慢慢地凑到了一起。他们俩人忘记了一件事,格子门没有关。

恰好在此时,老猫和一名客户路过。

老猫是个房产中介,本来打算和经理在餐厅里谈一谈升职的事,没想到路过一个包厢,却发现老婆正在和一个英俊男人吃饭。年轻人血气方刚,火气一上来,老猫顿时变成了老虎。

等到罗知南匆匆从楼上下来,正看到老猫揪着苏雨的衣领,一只拳头高高举起:"你跟我老婆什么关系?啊?"

曼丽使劲掰着那个拳头,嚷嚷:"老猫你误会了,我跟他啥事也没有!我压根就不认识他!"

罗知南目瞪口呆。

这都是什么事?

捉奸的人反而被捉奸!

"不认识他,你跟他吃饭?你俩什么关系?"老猫气得脸色青紫,"你说你周末去朋友家住,也是骗我的是吧?"

此时老猫的愤怒里,有爱情,也有占有欲的成分。

曼丽快哭了:"没骗你,没骗你!"

她哆哆嗦嗦地掏出手机,给罗知南打电话。罗知南赶紧匆匆跑过来,一巴掌拍到老猫肩膀上:"老猫,怎么了这是?我跟曼丽一起来吃饭,你怎么要揍东道主?"

老猫扭头看到罗知南,愣了,下意识地松开了苏雨的衣领。罗知南匆忙解释:"老猫,你误会了,这位男士是我相亲对象,也是我同学,他请我们吃饭,是我拉曼丽来陪我的。"

"那你……"

"我刚才有点事,去了二楼一趟,包厢里就剩他们俩人。我可以作证,他们俩人真的是第一次见面。"罗知南说。

说话时,苏妈已经从后面跟了上来,拉着苏雨上上下下地看:"你没事吧?他要是伤着你,咱报警!"

苏雨整理了下领带,冷冷地说:"没事,不知道哪里来的愣子。"

老猫脾气又上来了,但到底是理亏,被曼丽一扯衣袖,气焰就矮了下来。他闷闷地说了一句:"对不起。"

"苏雨……"罗知南眼巴巴地看着苏雨。她知道,如果苏雨不原谅,她今天是里子和面子都没了。

苏雨恢复了温良姿态,淡淡地说:"没事,误会解开了就行。"

"是啊,我们也不是不通情理的人,怎么会做……勾搭婚内妇女的事呢?"苏妈翻了个白眼,整理发髻。

罗知南松了口气,眼看着有几名好事的客人从包厢伸出头来张望,赶紧对曼丽使了个眼色。曼丽简单地跟罗知南打了个招呼,生拉硬扯地将老猫拽离现场。

"小罗,一场误会,真是……"苏妈也有些尴尬,赶紧拿了手包,"要不,你们吃,我先走了。"

罗知南赶紧挽留："阿姨，您别走啊。"

苏妈步伐匆匆，哪里管罗知南怎么说，转眼就离开了餐厅。罗知南无语地看了苏雨一眼，只好坐进包厢里。

格子门关上后，气氛顿时安静得可怕。

"小南，今天的事没想到会发展成这样，对不起。"苏雨手足无措地道歉。罗知南摇了摇头："你没有做错什么。"

她想了想，还是褪下了那只翡翠镯子："这只镯子，还是还给你吧。苏雨，不是你不优秀，而是我没有勇气迈出那一步。"

苏雨的脸上渐渐显出了绝望："为什么？"

罗知南笑了笑，低头看面前的蘸料碟。蘸料碟里的小段青椒沉浸在浓醋里，看上去，像是青椒忍受着浓醋的煎熬。

在制作这样一碗蘸料的时候，没有人问过青椒的意见。

"对我来说，亲密关系像空气，一旦建立，就会无时无刻地在我的人生里刻下烙印。我不喜欢任何形式的亲密关系，包括爱情。"罗知南很认真地说。她已经想好了，长痛不如短痛，还是要让苏雨彻底死心。

苏雨沉默了两秒钟，忽然抬起头："你讨厌亲密关系，是因为伯母吗？"

罗知南愣了。

虽然她不想承认，但苏雨提出的这个问题，还是直击她的灵魂，几乎将她整个人都分裂得七零八落。

蒋红梅像一棵盘根错节的大树，侵入了罗知南生活中的每个细节。罗知南只能承认，她很窒息。

## 5

那是小学的时候，10岁的罗知南在元旦那天收到了一份礼物，一个被彩纸包起来的小盒子，上面扎着漂亮的丝带蝴蝶结。

她乐滋滋地拆开，发现里面是一个可爱的小天使，下面还有一张卡片，上面写着：To 罗知南。

她很喜欢那个小天使，笑起来的样子天真纯洁。她把小天使摆放在卧室的书桌上，做作业累了，看到小天使她的心里就会轻松许多。

蒋红梅很快发现了小天使，严厉地问她："这是谁送的？"

罗知南不知道蒋红梅为什么发这么大的火，惊恐地摇头。蒋红梅一把将小天使扔进垃圾桶，问："是不是男生送你的？"

送她礼物的人的确是个男生，但是罗知南不知道这到底犯了什么忌讳。

"走,去学校,我要去跟你们老师报告这件事!"蒋红梅扯起罗知南的胳膊。罗知南恐惧地挣扎起来:"妈,我不去!你别告诉老师!"

"我要给你转班,你班上有坏孩子,他要害你的!"蒋红梅五官扭曲,不停地放大。

罗知南惊恐地看着蒋红梅的脸,一个个念头如惊雷般在脑海中炸开。谁要害她?怎么害?

蒋红梅不由分说地将罗知南拉到学校,将这件事告诉了老师。老师很尴尬,但还是找来了那个男生,让他当面讲清楚,自己为什么会送罗知南一份礼物。罗知南记得很清楚,那是个干干净净的男生,平头,小身板,长圆脸,一双眼睛里充满了对自己的憎恨。

后来,这件事就成了班上的八卦。有好一阵子,都有人在罗知南背后议论她小题大做。罗知南对这些八卦不以为然,但她忘不掉男生的眼神,憎恨、鄙夷和失望。

回忆如潮水般涌入罗知南的脑海中,四面八方没有一丝空间,闷得让她窒息。手背上一股烫热,才让罗知南回过神来。

因为想得太过投入,她手里的咖啡洒到了手背上。罗知南皱着眉头,擦掉手背上的污渍。

就在这时,手机响起,是曼丽的微信:"小南,昨天的事对不起,我会让老猫跟你道歉。"

罗知南叹了口气,如果一个人需要被逼迫才肯道歉,那么他的所谓道歉也没有什么意义。

她回复:"不需要,你们能好好过就行,老猫是一个自尊心很强的人,你话里话外多让着他点。"

男人的尊严都是活火山,只能仰望,不可攀登。否则,不知道踩到哪个点,就会引来一场爆发。

曼丽回复:"知道,不过我说一句啊,那个苏雨不错,值得托付,你可以考虑考虑。"

罗知南顿时明白,刚才的聊天只是开场白,这一句才是关键。她干脆拨了个语音过去,问:"曼丽,你这是当起情感助攻了呀?"

"我这不是操心你的终身大事吗?"曼丽言不由衷。

罗知南哼了一声:"是谁昨天非要我去陪她捉奸,不让我跟男人约会相亲的?"

"哎呀,我那不是猪油蒙了心吗?老猫挺好的,我确认了,他是约的经理吃饭,我再次代替他向你和苏雨道歉。"曼丽不好意思地说,"苏雨真挺好的,衣领都被人揪成麻花了,也没跟我记仇。"

罗知南问:"你跟苏雨加微信了?"

"啊……是啊。"曼丽反应过来,忙说,"他跟我说,他真的挺喜欢你的,希望你能接受他。"

罗知南淡淡一笑:"哦。"

"哦是什么意思呀?我觉得他人不差,你再考虑考虑?"曼丽说。

"马上要开会了,回聊。"罗知南将手机挂上,眼神一点点变冷。苏雨到现在还没发现问题所在,他跟苏妈说喜欢她,跟曼丽说喜欢她,偏偏没跟她说。但在这个世界上,最不可能代替的事情就是,爱和表白。

罗知南将手机调成静音,往外走去。她觉得跟苏雨相比,接下来的会议重要多了。

# 第六章　好像跟他命运绑定了

**1**

罗知南还没走到会议室门口,姜媛就从后面匆匆赶了上来:"罗经理,有个事……"

自从上周五,罗知南点了姜媛几句之后,两人的相处就有些尴尬。有时候姜媛从阁楼里出来去上班,也没有再坐过罗知南的车。大家心照不宣,知道彼此的关系并不是真正的朋友。

罗知南看了她一眼,随口问:"怎么了?有话直说。"

姜媛低声说:"我刚才听财务处的人说,刚刚结束的项目运营会上,你被推荐到 H 市医院的 AI 交互系统项目里了!"

"什么?"罗知南太阳穴突突一跳。

姜媛下意识地走到一旁,低声说:"是让你去尽职调查团队。"

H 市医院的 AI 交互系统项目,罗知南对这个项目有所耳闻。这个项目非常有前景,是她的顶头上司张恒负责的,但是因为这个项目体量太大,其中重要的智能语音系统的专利被单独拿出来做了一个方案,需要采购天启公司的技术服务。天启公司在语音系统领域是佼佼者,本来项目进行得很顺利,不承想,谈合作谈到一半,这个项目忽然变了风向,天启公司要被飓风科技收购。既然要收购,飓风这边内部就要组织尽职调查团队。

这可是个烫手山芋,搞不好就要担责的。

罗知南疑惑:"这不是项目部的事吗?怎么把我调过去了?"

姜媛满眼同情:"我打听到的消息是——田总经理在会议上说,尽调的事让何总负责,何总就点名要你加入尽调团队。本来田总经理不愿意,何总执意要你跟去,说你办事稳妥,田总经理就答应了。"

何总,何铭?

罗知南瞬间想起在机场,被她大吼的男人。他的眼神永远神秘,永远带着防备,作风永远是不按理出牌。就算项目部缺人,可是投融资部那么多人,为什么这个何铭就偏偏跟她过不去了?

何铭肯定也不乐意接这个项目。上次他们在北京拿下的竞标,智慧

城市的明星项目，前期规划要赶进度，如果他去H市出差，再怎么云办公也是会被拖累的。可恨的是，这个何铭，自己被坑了，还拉着她做垫背？

简直不可理喻！

还有，罗知南在投融资部门主要做融资案，有业绩提成可以拿。投资收购案也可以负责，但这种案子费力不讨好，还没有提成拿！

一想到可能失去的业绩提成，罗知南就心痛得要吐血。那都是真金白银啊，尤其是她最近买房子，手头正紧。

但是她心里着急，面上却依然温和委屈："我哪有时间出差啊，不行，我找张恒总去，我不接这任务！"

这个项目业务量非常庞大，估计要出差一个月。这一个月她都待在H市，万一顾不上公司的业务，她被王超这种小人踩下去怎么办？再说了，蒋红梅也压根不会答应她出差一个月。

"来不及了，田总经理已经答应了。"姜媛叹气，眼睛里带着真诚，开始表忠心，"罗经理，上次是我不对，没及时说出纪检调查你的事……我发誓，我以后都不会了！你在外面出差，我会时时都跟你报备公司的情况！"

罗知南顾不上咀嚼她的话，沉吟一番，忽然抬头说："我不能去出差！张恒总要是不答应，我就去找何铭。"

"啊？"

罗知南交代姜媛："我这就去项目部一趟，你先到会议室，必要的时候帮我请个假。"

说完，她转身往电梯走去，步伐带风。

罗知南在钱的事情上，就没含糊过。

## 2

何铭走出办公室，部门的小张立即跟过来。何铭吩咐："联系德立信咨询公司，聘用专业团队去H市。"

德立信咨询公司，是全球十大专业调研机构之一。

小张点头答应，但小心翼翼地问："何总，你真的要去H市吗？要不要再考虑看看？"

何铭的语气不容置疑："与其问题出在别人手上自己无力管辖，不如自己亲自去看看哪里有问题。"

小张答应一声，转身离开。何铭扭头，正碰见气势汹汹而来的罗知南。

"何总，听说你把我拉进了天启案的尽调团队？"罗知南开门见山，"那个项目要在外地做一个月，很抱歉我能力不足，也没时间，你把我踢出尽调团队吧，我在这里先谢谢你。"

何铭惊讶地看着罗知南，她今天一身黑色西装，内里是雪色丝绸打底衫，胸口的一抹碎钻闪着冷锐的光，将她整个人衬托得气质犀利。他摸了摸下巴，指了指自己的办公室，罗知南立即心领神会，进入了他的办公室。

关上门，何铭才笑着问她："你现在跟我说话，都这样直接了吗？"

罗知南挑了挑眉。

自从上次在机场对这个男人大吼大叫一番之后，罗知南干脆放飞自我，跟他说话单刀直入。她冷笑着说："不然呢？我还要绕着来跟你说话吗？我不太愿意跟你沟通之前，还得跑个800米。"

"你能力没问题，我就是很欣赏你的专业水平，还有女人独有的敏锐度。全公司上下我看了，就你最适合做这次天启案的尽调人员。所以，希望你能合理安排工作，参加这次的尽调工作。"

罗知南倒抽一口冷气，这个男人油盐不进，有些棘手。她换上一副笑脸，语气柔和了许多："何总，你何必强人所难呢？我在公司有多忙多累，相信你也看得见。去H市一个月，我真的做不到。"

她的语气有些委屈，也带着隐约的哭腔，一般男人见了，少不得要心软三分。

可惜，何铭是二般男人。

他似笑非笑地看着她："你是舍不得业绩提成，心疼钱是吧？"

罗知南一愣。

"我知道，做这种案子没提成，但是公司有需要，我们就要维护公司利益。"何铭慢慢靠近罗知南，声音充满磁性。

一股男性的荷尔蒙气息瞬间向她袭来。罗知南想后退，身子却僵硬得无法动弹。

"还有，收起你可怜巴巴的模样，我上过一次当，不会上第二次。"何铭继续说。

罗知南无奈地看着何铭，他有一双狡黠的眼睛，那是千年老狐狸，少一年都不行。

他，还是记恨的，记恨她把散播谣言的帽子扣到他头上，也记恨她那次虚晃一招的美人计。

"行，不过我能力可不怎么样，希望何总别后悔。"罗知南冷笑着说。

何铭轻轻摇头："怎么可能？在我眼里，你罗知南是最有能力的，我——看好你。"

我看好你。

这四个字被他说得非常像讽刺。

罗知南使劲忍耐怒火，才没有说出脏话。

## 3

果然，蒋红梅听说罗知南要出差一个月，强烈反对。

"你去哪里要去一个月啊？在外头你肯定三天两头吃外卖，你知道那些外卖用料都不健康的！还有，跟你说了多少次了，别晨跑夜跑，你就是不听，碰到坏人你就知道了……"蒋红梅在客厅里啰唆，但还是说出了那句话，"不行，你辞职！"

罗知南本来正在卧室里收拾东西，听到这句话差点跳起来："我辞职？我好不容易干到现在这个职位，你知道我付出了什么？你就为了自己心里舒坦，就可以抹杀我的成绩？"

"你这孩子，学会扎人心了！"蒋红梅捂着胸口，气得脸色铁青。罗爸赶紧上前扶着蒋红梅："小南，你少跟你妈说两句！"

罗爸说着，哄着蒋红梅往外走。蒋红梅挣扎着回来，不死心地追问："跟你出差的，是男同事还是女同事？"

罗知南赌气："男同事。"

"结婚没结婚？他人品怎么样？你把他手机号码给我……"蒋红梅掏出手机，打算记录别人的手机号码。

罗知南崩溃地一拍脑门，说："妈，他们都是人精，都有大好前途，没人会贪图我美色去犯罪，OK？"

"我不是怀疑他们的人品，我是说如果人不错，没结婚，你可以……"蒋红梅还不放心。

罗知南哭笑不得。蒋红梅的思维就是个二极管，未婚的年轻男子在她这里只有两种身份，潜在罪犯或者潜在女婿。蒋红梅可能永远学不会把别人当一个普通人去看待。

"我跟他没可能，就是一般的合作伙伴，你就别操心了。"罗知南说。

蒋红梅还是不放心，用目光审视着罗知南。

"咱闺女聪明着呢，知道应对，你就放心吧！再说你得注意身体，别动不动就发脾气。"罗爸在旁边劝说。

蒋红梅像想到了什么，嘴唇颤抖了两下，默默地点了点头，转身往外走去。罗爸回过头，对着罗知南挤眉弄眼："把门关上。"

罗知南站着没动，望着门口发呆。这就哄好了？

5分钟后，罗爸从主卧里出来，小心地关上了卧室的门。罗知南凑过去，问："爸，我妈答应我出差一个月了？"

"答应了，你这次想坐飞机也是可以的。"罗爸笑呵呵地说。

蒋红梅答应她坐飞机，这还真是破天荒头一回。

罗知南还以为自己听错了："爸，你确定？"

"确定啊！你妈还是通情理的，我跟她一比画，她不就明白了吗？"罗爸很得意。

罗知南狐疑问："这是因为你比画，我妈才答应的吗？万一……我是说万一，我妈是因为做了对不起我们的事，感到愧疚才答应的呢？"

"对不起我们的事？"罗爸有点蒙。

罗知南咳嗽两声："比如说，我妈跟初恋重新联系上了。"

"说什么呢？小兔崽子！"罗爸一瞪眼，使劲拍了罗知南的脑瓜子一巴掌，"别胡说，你妈怎么可能呢？"

罗知南把罗爸拉到厨房里，低声问："那我妈前几天坐飞机出去过，这事你知道吗？"

罗爸眼神闪烁："你妈坐飞机？她都不让你坐飞机，她自己怎么可能以身涉险呢？我看你啊，没事别瞎想。"

"爸……"罗知南还想再问什么，罗爸已经打开门走了出去。

罗知南满腹狐疑，却无从问起。

她只确定一件事，家里肯定有事发生。

## 4

怀揣着不安，罗知南踏上飞机。

也许是知道两人之间有不可调和的矛盾，何铭从登机后就很安静地翻看杂志。罗知南也懒得理他，从包里掏出一副眼罩戴上，很快进入睡眠。

眼罩上有四个字：吃饭叫我。

如果没有工作，她懒得跟何铭说上一个字。

不知道过了多久，罗知南从睡梦中醒来。她摘下眼罩，低头看了下手

表，才睁大眼睛。

她这一睡，居然过了饭点。

"飞机餐已经发完了吗？"罗知南扭头问何铭。何铭一脸坦然地点了点头："是啊。"

罗知南的火气"噌"地一下冒了上来，晃了晃眼罩："这上面写的是什么，'吃饭叫我'，你怎么没喊我？"

何铭微微一笑，满脸坦然："我喊了，你没醒。"

"我……"罗知南卡壳，"就算我没醒，那你也应该把我晃醒。"

"这上面写的是'吃饭叫我'，又不是'吃饭晃我'。"何铭一本正经地玩起了文字游戏。

"你三岁孩子吗？这还要我提前告诉你？"

何铭耸了耸肩膀："你不说话，我怎么知道你心里怎么想的？"

罗知南还想接着吐槽，不料何铭收起杂志，露出小桌椅上的一盒飞机餐，推到她面前。

"逗你的，你的餐我帮你领了。"何铭乜斜着看罗知南。

餐盒里是一份意大利面，西红柿独有的香气丝丝缕缕地飘来。罗知南深吸一口气，决定还是先解决果腹之急。

现在距离落地还有一个半小时，她马上就要面对天启案这个烫手山芋，所以这顿意大利面，恐怕是她近期最舒心的一顿饭了。

下了飞机，罗知南与何铭刚刚拖着行李走出到达口，一名西装革履的中年男子就迎了上来："请问是何总和罗经理吗？"

"天启公司的孙总是吧？我们视频会议上见过。"何铭和对方握手。罗知南回忆起资料，天启公司的总裁孙启明，年龄41岁，并眼尖地看到了孙总手腕上的名牌金表，习惯性地在脑海里蹦出一个数字。

天启公司的总裁来接机，看来对方的确是希望促成收购的。不过，罗知南也相信一句话，无利不起早。总裁如此殷勤，怕是天启公司真的有什么不可说的内幕？

"我们先去酒店，中午就在酒店接风洗尘，如何？"孙启明提议。

何铭婉拒："我们在飞机上吃过了，想尽快开展工作，还是先去公司吧？"

"可以，尊重你们的安排。"孙总示意两人往机场外走。

一小时后，罗知南与何铭抵达天启公司。

天启公司不愧为AI领域的佼佼者，公司里处处可见现代的高科技。

员工、访客全部都实行人脸识别，考勤、加班也都是配备了一套自动识别的系统。公司开发的"天启一号"人工智能语音系统就建设在公司每一个工位上，包括会议室里也都有全语音办公系统。

罗知南一边参观，一边在内心里惊叹。

"我们给这个语音助手起了个名字，叫作Kiki。来，罗经理，你可以试试。"孙启明热情地招呼罗知南。

罗知南对着其中一个工位系统说："Kiki，我想订会议室。"

系统的屏幕上立即闪过几道蓝色光点，接着一个温柔的机械声音响起："明白了，这就为您预订。"

"参会的人一共15人，我想预订5杯美式，5杯柠檬水，5杯红茶。"罗知南又说。

Kiki依然回答得十分流畅。

接下来，罗知南又问了几个角度刁钻的问题，Kiki也表现得十分专业和人性化。罗知南本来想找出这个语音系统的漏洞，但没想到这个系统比她想象得更加专业。

难道，天启公司的技术层面没有任何问题？

她试探性地看了一眼何铭，何铭双手抱臂，眉头微蹙，似乎也在疑惑天启公司的专业性。

"何总，罗经理，我们继续看。"孙启明自信一笑。

接下来，孙启明给他们俩人展示的公司高科技，简直就像电影里的未来世界，所到之处都是全息投影和智能屏幕及语音控制。Kiki就像真正的人类客服一样，能够满足办公场所大部分的交互功能。

罗知南觉得自己像在沉浸式观看科幻电影，她趁着孙启明走在前面，捅了捅何铭的胳膊。

在这一刻，俩人决定暂时放下之前的恩怨。

"何总，这个水平的人工智能，够得上是诺奖级别了啊，怎么会轮到被我们公司收购？"罗知南低声问。同时，她也有些兴奋。这显然是一个大项目，如果能把天启成功收购，那就是一个大功劳。

何铭表情意味深长："你的问题，也是我想问的。"

罗知南最讨厌何铭这副老狐狸的嘴脸，刚想吐槽两句，忽然听到外面传来一声尖利的女声："让开！让我进去！"

伴随着吵闹声，空气中飘来一股香奈儿5号的香水味。

罗知南抽了抽鼻子，捉摸着用量如此之多，可见来者身价不菲。但孙启明脸色大变，吩咐手下："她来了！快，快拦住她！"

说话间，形势大变。一个周身名牌、身材微胖的中年女子风风火火地闯了进来，对着孙启明就是狠狠的一巴掌。

"孙总！"

"孙太！"

惊叫声此起彼伏，员工们都涌上去挡在孙启明和女人之间。罗知南被推到最边上，差点跌倒在地。幸好何铭眼疾手快地扶她一把，她扶住他的胳膊喘了两口气，退到墙壁边上。

"不用怕，她就一个人。"何铭轻声说。

罗知南心里直发怵。这女人被人喊孙太，应该是孙启明的老婆。她的战斗力一个可以顶上5个，整个办公室很快就狼藉一片。

孙太一边骂孙启明，一边痛斥："我让你背叛我！让你搞小三！我在家里辛苦操劳你在外面花天酒地……"

孙启明一边抱头躲避，一边反驳："老婆，你听我解释啊……咱们去办公室好好说行不行！"

罗知南撇了撇嘴。她还以为是孙启明欠了债，看来是欠了情债啊。她不喜欢这番伦理大戏，于是低声对何铭说："要不，咱们还是先回避，让他们把家务事处理了再说。"

何铭还没来得及回答，孙太已经抬起发型略微蓬乱的头："今天是谁来收购？啊？这江山是老娘的，谁来收购都要先跟我谈！"

孙太那双凌厉的眼睛，瞬间看向罗知南与何铭。

罗知南心里"咯噔"一下，下意识地往何铭身后躲了躲。何铭似笑非笑地看她一眼，坦然说："我们是飓风科技的尽职调查人员，这是收购前必须走的流程。"他看向孙启明，"请问孙总有什么问题吗？"

"没问题！"孙启明捂着鼻子站起来，"都去办公室说！"

孙太恶狠狠地瞪了孙启明一眼，仰着头往办公室走去。罗知南心里厌烦，眼下的情态，是她最讨厌的狗血剧情。

## 5

果然，孙太的要求非常简单粗暴。

孙启明像个孙子一般，低着头站在桌边。而孙太则摆出祖宗坐相，傲慢地坐在罗知南与何铭面前。她指着孙启明，愤恨地说："天启公司如今能做到这样大，我绝对功不可没！当年他还是个穷小子的时候我就资助他，他如今当了公司总裁，反而忘恩负义，去找小三！如果天启公司要被你们飓风收购，我不会签署任何文件，除非你们跟我谈！"

罗知南与何铭对视一眼，彼此眼中都有深深的无奈。

"孙太太，请您冷静一下，我们无意参与您的家务事。"罗知南摆出公事公办的态度，"要不您听听孙总怎么说？"

提起孙总，孙太忽然情绪失控，拿出纸巾擦起了眼泪："孙启明，你必须净身出户，你对不起我对你的付出，呜呜呜……"

何铭是个看戏不嫌事大的，立即看向孙启明："孙总，如果您净身出户，那么相关的收购，我们只能跟您的夫人去谈了。"

"别别别！这个事也不能全怪我，是我遇到仙人跳了！"孙启明愁眉苦脸地说，"一个月前，我因为心情烦闷去了一家酒吧，遇到了一个美女，跟她进了房间后，两个壮汉就冲进来，拍下了我和美女的录像！我知道如果丑闻曝光，一定会挫败天启公司的股价，所以我就想拿钱摆平，但是我却发现，他们不见了，却把录像邮寄到我老婆手里。"

孙太气得破口大骂："你还有脸说这段，你跟那小婊子衣冠不整的样子，恶心得我三天没吃饭！"

"老婆，你想想看，我是被人做局了呀！如果是普通的勒索犯，直接找我要钱就行了，为什么要把录像邮寄给你？这用意就是要我们离婚，把我的股权稀释。这么多年你没有经营过公司，没有经验，你很容易被说服卖了股权，或者卖了投票权。这样一来，大权旁落，天启公司就会被别人实权控制！"孙启明苦口婆心地说。

孙太一愣："什么？"

她征询地看向何铭，何铭点了点头："是，孙总说得有道理。目前孙总控股60%，其他股东9人，总共控股40%。如果你们离婚了，各自只有30%的股份。这个时候如果孙太出让自己手上的股权，就会有小股东成为大股东的情况，从而成为天启公司的实控人。"

孙太两眼发直。

孙启明讷讷地补充一句："做局的人，很可能是其他9名股东中的其中一人。只要他手中的股权份额超过你我，天启公司就不姓孙了。"

"你怎么不早说？"孙太勃然大怒。

"我想说啊，可是前些天你情绪激动，我刚起个头你就暴跳如雷。"孙启明苦笑，"说实话，我只是喝了酒一时糊涂。你没必要苦苦相逼，让外人乘虚而入……"

罗知南火起，忍不住打断了他的话："孙总，你是遇到了仙人跳，但如果你能对你太太忠诚，你也不会被设局。外人之所以乘虚而入，不就是钻你好色这一点的空子吗？你口口声声说是酒吧美女勾引你，但我想不是美女一个人就能决定开不开房吧？难道还有人拿枪指着你让你开房不成？"

她越说越激动，甚至还气愤地敲了一下桌子。孙启明脸上红一阵白一阵，低下头说："是，我是错了，男人也不该犯这样的错。"说到这里，他哀求地看着孙太，"老婆，咱们在这个节骨眼上要一条心啊……"

说一千道一万，他还是不舍得将自己的江山拱手让人。

孙太已经冷静下来了，但还是强硬地说："我不信你是被人做局，你就是在外面包养了个女的。"

孙启明无奈地看向罗知南与何铭。

罗知南真的是满头黑线，没想到事情会演变成这样。现在他们不仅要跟孙启明谈判，还要跟孙太谈判？

何铭也是觉得棘手，问："孙总，你有那个女人的电话吗？当务之急是先平息你的家庭矛盾。"

"没有，酒吧里碰见的，就没留联系方式。所以这就是最可疑的地方，她都不知道我是谁，却能把录像邮寄到我家？"孙启明说。

何铭点了点头，从这个角度来说，事情的确是有疑点。

孙启明踉跄几步，跌坐在椅子上，喃喃地说："这件事发生之后，我就明白了，那个做局的人摆明了就是冲着公司股权来的！9个股东，我压根不知道是哪个人干的！我预判到，如果我不从，他就搞臭我和天启。所以，我这才想急匆匆将公司卖出去，省得自己的心血被糟蹋了。你们能理解我吗？"

罗知南冷静下来，脑筋一转，从孙启明的这番话中抓出了重点。但是她没有表露出来，而是淡漠地说："我不和滥情的男人共情。"

何铭也及时补刀："孙启明，我也不会和你共情。"

两人一前一后，把孙启明说得更难堪。罗知南忽然觉得这一幕有些滑稽，心情也缓和许多。

"现在不是说这个的时候，现在是我要找到那个女人……不然内忧外患，咱们什么时候能够完成合作？"孙启明苦恼地抱住了头。

罗知南也有些发愁，这两人要是真的走了离婚程序，那这个收购项目不知道会拖到猴年马月。

根据现在的混乱情况，他们不仅仅是要跟孙启明一个人谈判收购，还要跟孙太谈判。未来两个人分了家，可能还要跟那个潜在的大股东谈判……尤其是那个幕后黑手大股东，很明显不好对付。那么这个收购案，几乎就是不可能完成的任务了！

如果完不成公司交代的任务，的确会给自己的履历表拖后腿。罗知南看向何铭，发现何铭也是缩紧眉头。

罗知南心头微动，故意低声对何铭说："何总，要不我们向公司申请，这个收购案无法完成？"

何铭果然无法淡定："这怎么行？这才刚开始……"

罗知南看着何铭心里着急，嘴上却无法说出的样子，心里大笑三声。收购案完不成，何铭会承担主要责任。而她只是被何铭临时抓的壮丁，责任最小。

何铭也有些焦虑，来 H 市之前，他可是对总经理田构信心满满地打了包票！然而，到了地方才发现，天启公司的问题居然是他最不擅长的男女情感纠纷。

越不是专业问题，越是难以处理。

# 第七章　老妈到底出了什么事

**1**

第二天，到了上午十点半，罗知南才来到天启公司。因为没睡好，她精神不济，灌下去一杯咖啡，才觉得头脑清醒了。

天启公司里，何铭聘用的德立信专业团队已经开始工作了。罗知南负责客户这块，于是坐在电脑前，开始浏览资料。

"罗经理。"一名工作人员敲了敲门。

罗知南将目光从电脑前挪开："进来。"

"罗经理，这是需要抽查的用户访谈名单，我们可以有针对性地进行访谈。"工作人员将一份资料放在罗知南的桌子上。

积极、客观地进行用户访谈，可以真实、有效地了解到天启的语音助手的使用体验感，也可以摸清楚天启公司的市场反馈，是不是真的如传说中那么优秀。罗知南点头，拿起名单，随手翻看起来。

她刚翻开第二页，眼帘里就映入一个熟悉的名字，蒋红梅。

罗知南还以为自己看错了，她仔细看了用户"蒋红梅"的相关资料，更是惊讶。资料显示，用户"蒋红梅"曾经在江城的第一人民医院就诊，在住院期间，使用了天启公司的语音医疗助手。再看时间，差不多就是罗知南发现那张诡异飞机票的前几天。

难道，母亲生了重病，瞒着自己住院了？

罗知南看着名单，浑身一阵阵地发冷。工作人员好奇，问："罗经理，这份名单有问题吗？"

"啊，没，没问题。"罗知南赶紧收拾好情绪，问，"能看出这些客户挂的是什么科室吗？"

工作人员摇头："这个不行，属于病人隐私了。"

"行，我知道了。何总呢？我想找他谈谈。"罗知南站起身。

"何总在最靠东边的办公室，正在带人查看天启公司的项目书。"

罗知南点头，拿着客户名单来到何铭的办公室。这个办公室已经成了纸山，何铭和几个工作人员站在文件堆里，正在核实信息。看到她进来，何铭适时抬起头："有事？"

"何总,我在访谈的用户名单里,看到了我母亲的名字。"罗知南言简意赅地说。

都是聪明人,一点就透。何铭立即说:"如果用户和你有亲属关系,那么有两个解决方案:第一,放弃这个样本;第二,我来做这项调研工作,为了保证访谈结果客观真实,你需要避嫌。"

罗知南嘴唇泛白:"我选第二个。专、专业样本量既然抽取的是这个情况,而且前期,已经通过各个客户跟访谈人都联系好了,我也不好随意改动。"

她尽可能心平气和地描述这件事,但语调还是无法做到完全流畅。

"好。"何铭接过用户资料,快速翻看后,才关怀地看向罗知南。他已经猜出,罗知南事先不知道母亲有住院的情况。

"别担心了,可能只是小毛病,不想让你担心才没告诉你。"何铭的语气里已经带了安慰,"我会回去一趟,有消息告诉你。"

罗知南茫然无措地点头,转身出了办公室。何铭不放心,追了出来:"你没事吧?"

"我没事。"罗知南木然地说完,然后转身慢慢离开。何铭望着她的背影,若有所思。

## 2

第二天,何铭就乘坐飞机回了北京。

罗知南待在H市无心工作,想给母亲打电话,又怕母亲多想。她心乱如麻,一遍遍地想,如果母亲真的得了重病,她手上的钱都付了房子的首付,该怎么办才好。

怕什么就来什么,就在这时,罗知南接到了曼丽的电话。

"小南,我来帮你看房子了,你想看什么就直接告诉我。"视频电话里,曼丽十分兴奋,"不过得看快点,房主说咱们半小时内就得结束,他后面要用这套房子。"

罗知南欲言又止,勉强笑了一下:"麻烦你了。"

"不麻烦,刚好碰见苏雨,他陪我一起帮你看房。"曼丽转移镜头,苏雨的脸立即出现在手机屏幕里。

苏雨依旧有些腼腆的样子,有些难为情地望着罗知南:"小南,以前家里做过房地产生意,我也来帮你看看房子。多个人,多个参谋嘛!"

自从上次相亲事件之后,罗知南就没怎么联系苏雨。现在她猛然看到

苏雨,愣了半天,只能谢谢苏雨。

"不客气,只要是你的事情,我都愿意帮你去做。"苏雨语气里满是柔情。

罗知南面上假笑,但内心里已经开始吐槽起了曼丽。她知道这是曼丽好心撮合自己和苏雨,但是这真的是一场尴尬的乱点鸳鸯谱。

"房子挺不错的,以后买了,这个门要重新修整一下。"苏雨推门进了小院,四处张望,"院子的布置很有艺术氛围,小南,你很有眼光,这个小房子还真的适合你。"

院子里干净整洁,一条石板小路蜿蜒伸向室内,将整个院子一分为二。左边靠墙的角落里,主人用鹅卵石修砌了一座小池塘。池塘边上是一棵松树,松针凛然。右边是用砖头垒砌的菜园,但菜园里已经没了青菜,只有不知名的野花在灼灼绽放。

"等搬进来,墙头是一定要拉上电网的,不然你一个人住不安全。"苏雨指着墙头说,"我可以让家里找最好的设计师给你装修,保证又时尚又安全,特别实用。"

罗知南干笑:"这个房子我没告诉家里人,所以你也不用动用家里关系,我喜欢独立。"

苏雨愣了下,刚想说什么,屋子里却走出了两男一女,其中一个男人穿着西装,一看就是带人来看房的中介。

"哎,你们干什么的?"中介问。

曼丽惊讶:"我也是中介,我带人视频看房!这房子有人买了!"

"原来是同行啊。"中介和曼丽握了握手,"看来屋主挂了不止一家房产中介啊,这房子挺抢手的。"

罗知南急了,这房子地段虽然有些偏远,但是不堵车,而且独门独院的,性价比高,她怎么能拱手让人?

"曼丽,你老公不是说房主要卖给我了吗?怎么还有人来看房?"罗知南急了,当时就要找老猫的电话。

曼丽赶紧安慰:"你放心好了,我回去让老猫赶紧走合同流程。这套房子,必须姓罗!"

"必须姓罗!"苏雨也在旁边附和。

等到另一拨中介离开,曼丽又联系了老猫。老猫让罗知南不用担忧,他会搞定房子的事,罗知南才放心。

"性价比是高,但也是老房子了,还能成精不成?"罗知南安慰自己。

只是她没想到,这房子还真的成精了。

## 3

何铭拖着一只小型行李箱回到家，进了门却嗅到一股饭菜的香味。他微微皱眉，下意识地问："谁？"

"回来啦？"何母从厨房里走出来。她不好意思地在围裙上搓了搓手："你两天没回来，我以为你加班呢，也没好意思给你打电话。"

对于母亲的意外到来，何铭站着没动，也没说话。

何母精瘦干练，一张脸保养得宜，乍一看根本猜不出已有50多岁的年龄。看何铭不说话，她尴尬地站在那里，手脚无措，最后犹豫半晌才继续说："我想给你做好饭，放冰箱里冷冻着，再走的。"

"不需要，你带走吧。"何铭冷淡地说。

"我做都做了，都是你最爱吃的菜。"何母说。

何铭没有再推辞，而是开始松领带，放置行李。何母无奈，返回厨房继续做饭。过了一会儿，何母端出几盘热气腾腾的菜肴："赶上你回来，趁热吃，合不合口味都告诉我，啊。"

肉丁炸酱、红烧鱼、排骨汤……何铭举起面前的筷子，忽然一笑："妈，你也吃。"

何母受宠若惊，从餐桌边上的筷筒里抽出一双筷子："好，有你这句话，妈留下吃。咱们娘俩有多久没坐在一起吃饭了？"

何铭没回答何母的话，又抽出一双筷子放在旁边："给我爸也上一双筷子。"

何母的脸色瞬间变了。

横亘在俩人记忆里的何铭父亲，是一道惨烈的伤痛。十几年前，何铭刚上高一，刚走到家门外的街道，就看到停在门口的警车。

何铭的父亲，是自杀身亡。他当年生意失败，债台高筑，为了不连累妻子和儿子，他就走上了这种惨烈的不归路。

只是何母没有想到，儿子居然提起了这茬。

"是我对不起你爸，如果当初能多开导一下他，说不定他还在……"何母开始抹眼泪。

何铭冷眼看着何母，冷冷地说："你现在不也过得挺好？带着我弟弟改嫁，听说叔叔身价也是不菲。"

何母尴尬地放下纸巾："我知道你还在怨我。"

"没有。"

"咱们母子俩，什么时候能放下这件事啊？"何母叹了口气，转身从

身后的包里拿出一个房产证递给何铭,"这个给你。"

何铭接过房产证,打开后看到上面的地址,目光里终于起了波澜。

"这是咱们家早年因为生意失败被查封的房子,前阵子被解封了,还将产权登记在了你的名下。"何母说,"你叔不知道这件事,我想了又想,决定把房本给你。"

何铭疑惑:"解封了?谁做的?"

"不知道,有段时间了。"何母叹气,"当年你父亲的公司,也是一笔糊涂账,但是事情都过去了,咱们都要往前看。这套房子,你想自住,或者是卖掉,都是可以的,妈妈尊重你的想法。"

何铭定定地看着房本上的地址,眼角微微潮湿。

记忆的闸门被打开,往事如潮水倾泻而出。

记得小时候,父亲带着何铭站在院子里,一边教他修剪松枝,一边告诉他:"人生就像这棵松树,要对自己狠一点,才能郁郁挺拔,傲立世间。"

何铭还记得父亲的音容笑貌,可是在一个阳光灿烂的早上,他接到了父亲的噩耗。教导他要对自己狠一点的父亲,做了一个无比残忍的决定——父亲扛下了所有,也抛下了所有。

"我知道了,这套房子我不会卖的。"何铭态度很坚决,"这是爸爸在这世上最后的痕迹,每一砖每一瓦都带着他的气息。"

何母点头。

她没有吃饭,而是沉默地站起身,离开了。

随着房门"啪嗒"一声响,房内又安静了下来。何铭放下房本,一边吃菜,一边擦眼睛。

终于,一颗晶莹的眼泪落下。

"爸,你也吃菜。"何铭将一块鸡肉放在那个空位上的碗里,声音哽咽,"我会去看你的,很快。"

## 4

对何铭来说,拿到老房子房产证是一件意外的事。但他没想到的是,第二天又发生更意外的事。

他回到北京,就是为了完成调研,而第一个要调研采访的用户,就是罗知南的母亲,蒋红梅。

何铭走进一处小区,这个小区上了年头,绿化带的树干都散发着年轮的潮湿感。他按照手机里的地址,走进单元门,视线顿时昏暗。

罗知南就住在这里？

何铭多多少少有些吃惊，因为这个居住环境和罗知南的反差有些大。他找到门牌号，按响门铃，很快门就开了。

"你好，我就是在电话里联系你的医院工作人员，我姓何。"何铭从上衣口袋里掏出名片递过去。开门的是罗父，他热情地将何铭迎到客厅里："你好，何先生。哎呀，你们医生真的是负责任，还上门回访。"

何铭放下手中的礼品盒，罗父客气两句，又给何铭倒上茶水。老年人闹不清楚医院和商业公司之间的差别，何铭也就没有多做解释，而是从公文包里掏出一份文件："这次回访，我想咨询一下你们对 H 市第一人民医院的医疗语音助手的使用感受，具体问题就按照这个表格来吧。"

"对，是我陪夫人去的医院，我也可以做。"罗父接过表格。

"您爱人现在是什么情况？"何铭试探地问。

罗父望了一眼卧室，笑容有些尴尬："我爱人怀孕了，现在尽量是不走动，毕竟年龄大了，要注意保胎。"

何铭震惊了，一瞬间，他有万般情绪涌上心头，同时脑子里也嗡嗡的，各种思绪掺杂在一起搅拌。

罗父还以为何铭是不好意思接话，一边填表，一边继续说："哎呀，我们就怕你们年轻人笑话我们……但是我们失去过一个孩子，对孩子有执念，就去做了试管，没想到一次就成功了。"

何铭克制着自己的情绪："对不起，让你想起伤心事了。"

"都过去了，过去了。"罗父停下笔，眼里渐渐悲伤，"我们后来也有一个孩子，也挺大了……我们还没让她知道，还不知道怎么跟她说。"

何铭在心里琢磨着罗父口中的信息量，不由得对罗知南一阵同情。但是在罗父眼里，何铭的这种沉默无异于一种另类的情绪。罗父忍不住说："我说，你能为我们保密吗？"

"保密？"

"毕竟年龄这么大，还做试管，传出去是真的不好听。我爱人脸皮薄，平时性格也敏感，我不希望她受到任何伤害。"

何铭赶紧表态："那肯定，这个我明白，你放心，这个在我这里就是绝对保密的。"

说到这里，何铭的手机突然震动，屏幕上显示"罗经理"，就是罗知南打来的电话。他赶紧挂断，掩饰性地清了清嗓子。

"你接听，没事的。"罗父说。

"不用了，诈骗电话。"何铭说。

他现在也在烦恼，要如何跟罗知南说这件事。

## 5

天启公司里，罗知南看着手机发愣。她打给何铭的电话被挂断，这更是让她心神不宁。难道母亲的病真的很重？

工作人员在她身边来回穿梭，罗知南只得埋头工作。不知道过了多久，何铭才回复了她的电话。罗知南赶紧拿起手机，匆匆走到外面，推开了安全通道，心情紧张地接听了电话。

"何总？你从我家出来了？"罗知南问。

何铭在手机里说了一声"是"，然后说，"具体的情况，我到了H市再和你说吧。"

罗知南心情跌倒谷底，何铭在电话里含糊其词，这不就是在说母亲的病绝不简单吗？她赶紧说："你现在就说吧，我承受得起。"

何铭沉默。

"你说啊，到底是什么病？"

何铭干笑两声："也不是什么病，你母亲没生病。真的，没必要骗你。行了，我要赶飞机了。"

"你等下……喂？"通信信号不佳，电话被迫挂断。罗知南再拨打，却没法接通电话。她心情烦闷地走出安全通道，想要下楼买一杯咖啡。

楼下，孙启明正好进到大厅里，向罗知南打招呼。

罗知南嫣然一笑："何总马上要坐飞机回来，我想去接他。"

"哦，是这样啊，那我送你？"孙启明从裤兜口袋里掏出车钥匙。

罗知南摇头："不用了，我喊过车了。"

孙启明很坚持："你把单退掉，我送你吧。"

罗知南哪里敢坐孙启明的车，两人正在僵持，忽然听到一声咆哮："姓孙的！"

这声咆哮如同河东狮吼，瞬间让人汗毛站立。罗知南眼瞅着孙太气势汹汹从入门处而来，知道她又误会了，心里不由得打起鼓来。孙启明倒是坦然，对着孙太说："这是罗经理，你见过的。"

孙太愣了一下，面容尴尬，但嘴上依然不饶人："你刚才在那里拉拉扯扯的，干什么？"

"你看你说的什么话，罗经理要去接何总，我总要尽些地主之谊吧。"

孙启明说。

孙太脸上神情更难看了，罗知南好脾气地说："孙太，就是孙总说的这样，我刚跟何总通过话，要不您看看？"

"不用了不用了，是我小人之心度君子之腹了。"孙太语气里带了一丝歉意。罗知南心头一动，把自己手机给了孙太："要不你还是看一眼吧。"

孙太扫了一眼，将手机推了回去："罗经理，对不住，是我小肚鸡肠了，你可千万别怪我。"

罗知南自然是息事宁人，寒暄了几句，走出公司大厅。她喊了网约车，地址却没有定位在机场，而是定位在市中心的一处商场。

商场里有一处环境幽静的咖啡馆，罗知南点了一杯咖啡，望着玻璃窗外的霓虹灯发呆。

何铭没有回复她的短信，看来还没有下飞机。罗知南正要催问一下，忽然接到了一条陌生的短信："罗经理，我是孙太太，能和你聊一下吗？"

## 6

罗知南心里一松，明白自己成功了。

孙太太又发来一条短信："我没有其他的意思，只是想和你聊一个女人和女人之间的话题而已。"

罗知南将地址发过去，孙太太很快来到了咖啡馆。她摘下墨镜，直接坐到罗知南面前。

下午的时候，罗知南将自己的手机给孙太太看，屏幕上正好是自己的电话号码。她本来就想单独约谈孙太，也只是试试这个方法，没想到孙太真的赴约了。

"孙太太，你想聊些什么？"罗知南礼貌性地推过菜单，示意她点餐。

孙太太随意点了一份咖啡，然后两手交叉，面露为难："罗经理，我在你眼里，是不是一个挺没意思的女人？"

有那么一瞬间，罗知南想说，是。

不过，她还是圆滑地说："孙太，能问出这个问题的人，就已经算是个有趣的人了。"

"我是来找你聊天的，不是来听话术的。其实，我知道我什么样。老公出轨，我闹了好几场，却连个小三的面都没见着。"孙太太苦笑着说，"可你知道吗？我最开始不是这样的人。"

"那你是……？"

孙太太在手机上操做一番，推给罗知南。罗知南扫了一眼，顿时睁大眼睛。那居然是孙太太的简历，最惹眼的就是那所世界排名前十的名校。那所名校，是罗知南曾经梦寐以求，而被蒋红梅强行中断的学业。

"不信吧？觉得我是买的？"孙太太语气随意，问题却很犀利。

罗知南尴尬地说："的确有买卖的情况在。当然，孙太，我可不是说你学历掺假。"

"我是苦学读下来的，孙启明是我的同学，那时候我们很相爱。后来他要创业，我为了全力支持他，就辞掉了自己高薪的工作，成了一名家庭主妇。"孙太幽幽地说，"只是没想到，几年下来，我成了自己当初最鄙视的那种人。"

说到这里，孙太的眼睛里有亮晶晶的眼泪。

罗知南心里突然有一股冲动，怎么都压抑不住，她脱口而出："孙太太，我都为你感到不值。"

孙太看向她，眼中神情复杂。

"人这辈子，就不能指望任何人，不能把希望拴在任何人身上。一旦那个人变心，或者离开，我们的指望和希望就全没了。男人和女人都一样。"罗知南捧着咖啡杯，望着外面的景色，"更何况，那个人真的是你所看到的那样吗？也许，他是一个深不可测的人。"

"你是不是知道些其他的……什么？"孙太试探地问。

罗知南笑了笑："我知道的只有孙总生意场上的事情，并不是私生活。"

"哦，我也不乱打听了。"孙太尴尬地点了点头，苦笑，"打听也没用，你也看到了，我现在一败涂地。"

罗知南摇头："你没有输，你还有牌。"

孙太不自然地抚摸了下头发："有吗？"

从孙太一进门，罗知南就在脑海中盘算着一件事。她靠近孙太，压低了声音说："你也占据天启不少股份，如果天启完成收购，你拿到手的钱，足以让你再开始新的生活。"

一提到天启，孙太立即警惕了起来："我今天来不是说商业上的事。"

"我知道，我们的立场注定无法信任彼此！但是我刚才是从一个女人的角度，给你的建议。"罗知南说，"孙太，你别忘了，天启里面有一个玩阴谋的股东，如果你不答应卖掉天启，那么你和孙总都会进入一个与狼共舞的境地。跟他斗一天可以，斗上1年、5年、10年……孙太，你觉得他还有什么招是用不出来的。你还有精力去开创新的生活，新的事业吗？你真的喜欢这样的生活吗？"

孙太愣住了。

"或者，你觉得和孙总联手，一定能斗败他？"罗知南趁热打铁。

孙太沉默了。

所有的女人到了中年都会抛弃恋爱脑，那就是因为爱情和婚姻是靠不住的。能给予自己新生的，只有她们自己。

"这家甜点不错，要不我们点吃的吧。"孙太忽然换了话题。

罗知南也顺坡下驴："好。"

她知道，自己刚才的几句话仿佛是一颗深水炸弹。要不了多久，就会掀起惊涛骇浪。

## 7

整整一晚上，罗知南都没睡安稳。

第二天清晨，她给何铭打电话，电话是通的，他却没接听，只是挂断后发来一条短信："文字说。"

罗知南翻了个白眼，这么大的事，怎么文字说？

她匆匆收拾了下自己，然后赶到了天启公司。何铭正在会议室和德立信的员工开会，见罗知南风风火火地闯进来，立即站起身："你来得正好，可以旁听下工作。"

"我有话对你说。"罗知南单刀直入。

何铭看了看身后，德立信的员工立即心领神会地离开。等到四下无人，何铭才笑了笑："这么急着见我？"

"我母亲到底是什么病？"罗知南问。

何铭故作轻松："没病啊，在电话里不是跟你说了吗？"

"没病为什么去医院？"

何铭耸了耸肩膀："可能是老年人疑心重吧，以为自己生了病，但其实去医院检查一圈，也没发现毛病。"

"真的？"

"我骗你干吗？"何铭很坦然。

罗知南暂时放下了一颗心，但同时也对何铭多了份气恼：如果没事，他干吗不在电话里说清楚？

她深呼吸一口气，决定不纠缠这个问题："还有另一件事要和你说。"

"什么？"

罗知南深呼吸一口气："我跟孙太谈判了，如果她按照我的思维走，我们应该很快就能完成这个收购案。"

"你怎么擅自行动？这个事你都不和我商量？罗经理，你是不是觉得你人缘好得不得了，说一句话就能让所有人都信服？"何铭气笑了。

这话说得很不客气，罗知南气得浑身发抖，连连点头："我也是为了收购案，你不要讲得那么不客气。"

"我只是让你知道真相，以后不要越级行动。"

因为两人声音有些大，会议室外面有些动静，似乎是有人往这里张望。罗知南知道何铭已经是一头倔驴，八匹马也未必能拉回来，索性快步走到门口，"哗啦"一声拉开了门。

门外，几个工作人员尴尬地摸了摸鼻子。罗知南瞪了他们一眼，踩着高跟鞋离开了。

她气呼呼地回了酒店，几乎是冲进房间收拾东西。刚把洗面奶放进箱子，她的手机就响了，何铭来了一条短信："你别收拾东西，我晚点和你解释。"

他这是算准了时间，以及她的行为。

罗知南呵呵冷笑，压根就没有回复。等收拾好之后，她点开软件打算订火车票，才发现最近的一班火车是5小时之后。

这么看来，她还要在宾馆里等上至少两小时的时间。罗知南泄气地往床上一躺，望着天花板，心头的苦涩就那样蜂拥而来。不知道过了多久，她迷迷糊糊地睡着了，猛然醒来一看，正好过去了两小时。

罗知南抹了把脸，拖着箱子起身往外走，刚走出房门，就看到何铭下了电梯，往这边而来。她气不打一处来，靠着墙边往前走，结果何铭挡在她面前："你听我解释……"

"不用了，我回公司述职，后果我自己承担。"罗知南生硬地说，继续往前走。

何铭看无法阻止她，居然靠近罗知南。她只来得及尖叫一声，就被何铭扛了起来。何铭将她扛在肩膀上，一只手拖着箱子就往房间走。罗知南被这剧变惊得心头乱跳，使劲捶他："你干什么？混蛋！放我下来！"

"冒犯了。"何铭将手伸进她的裙子口袋里。罗知南感觉到他的手指触碰到臀部边缘，大声喊："流氓！"

但他的手指却没有继续，而是从她的口袋里摸出房卡，利索地打开房门。刚进门，他就一把将罗知南扔到大床上。

罗知南被摔得七荤八素，眼冒金星。

# 第八章　年轻人就是虎

## 1

罗知南喘着粗气，从床上坐起来，手脚并用地往后退，一直退到床头。她浑身瑟瑟发抖，恐惧到极致，不明白何铭到底想干吗？

而何铭也跟平常里表现得很不相同，他不再是那个谦谦君子，眼神阴鸷，居然歪着头扯领带。

"你，你别乱来啊！我可没得罪你……"罗知南举着手机，发出了一段外强中干的警告。

何铭一愣，放下松领带的手，微微一笑："在你眼里，我有那么卑劣吗？对你图谋不轨？"

"那你……"罗知南一时间没了主意。

何铭在床沿上坐下，然后说："刚才在会议室，我注意到我们被监控了。其实我刚接到消息，本来要收购的只有咱们飓风一家，但是其他的风投公司不知道怎么得了消息，说是天启的总裁孙启明身陷桃色绯闻，想要快速脱手公司。风投公司觉得有便宜可占，现在跟咱们竞争的有好几家！也就是说，我们飓风无形中给天启公司做了广告，你知道吗？"

罗知南张口结舌了一会儿，气得从床上跳起来："不是吧，孙启明不想跟我们合作了？他这不是耍人吗？"

何铭耸了耸肩膀："商场都是这样，为了多套一些资金，名誉和信用算几毛钱？都是影帝，看哪个入戏入得真。"

罗知南听了这一番话，心里拔凉拔凉的。她低头看着手机，忽然说："我去找孙太。"

"你找她做什么？"

"既然孙启明把我们当成一个工具人，那我就去找孙太说明情况，让她支持飓风对天启进行收购。有她的支持，我很快就能办完这件案子。"

何铭看着她，眼眸深深："哦对，你跟孙太谈过了……但你跟孙太不是旧识吧？"

罗知南摇头。

"那她为什么支持你？"

罗知南深呼吸一口气，回答："我会开出一个条件，让孙太在这次收购案中拿到较多的利益分配。"

何铭笑了："那孙太凭什么相信你呢？"

"我不需要她的相信，我只觉得女人会理解女人。"罗知南自信地说，"我有一个天然的优势，我是女人。"

何铭定定地看着罗知南良久，才说："看来你是不撞南墙不死心……行，你可以去试。我这边也会正常进行。但我预判——"他伸出一根手指，晃了晃，"孙太根本就不会相信你，她跟孙启明是夫妻，什么锅就配什么盖。"

"前提是孙太是锅盖，但万一她才是那口价值最大的锅呢？"罗知南完全冷静下来。

何铭笑了笑："行，你去试试。"说完，他扭头往外走，走了两步，回头对罗知南意味深长地说："年轻人就是虎。"

罗知南瞬间觉得，何铭把自己当成了小学生。但现在她什么也顾不上了，有一线希望，她就要去试一试。

## 2

罗知南将孙太约在了上次的那个咖啡馆里。孙太打扮一新，袅袅娜娜地出现，气色已经远超上次。

"孙太，真是不好意思烦扰你，想喝点什么？"罗知南拿过菜单。

孙太微微一笑，让罗知南点了两杯咖啡，然后开门见山地说："罗小姐，上次跟你聊过之后我想了很久，已经决定卖掉天启了。诚然，我可能在这个过程中吃点亏，但是那又怎么样？跟这个烂摊子继续纠缠，只会浪费掉我更多的人生。"

果然，在感情这条路上走明白的女人，精气神都不一样了。

罗知南暗暗观察孙太，发现她眉宇间舒坦了不少。趁着孙太心情不错，罗知南及时吹捧："你做出了正确的选择。"

孙太很是受用，不过她话锋一转，问："那你呢？你这次约我出来，应该是为了收购的事吧？"

罗知南干笑："孙太，那我就不浪费时间直接说吧。相信你应该得到消息了，有其他的风投公司也介入了收购案。虽说我对飓风的竞争力有信心，但谁不想确保万无一失呢？我这次来，也是希望孙太能理解我在这个项目中的处境，帮帮我，卖我个面子，支持我一下。"

孙太也没有拐弯抹角:"你让我支持你达成收购案,那你是想好给我的好处了?"

罗知南点头:"是的。"

"那究竟是什么条件呢?"孙太来了兴趣。

"飓风是一家专业的科技公司,它对产品和市场的眼光十分独到,在收购达成后,依然会保留天启的实力。"罗知南从包里拿出一份文件,"这是飓风的详细资料,你可以看一下。"

孙太"扑哧"一声笑了出来:"我说的好处,可不是这个!飓风在业内数一数二,跟我有什么关系?我又不是找老公。"

罗知南脸上发烧,但还是镇定自若地说:"孙太,我不知道那些风投公司都和你承诺了什么,但我确定的是,我是唯一不会骗你的人。我会在收购案中尽我所能维护你的权益,但你现在要我说给你什么好处,我还真的说不了。"

孙太目光犀利地看着罗知南,嘴唇扬出了一个好看的笑容。罗知南被孙太看得发毛,但她没有退缩,而是不卑不亢地看了回去。

许久,孙太拿起面前的咖啡,喝了一口,轻轻地说:"年轻人啊,就是年轻人。"

这"听君一席话,如听一席话"的话语,让罗知南不知道是嘲讽还是感叹,瞬间想起了何铭。他也是同样说自己太年轻,言下之意是说自己不懂事。

罗知南忍住心头的酸涩,勉强笑了一下:"孙太太,我自然可以巧舌如簧地承诺你许多好处,但那是骗你……所以我拿出我120分的诚意,希望你能考虑一下我的提议。"

孙太笑了。

罗知南也明白,在这个时代,诚意价值几何?然而她如今除了诚意,一无所有。

"我明白了,我会考虑的。"孙太起身。

罗知南急了,慌忙起身,但孙太已经眼疾手快地阻止了她:"别多说了,我考虑清楚会给你打电话的。"

她扔下这句轻飘飘的话之后,就飒然离去。罗知南颓然坐回椅子上,心里不是滋味得很。

这时,服务生端上了两份牛排和一瓶红酒,她下意识地说:"我没点。"

"是那位先生点的。"服务生指了指不远处。

罗知南抬眼望去，正看到何铭坐在吧台喝酒。暧昧的灯光将他的半边身子照亮，像暗夜里的一株曼陀罗。

见她看向这边，何铭端着酒杯走过来坐下。罗知南不客气地先发制人："你在看我笑话吗？"

"恰恰相反，我生怕你成了一个笑话，想帮你收场来着。"何铭说，"不过情况比我想象得好，孙太没笑话你不自量力，还是给足了你脸面。"

罗知南沉默，拿起刀叉开始切牛排。何铭见状，也开始切起面前的美食，一边优雅地使用着刀叉，一边说："你也别伤心，反正都要经历这么一遭——咱们跟孙太不是一个圈层的人。你以为曾经和她一起喝咖啡，甚至互诉心事，她就会高看你一眼？就会把你当朋友？收起幻想吧，孙太再落魄，也是个阔太太呀，不用996，不用为房贷发愁。"

"我和孙太喝咖啡的时间点，你应该在飞机上吧。说吧，是哪个千里眼顺风耳把别的公司也在跟进收购天启这件事告诉你的？"罗知南一针见血。

何铭目光很无辜："你何必这么撑我，我是在安慰你呀。"

罗知南翻了个白眼，不想揪住这个细节不放。但她心里不得不承认，何铭说的是对的。

上次，孙太在她眼里只是一个弱者。可是这才过去了多久，地位就已经悄然转换。就算孙太输掉婚姻，也都没有输掉钱财，而她罗知南只是一个社畜，输掉了奖金。

"那收购的事该怎么办？"罗知南问。

何铭看着面前的盘子，牛排已经被自己切割得七七八八。他叉起一块肉，优雅地放入口中，一边咀嚼一边说："孙启明要尽地主之谊，请我们游玩，咱们接下来就给自己放个假。"

"啊？"罗知南以为自己的耳朵出了问题，"工作悬在半空都没落地，你还有心情玩？"

"为什么没有？"何铭摊了摊手，"收购案的估值已经做完，接下来就是谈判阶段了。尽人事，听天命，既然已经到了听天由命的阶段，那咱们还不如放轻松点，有酒尽欢。"

罗知南气得鼻子都歪了。她恶狠狠地吃了块牛排，心里发誓，下次绝对不会和何铭一起出差做项目。

没任何好处！

## 3

果然,第二天,孙启明意气风发地找到罗知南和何铭,邀请他们在本市知名度假村游玩。

度假村在一处青山之上,白云缥缈,青山幽静,一座缆车贯穿东西,尽头依稀可见山庄。到了山庄处,罗知南耳边的喧嚣全然不见,入耳的只有潺潺水声,簌簌林音。

可是,这令人见之忘俗的景色并没有安抚到罗知南,相反,她更焦虑了。孙启明这是什么意思?给了甜枣,就要从收购案中抽离出去了?

罗知南绝对不能让他打这样的算盘。在爬山的时候,她有意无意地提了一句:"孙总,咱们之间也沟通了有些时候了,你看什么时候咱们能定下来啊?"

"哎呀,不急,不急。"孙启明笑呵呵地说,"你还怕我不跟飓风合作不成?我老孙哪里是那样的人?你说是不是?"

何铭立即抢去话头:"对,孙总光明磊落,绝对不会背后跟其他风投公司联系。这些天,咱们都处成朋友了,这点信任还没有吗?"

孙启明使劲点头,一副正人君子的模样。

罗知南表情微僵,她感觉孙启明在拖延时间,更是预感收购案可能有变。她只想赶快完成这个投资收购方案,回到总部公司巩固自己的地位。另一方面,她更是担心万一收购案没有结果,自己的年度业绩评分就不好看了,张恒肯定不会帮自己。

好不容易等到了一个空隙,何铭去卫生间,罗知南赶紧找了个借口,匆匆跟了上去。高档度假村的厕所,外面雕栏玉砌,雅致得很。不知道的还以为是个古典风的民宿。

何铭往里走,罗知南闷着头冲过去,挡在他面前。何铭愣了愣,随即促狭地笑开:"罗经理,这是男厕所。"

"没工夫跟你开玩笑,我说,咱们必须想个招,逼着孙启明坐上谈判席。"罗知南单刀直入。

何铭"哦"了一声,说:"咱们得有点耐心,要是表现得过于急切,他还以为咱们安排了什么坑让他跳呢!焦虑,着急,都是职场的大忌,记住啊。"

他没事儿人的态度,让罗知南气得冒烟:"我让你表现着急了吗?我只是让你想个办法把收购案这事给办实了!"

何铭也气笑了,叉起腰看她:"你说的就是一回事!都吃了几十年的饭，都在社会上混，这帮人早成精了！你这边有任何动作，孙启明那边就会立即察觉你的动机，从而采取措施，让我们陷入被动的境地，所以现在还不如以不变应万变！"

罗知南呵呵冷笑："我说不过你，我就是觉得你懒职。"

"你说得一本正经，其实只是怕自己业绩不保而已。"何铭毫不客气地说，"其实你完全可以坦诚一点。"

罗知南气得脸都红了。

"你如果感到愤怒，就说明我说准了。"何铭一针见血，堵住了她接下来要说的话。

罗知南恼火地瞪着何铭。

"不过跟你吵一架，我也挺高兴的。"何铭似笑非笑地说。

罗知南问："跟我吵架，你还挺高兴？"

"这个人际关系吧，就是吵不起来才说明生疏呢！咱们从最开始的客套淡漠，已经发展到了争吵讨论的阶段了，说明我们之间的关系有进步。"何铭煞有介事地说。

罗知南冷笑："吵完了，现在是打圆场阶段是吧？告诉你，我不吃你这一套！"说完，她转身就走。

何铭冲着她的背影喊了一句："互相拆台，也是关系进步的特征，你不给我面子，我挺高兴的！"

罗知南翻了个大大的白眼。

这个何铭油嘴滑舌，但他说得有几分道理。罗知南觉得自己都快要被说服了，不过无论结果如何，她都要试一试！

## 4

果然，孙启明开始了拖字诀。在度假山庄游玩的几天时间里，罗知南几次想找孙启明谈协议，孙启明都找了借口逃脱。

罗知南不会让他不明不白地拖下去。到了回城的前一天晚上，大家都回了房间，罗知南带着收购协议敲开了孙启明的房间。

孙启明开门，看到门外是罗知南，意外地挑了挑眉毛。

"罗经理？"

罗知南微微一笑，不等他反应，径直走进门内，从包里掏出收购协议："孙总，谢谢你这些天的款待，不过我跟何总是有工作在身的，咱们未来还有合作，还是尽快把合作细节给定下来为好。"

孙启明看也不看协议一眼，笑着说："罗经理，你看看你，度假是度假，工作是工作，这大晚上的说什么协议？咱们回公司再详细说。"

罗知南知道，她既然把协议亮出来了，就没有被他三言两语打发的道理。心一横，她干脆说得非常直接："别啊，孙总，当初你麻烦缠身的时候，我跟何总没少出力。我这不是怕白忙活一场吗？"

孙启明的笑容僵硬了一下，然后语气有些阴阳怪气："那件事，的确是我的一个麻烦，谢谢你们帮我忙。但是商场上都是讲究利益合作的，在商言商嘛，所以讲究的也都是……当下的立场。"

听了这话，罗知南顿时怒火中烧。这是过河拆桥，这是见利忘义了！她怎么没早看出这孙子的用意呢？

但心里恼归恼，罗知南的脸上还是笑吟吟的："孙总这是我不打算和我们有交情了？"

"哎，哪里的话，咱们合作的时间还长着呢，我是觉得，咱们得挑合适的时机合作，是不是？现在的时机，不是还不成熟吗？"孙启明还在客气，但言下之意都是，他的确在盘算和他们分道扬镳了。

罗知南刚想说什么，门铃忽然响了。

孙启明顿了顿，走过去开门，意外地看着何铭拿着一瓶红酒，优雅地站在门口。他不由得冷笑："何总？你跟罗经理一前一后的，这是没商量好吗？"

何铭抬起眼皮往房间里瞄了一眼，罗知南赶紧别过脸，但她的模样让人一看，就知道碰了软钉子。

"商量什么，是我自己，想找你喝酒聊天，咱们不谈工作。"何铭举起红酒酒瓶，"没想到孙总挑选的这个度假山庄还真行，这种极品都能淘到。"

"客气了，这都是我应该的……"孙启明反而不好拒绝，只能让何铭进来。

何铭进来，看了一眼放在桌子上的收购协议，笑了笑："罗经理，就知道你性子急。大晚上的说什么工作？孙总还能让咱们吃亏？"

"对，对，这么多天，咱们不是处得跟朋友似的？"孙启明继续打圆场。

罗知南干笑一声，也只能快快地将收购协议收了起来。

"来，尝尝这百年流传下来的美味。"何铭开始醒酒。

一顿酒喝下来，罗知南微醺，她已经不知道眼前的人到底披着什么皮，明天会有什么样的未来。

## 5

回了房间，罗知南倒头大睡。

平心而论，她的出发点是为了自己的业绩，但她也同样放不下公司。她是一个很容易动感情的人，公司略等于半个家。所以当她没办法给这半个家添砖加瓦的时候，她就会非常失落。

然而，转机出现在第二天。

第二天，三个人打道回府，从度假山庄返回城里。到了城里，孙启明接到了一个电话，然后让司机立即送自己返回公司。

不知道电话里是谁，都说了什么，孙启明的脸色有些不好看。

何铭察言观色，等到孙启明挂了电话，立即说："孙总，你要是有事就先回公司，我和罗经理先回酒店。"

"那怎么行呢？"孙启明客气。

何铭又客套了两句，孙启明也就让步了。罗知南知道孙启明可能是去见合作方，打心眼里烦躁。

两人下了车，何铭才说："你不用担心，孙启明会跟咱们合作的。"

"你怎么确定？"罗知南吃惊。

何铭递给罗知南一张餐厅名片，淡淡地说："明天陪我去这家餐厅吃饭，我约了华楠公司的老总。"

"华楠？就是天启公司的竞争对手吗？两家公司在市场份额上的咬合非常紧密，华楠可以说是天启的最大威胁。"

"对，就是华楠。"

"你居然有他的关系，不早说？"罗知南乐滋滋地将名片收起。

"打牌嘛，总要看看对方的底牌，才能出王牌。"

"行，我和你去。"罗知南笃定一笑。

她顿时明白了，原来何铭之前只是扮猪吃老虎，他还是有自己的谋算的。飓风如果和华楠合作成功，那么对天启来说，就是一个最大的威胁。

何铭看着罗知南暗喜的样子，弯下腰，盯着她的眼睛："现在还觉得我懒职吗？"

他猛然靠近，让罗知南感觉气氛暧昧。她将脸扭到一旁："不懒职，就是懒得告诉我，对吧？"

"我怕你知道底细，演技不过关。"

罗知南点头承认："是，我哪里有何影帝演技过人。"

何铭被撑得有些尴尬，罗知南解气地长舒一口气："我会好好表现的，何影帝。"

何铭拉长了脸。

第二天，罗知南盛装打扮一番，一身黑色小香风衬得她知性又优雅。何铭穿着得体休闲，两个人出现在餐厅里，顶级的颜值的确掀起了不小的波浪。

俊男美女的组合，到哪里都是吸睛的。

包厢里，客人尚未来到，罗知南打开手包，从里面掏出了一丸解酒药。"麻烦先给我一杯热水。"

罗知南知道今天这饭局，喝酒是免不了的，提前准备了解酒药。结果她刚喊服务生倒水，何铭就按住她的手，示意她不用。

"怎么？"

何铭抬起手腕看了看手表，说："再等等。"

罗知南不知道何铭葫芦里卖的什么药，只能等一等。就在这时，她忽然看到一个熟悉的身影从拐角处一闪而过，顿时愣了一下。

那人是孙启明。

何铭就在这时忽然伸出手，一把拉过罗知南，带着她往包厢走去。同时，他还低声对罗知南说："装没看见。"

罗知南十分镇定，装作没看见孙启明的样子，跟何铭走进包厢。饭厅里，华楠的老总和另外几位商业人士已经在等待了。

"何总，罗经理，来了，快坐。"华楠的老总打招呼。

罗知南摆出职业性的微笑，和何铭落座。她明白了，今晚饭局的任务已经完成，就是让孙启明看到他们在跟天启的死对头华楠吃饭。

这一场饭局果然很轻松，罗知南和何铭轻松应对，并没有谈多少关键信息。大家嘴上说着多合作，其实并没有实质性内容。

饭局结束后，罗知南和何铭驱车回酒店。

"你说，孙启明会怎么想我们？"罗知南坐在车后排问。

何铭冷笑："我管他怎么想，他要是不跟我们合作，我们就跟他的死对头合作，就这么简单。"

罗知南不由得在心里感慨，何铭这个老狐狸该狠毒的时候，还是挺狠毒的。

果然，第二天，孙启明约两人打高尔夫球。

绿草茵茵的球场上，孙启明一连几杆都没入洞，似乎心不在焉。反倒是何铭，状态不错，他穿着米色衬衫和白色西装裤，整个人温润优雅。

罗知南从进入球场开始就是高冷范儿，绝口不提合作的事。终于，孙启明忍不住了，主动说："何总，罗经理，你们帮了我很多，我应该早一点和你们聊聊我的想法。两位都是聪明人，我也就不藏着掖着了。就是……天启是我的心血，我实在舍不得卖掉。现在我的想法很简单，就是重新回到服务销售上去。"

何铭淡声说："看出来了。"

"这个事，挺对不住你们的。"孙启明有些愧疚。

何铭看了罗知南一眼，罗知南立即说："孙总，我理解你的心情，其实你可以用业绩和我们达成一个对赌的方案，也就是说，根据项目盈利情况进行收益分配，这样既不损害双方公司，还能制约双方，合作共赢。你觉得怎么样？"

孙启明低头思考了一阵，才说："我感受到了你们的诚意，我会考虑的。"

罗知南表情未动，但是在心里松了口气。孙启明这应该是往一个良性的方向思考了。

然而，到了下午，孙启明忽然把两人喊到公司，说要商量一下合作细则。罗知南本以为孙启明要考虑个三四天，没想到一个中午就想通了。她被这突如其来的转折弄蒙了，有些弄不清楚中间发生了什么。

"你做了什么？"罗知南只能想到何铭。

何铭也有些拿不准了，笑了笑说："也许，我找华楠谈合作，被孙启明视为自己被弄了个紧箍咒？"

罗知南觉得不是，正在琢磨，忽然手机里收到了孙太的消息。

孙太是这样说的："罗经理，希望这次合作愉快。"

这简单的一句话，不亚于在罗知南心里激起了12级的地震。她千算万算，没想到最后是孙太促成了这次收购合作。

何铭看到短信，笑了笑："孙太这样，反而是让我们省事了。"

罗知南喜不自胜："你看！孙太她还是考虑了我的提议！"

"真没想到啊。"何铭有些酸。

罗知南也不知道自己为什么这么激动，也许是这件事让她看到了一个女人从桎梏中慢慢走出。这是一种女性的觉醒和自救。

"行了，现在事情办妥，我要……"何铭伸了个懒腰，拿出手机，"我预订下今天晚上的会所，好好休整下。"

罗知南这才发现，何铭这阵子应该过得不错，状态上佳。她心里顿时气不打一处来，她自己整天操心项目，搭上自己接盘侠的专业能力，还冒着各种风险去找阔太谈心，结果呢？这全都是被何铭设计的红脸，何铭自己倒是舒舒服服地一直在泡吧、吃饭、打高尔夫，并和孙立明称兄道弟谈理想！

何铭的狡猾已经让她自己隐隐觉得，这是个非常难缠的家伙。

罗知南越想越气，但是觉得这次快速完成收购案非常成功，张恒这下应该看在干净利落的份上，也应该给予一定业绩嘉奖。

"为了房子，忍了。"罗知南深呼吸一口气。

# 第九章　可恶的男性凝视

## 1

罗知南回到公司，果然拿到了丰厚的提成。一想到小金库的充实，房贷压力的减轻，罗知南就忍不住开心。姜媛对她说恭喜，她第一次没有绷着表情，笑着说："中午请你吃饭。"

"谢谢罗经理，另外还有一件事没来得及和你说呢……"姜媛斟酌地说，"你不在的这段日子里，咱们投融资部，来了一个新总监，柳总监。"

姜媛说着，把电子名片发给了罗知南。大串闪光的履历旁边，是一个笑容未达眼底的知性女人，下面是一个看似柔婉的名字，柳雨茜。罗知南原本的小得意瞬间没有了，取而代之的是100分的沉重。

新官上任三把火，看来部门又要面临重大的人事变动了。

"那我去柳总监办公室一趟，跟她互相了解一下，这样以后也好开展工作。"罗知南定了定神。

姜媛低声说："不用单独，她已经发了通知，上午和全部人员轮流谈话。"

"知道了。"

等姜媛离开，罗知南才捏了捏眉心。虽然她没见到这个新任总监柳雨茜，但她觉得这一定是个不好对付的女人。因为柳雨茜来投融资部门有几天时间了，都没有进行集体谈话。而恰好在罗知南上午刚到公司的时间点，她召开集体谈话，这摆明了要来一场集体风暴。这场风暴一定要刮遍每一个角落，一个都不能少。

果然，这场风暴是龙卷风。

罗知南时刻支棱着耳朵听着外面的动静，忽然办公室的门被人一把推开，姜媛说："罗经理，到你了。"

"好的。"罗知南站起身。

经过走廊的时候，罗知南听到了同事们的窃声议论。原来柳雨茜以业绩为由，通知人力将张恒和王超团队末位淘汰。除此以外，从柳雨茜办公室里出来的每个人，脸色都不太好。

"嚼舌头是吧？都不想着工作了？"王超恰好路过。

众人赶紧回到各自的工位上，开始做各自的工作。罗知南知道王超被贬，也不想和他硬碰硬，于是加快脚步，只想赶紧离开。

"罗知南。"没想到王超倒是主动喊住了她。

罗知南面无表情地转身。

王超眼眶发红，像是一头饿狼的狼。罗知南不带怕的，人在职场，这种狼性早已见识过多回。

"别高兴得太早，我的今天就是你的明天。"王超挑衅地说。

罗知南淡淡一笑，从容地说："同事一场，现在我们走到岔路口，我感到很遗憾。"

她知道，王超这是想让她情绪波动，从而出错。但这区区三言两语，还撼动不了她。

罗知南转身离开，没有任何拖泥带水。

就算新总监要她离开，她也已经做好了心理准备——这就是一个接盘侠的自我修养。

罗知南敲了敲柳雨茜办公室的门，得到允许后，走进柳的办公室。

室内光线明亮，柳雨茜一身性感红裙，精致的面容上毫无波澜，正低头审核文件。

罗知南轻声说："柳总监，你好，我是小罗。"

"请坐。"柳雨茜让罗知南坐下，眼睛看着电脑，话却是对着罗知南，"罗经理，你给了我一个……很深的印象。"

罗知南淡淡一笑："哪方面？"

"根据过去两年的业绩，你是部门最优秀的员工，希望你继续好好保持。"柳雨茜公事公办地说。

"谢谢柳总监的肯定，我会继续保持。"罗知南说。

柳雨茜笑了笑："那我可不希望你保持。"

这话有些不好听了，罗知南心头微凉。没想到柳雨茜又说："总是接盘别人的烂摊子，这技能你不能做一辈子呀，是不是？总有一天，你罗经理要主控项目，把一个项目从头到尾都做到最优秀，这是我对你的期待。"

罗知南没想到，柳雨茜一眼看穿了自己。

那些烂摊子当中，有几个是自己故意没给出正确建议，等项目变成烂摊子的时候，她再接手加以拯救的。这个秘密，她以为自己隐瞒得很好，没想到柳雨茜初来乍到，就看穿了她。

"我会历练自己，让自己能够主控操盘项目。柳总监，还需要你的指点。"罗知南赶紧表忠心。

柳雨茜点头说:"这样最好,张恒最近的案子一直都没有进度,他辖属的项目经理都快要哭了,所以我狠心处理也是为公司考虑。你需要赶紧成长起来,能够独当一面。"

罗知南这个时候明白,柳雨茜这是明着捧自己,实际上在警告自己,不要以为张恒走了,自己就能称大王了。因为张恒在的时候,她和王超就是势均力敌的平衡,有竞争才有稳定。现在张恒和王超都走了,自己就成了部门里最扎眼的出头鸟,要不是自己业绩过硬,还在董事长面前露过脸,说不定这会儿她已经被柳雨茜赶走了。

她赶紧摇头,谦逊地说:"柳总监,我自愧难当啊,我哪里能独当一面,还不是得仰仗柳总监您?"

柳雨茜很受用她这番拍马屁,温声让她出去了。罗知南知道自己这关过了,暗地里松了一口气。

她回到办公室,望着干净简洁的布置,只觉得未来茫然。张恒是不停地给她打压,但因为他和王超都是草包,才有她的立足之地。现在来了一个柳雨茜,她很担心自己哪天就因为太突出而被拉出去祭天了。

"罗经理,你脸色不太好,我给你泡了杯咖啡。"姜媛将一杯咖啡递给罗知南。

罗知南道了一声谢,拿起咖啡喝了一口,随手划了手机一下。这时,她才发现手机居然有5个未接来电,都是罗爸的。

发生什么事了?

罗知南头皮发麻,赶紧回拨回去。电话那边很快接通了,罗爸的语气不太好:"南南,你妈住院了!你快过来吧,医院是……"

"啊?怎么回事?到底是什么病?"罗知南赶紧问。

罗爸支支吾吾地说:"你妈妈,她在屋里收拾你带回来的礼物和东西,结果……不小心摔倒了……"

"从哪里摔的,高吗?"

"不高,也……也不低。"罗爸说。

这话等于没说。罗知南迅速盘算了一下,蒋红梅年龄没过65岁,按理说摔一下不至于骨折。唯一的疑点就是,上次蒋红梅去别市看病,没有告诉她,很可能这是一种疑难杂症。

可是何铭明明告诉她,妈妈蒋红梅得的病不严重啊!

罗知南挂了电话,对姜媛说:"我请假半天,你先帮我打报告。"

"这,柳总监那边……"姜媛小心地提醒。

张恒的团队都被调走了，现在整个投融资部都在瑟瑟发抖，罗知南却在这个节骨眼上请假，这简直就是太岁头上动土。

"我妈住院了。"罗知南说明理由。

姜媛也开始为难，这的确让人难以抉择。就在这时，何铭推门进来，问罗知南："咱们的项目结尾的材料，你那边有吗？"

"有，不过我现在有个事想问你。"罗知南把何铭拉到一旁，低声问，"上次你去我家背调，我妈到底得了什么病？"

何铭看了看罗知南的脸色，知道事情不太妙。

"怎么了？"

"我妈住院了，我现在问你，是想有个心理准备。"罗知南说。

何铭知道瞒不住了，他直接告诉姜媛："我和罗经理要出去一下，解决收购天启案的扫尾工作。如果柳总监问起来，你就这样回。"

"啊，好的。"姜媛答应。

说完，何铭就拉着罗知南走出办公室，边走边说："哪家医院，我开车送你过去。"

"你先告诉我，我妈到底得了什么病？"罗知南压低声音，继续问。

何铭按开电梯门，看到电梯里没有人，走进电梯才说："我告诉你，你可要有心理准备。"

"我有。"罗知南深呼吸一口气。

她已经做好了准备，如果是绝症，需要大量的治疗费用，那她就只能把刚买的房子卖掉。急卖会亏不少，但是她也顾不上那么多了。

没想到，何铭说："你妈妈怀孕了。"

"啊？"罗知南没反应过来。

"你可能要有弟弟，或者妹妹了。"何铭看着她的目光里，充满了同情。

罗知南的脸迅速烧了起来，这简直是一个噩梦！

## 2

蒋红梅居然怀孕了，在这个年纪怀孕，凶险无比。罗知南不敢想那些后遗症，她只觉得窒息。

电梯停在一楼，罗知南木然往外走，结果被何铭一把拉住："不去一楼，去地下二层停车场，我送你。"

"你别去了，我今天的笑话，你得一个人消化消化。"罗知南说。

何铭头疼地捏了捏眉心，强迫地将电梯门重新关上，然后说："罗知南，在你眼里我就是这种人？还笑话你？"

"你上次，怎么没告诉我？"罗知南问。

何铭摸了下鼻子："职业道德，你懂的。"

"摸鼻子是撒谎的一种心理表现。"

何铭翻了个白眼，盯着电梯液晶显示屏，祈祷负二层赶紧到来。到了停车场，罗知南倒是没有再拒绝何铭，她坐进后座，沉默了一路。

到了医院，罗知南才发了火："爸，你知道妈妈今年多大了吗？我多大了吗？她这个年纪生孩子是有危险的！你们瞒着我，什么都瞒着我……"

她越说越委屈，眼泪在眼眶里打转。罗爸赶紧劝说罗知南："小南，你别急啊，我知道这个事你很难接受……"

"那你们还冒险？我也不是那种仇视弟弟妹妹的人，我怕的是我妈这么大年纪的人了，还要冒风险，你知道我心里有多难受吗？"罗知南说不下去了。

高龄妊娠一直都容易有许多并发症，严重的可以让孕妇丧命。而且蒋红梅当初备孕，使用的还是非常痛苦的试管婴儿这种医学手段。她实在想不通，为什么爸妈顶着高强度的压力，也要再生一个孩子。

何铭一直沉默着，此时看父女俩人都谈不下去了，才说："事已至此，多说无益，现在最关键的是阿姨的身体健康。"

"对，小南，现在说这些有什么用呢？你要是给你妈摆脸子，你妈心里该多难受啊，万一有个好歹，这是咱们都不愿意看到的。"罗爸说。

罗知南只能妥协，毕竟在一个家庭里，人是第一重要的。她点了点头，问："医生怎么说？"

"已经保胎了，看今晚的药效。"罗爸说着，委顿在椅子里，缩着脑袋。对于这件事，他是不愿意声张的，生怕被人看笑话。罗知南心里顿时涌上一股愧疚感，默默地拍了拍爸爸的肩膀，没有再言语。

何铭很识时务地说："哦，罗经理，公司还有事，我先回去。"

"我送你。"

"不用，你陪你爸妈吧。"何铭彬彬有礼地说，很有分寸地向罗爸告别。罗知南怔怔地看着他的身影消失在拐角处，心里不知道是什么滋味。

一小时后，蒋红梅醒了。

罗知南坐在她身边，不知道该说些什么。妇产科里多是年轻的孕妇，蒋红梅这样大年纪的还真的就一个。

不承想，蒋红梅第一句话是："小南，其实我刚才没睡着。"

罗知南心里想,坏了,蒋红梅这是听见她不同意要弟弟妹妹,这是要批斗来了。

结果,蒋红梅却问:"他是你男朋友吗?"

"谁?何铭?"罗知南吓了一跳,哭笑不得,"他怎么可能是我男朋友啊?我找谁也不能找他啊!那是同事,怎么能有办公室恋情呢?"

接盘侠和老狐狸,注定是不能恋爱的。

因为前者需要转动100万个心眼,后者需要调动100万个手段,而恋爱则是一种放下心防的相互奔赴。

罗知南在脑海中迅速提出一个假设:她跟何铭有可能不讲心眼,放下手段地谈恋爱吗?答案是否定的。

"你看,我说一句你说十句,这是心虚了。"蒋红梅露出一个苍白的笑容,"妈就是问一嘴,不是就算了。唉,你也别怪我多想,正常关系谁带你来医院,跑前跑后的。"

罗知南这才发现,病房里还有一个何铭特意打满的水瓶。她心里有些别扭,原本泾渭分明的同事关系,从这一刻起开始模糊了。

"你别多想,我跟何铭那是不可能的。"罗知南哭笑不得,"这是办公室恋爱,不行的。"

蒋红梅颤抖着双唇:"抓紧点,早点结婚,早点要孩子。要不然……等你弟弟或者妹妹大了,我精力不足照顾不过来。"

罗知南公式化地点头:"在找,在找呢。"

"就是啊,红梅,你闺女又漂亮又能干,没问题的。"罗爸在旁边安慰。

蒋红梅没理罗爸,而是盯着罗知南说:"那个……你回头跟小何说一声,通过一下我的微信。"

"小何?"罗知南蒙了。

"就是你那同事啊,他之前来咱家背调过,留过电话。"蒋红梅拿起手机,艰难地划开屏幕,"我就试着用手机号搜了下微信,有这个号,我就加了他,你让他通过,我回头跟他聊几句。"

罗知南目瞪口呆:"你加了何铭微信?"

"对。"

"不是,妈,你都这样了,你找他聊什么啊?"罗知南整个人都要晕倒了。

蒋红梅苦口婆心地说:"你说的那一套我不管,你们年轻人整天要什么状态,要什么情调,结果一拍两散,压根就不谈。这不行,我得戳破

这层窗户纸。"

　　罗知南气得胸口疼，顾不上跟蒋红梅说话，拿出手机直接给何铭发了一条短信："如果我妈加你微信，一定拒绝，谢谢，其他的我回头跟你解释。"

　　"你在发什么？"

　　"妈，我请你不要……"罗知南尽量控制情绪和措辞，"不要干涉我的决定，行吗？我刚才已经跟你说了，我跟何铭没发展。更何况你这种情况，怎么还能关心上我呢……"

　　蒋红梅望了一眼吊水袋："我没事，医生说了，药效能控制住就行。"

　　罗知南想哭，这是药效的事吗？

　　这是有病啊！

## 3

　　折腾了几天，蒋红梅总算是出院了。罗知南忙了好几天，终于能够睡个安稳觉，结果半夜，她还是被噩梦惊醒了。

　　然而，更让她吓了一跳的是，床边居然蹲着一个黑影！黑影正翻看她的手机，荧光照在人脸上，凹凸不平的折射格外恐怖。

　　"啊！"罗知南尖叫。

　　那人也吓了一跳，猛一抬头，罗知南才发现是妈妈蒋红梅。

　　"妈！"罗知南一把夺过手机，"你进我房间怎么不敲门啊？还看我手机，这是我隐私。"

　　蒋红梅冷冷地问："我看看怎么了？"

　　"我有隐私的！"

　　"你多大了，都没有男朋友，我怎么能放心生孩子……"蒋红梅低头啜泣起来。

　　罗知南看了一眼闹钟，这才早晨6点。她赶紧把爸喊过来，一起安慰蒋红梅，才让蒋红梅重新躺下休息了。

　　蒋红梅没有安全感，所以才整日疑神疑鬼，自怨自怜。她又何尝不是？任何关系就像空气，一旦建立，就无时无刻地存在，让她不敢轻易介入任何一段关系里去。

　　看来，搬家的事要提上日程，她不想再过这种被人控制的生活了。

　　罗知南收拾好心情，装扮一新地来到公司。无论生活是不是一地鸡毛，对外都要粉饰太平的。

下午一点四十分，罗知南收拾好心情，走进了总经理办公室。何铭在门口碰见她，很礼貌地点了点头："地点改了，咱们等会儿要去董事长办公室汇报这个项目。"

"董事长关注这个项目？"罗知南吃惊。

何铭点头："对，临时决定。"

果然，田构总经理带上资料，带着他们一起来到了董事长办公室。董事长叫季书楠，早年靠着一项专利技术发家致富，也真的应了名字中的"技术男"的隐喻。现在，他年过六旬，稳坐商业江山，在飓风是举足轻重的人物。能够见到他本人，这意味着大概率是要得到他的褒奖。

果然，季书楠对何铭和罗知南很满意："收购天启，是我们飓风走的一步稳棋，也是让我们在人工智能市场上站稳脚跟的一个大动作。两个年轻人，你们未来可期啊。"

罗知南心头一喜，赶紧表态："谢谢董事长赏识，都是搭档优秀，最重要的是飓风的实力过硬，才让天启真心臣服。"

何铭的回答也是差不多的套路。

一旁的田构有些不服气了，他是总经理，级别远远高于罗知南和何铭，现在季书楠表扬他们，却绕过了他，让田构很是不安。于是，田构突然说："两个年轻人的确是能干，我当初也是看中了他们的能力，才给的这次机会，果然没有让我失望，干得不错。"

这句话有点揽功的意思，接着，田构又说："不过何铭啊，我要对你提一点小小的要求——你这个项目虽然办得不错，但是你自己负责的其他项目还没有好的进展。咱们眼睛不能只盯着大项目，不能不管中小项目，是不是？"

"是，田总经理说的是，不过我接下来会努力推进的。"何铭波澜不惊地说，似乎早已料到田构会给自己下绊子，"不过趁着跟董事长见面，我也想说下我们部门的困难，那就是投融资部门的资金分配需要做一些调整，毕竟资金跟得上，我们项目才能推进得快。"

"是，是这样的。"田构似乎觉察出何铭这是暗示董事长自己故意刻薄他，立马转移矛盾，用暧昧的语气说，"那个，小罗和ADC银行的高层很熟，听说叫苏雨？那可是授信部的老大呢！何铭啊，你多跟罗知南工作配合好，融资问题应该能得到更好的解决。"

"哦？苏总，小罗很熟吗？"季书楠看向罗知南。

罗知南在心里狠狠吐了一大口血，勉强笑了笑："一般的朋友关系，

谈不上熟悉，不过为了公司，我会跟 ADC 银行保持业务联系。"

"哪有啊，小罗很熟的，都在一起吃饭了，对吧。"田构在旁边火上浇油，语气的暧昧，尽显中年男人的油腻。

罗知南心里很无奈，不能驳了田构的面子，也不能让季书楠觉得自己藏着掖着，只能礼貌性地微笑。

所有人都会揣测她和苏雨的八卦，她可以对王超发火，却无法对田构发火。人在职场，有时候不得不低头，不得不吃点亏。

季书楠倒是很鼓励地表示，罗知南应该多组织与 ADC 银行的活动。田构更是马上谄媚，表示下个月就有一场篮球联谊赛，正是跟 ADC 银行之间的活动，他会特别邀请苏雨参加。

"不过，小罗去联系苏总就行了，对吧？年轻人，还是跟年轻人的共同语言多。"田构又改口。

罗知南只能再次被老油条调侃了一次。最后，她是黑着脸和何铭一起走出董事长办公室的。田构没有出来，他要和季书楠聊一些其他的公务。

何铭知道自己刚才失言了，要不是自己，田构也不会逮到机会使劲调侃罗知南。

"对不起。"

罗知南回头，咬牙切齿地看何铭："没关系，何总，咱这也不是第一次交锋了呗。"

"我是真的不知道田总经理会引火到你身上，平时他都是很正经的，谁知道他今天这样呢？"何铭无奈地说。

罗知南冷笑："你们男人还不了解男人？"

"人心隔肚皮，我没那么了解田总经理。"何铭说，"还有，我一直想说，虽然很多人都在揣测你，但在我心里，你还是一个努力上进，靠自己的实力说话的女同事。"

罗知南心头微暖，但她忘不了何铭在 H 市的所作所为。男人的话能相信吗？不能！

"行，谢谢你这么想我，那我去忙了。"罗知南说完，跟何铭握了握手。

尽管不相信，但场面话还是要说一说的。毕竟，何铭是一个知道她妈妈高龄怀孕这件事的人。

罗知南还是不想让这件事传遍公司，闹得满城风雨的。

想到这里，她在心里重重地叹了口气。为什么，她为什么会是一个有故事的女同事？

这些林林总总的狗血，她是一点都不想沾边。

## 4

罗知南下班回家，路上接到了曼丽的电话。曼丽告诉她，已经跟房东约定好，这几天就能去办理房产过户手续了。

"还是你们工作效率高，交给你们就是放心。"罗知南的心情总算好了一些，"等回头房子办好了，我就拎包入住了。"

曼丽迟疑地问："你确定阿姨能放了你？"

"能放，我妈现在……有其他的精神寄托了。"罗知南故作轻松地说，"所以我想，塞翁失马，焉知非福，也许这件事能让我妈有所改变呢？"

曼丽知道，罗知南是在说蒋红梅再次怀孕的事，于是叹了口气："行，阿姨只要别总盯着你，就行。"

挂断电话，罗知南开始琢磨。她知道自己要攻克下蒋红梅是难上加难的事，但怀孕的确是一个契机。也许，她真的能让蒋红梅有所改变呢？

最关键的一步，就是要让蒋红梅将注意力集中在自己腹中的胎儿身上。

经过母婴店的时候，罗知南犹豫了一下，走了进去。

店员非常热情，问："你好，女士，请问需要点什么？"

"哦，我……"罗知南这才发现，自己对母婴这方面是有知识盲区的。她比画了一下："我想问，有胎教相关的吗？还有，新生儿刚出生，要准备什么东西呢？"

"冒昧地问一下，是您还是……"店员的目光溜向罗知南的肚子。

罗知南赶紧否认："不是我，是……是一个朋友。"

"那，您对品牌有什么要求呢？"

罗知南再一次感到了知识盲区的茫然，她尴尬地笑了笑："品牌这块我不太懂，我只想着，这些产品能让孕妇高兴。"

"哦这样啊，请跟我来，我给你配一个产妇包，然后再给你推荐一个胎教早教机。如何？"店员说。

"那太好了。"

店员开始滔滔不绝地向罗知南推荐各种母婴产品。罗知南跟随着她的介绍，徜徉在琳琅满目的产品中。她忽然被五颜六色的母婴产品拨动了心弦，忍不住去抚摸一件粉色的小裙子。

触手柔软舒适，让罗知南的心忽然卸下了许多硬壳。那些硬壳是受了

伤之后的结痂,但是在面对充满了婴儿气息产品的时候,罗知南还是被那股生命最初始所特有的朝气蓬勃感染。

"这个小裙子的材质完全亲肤无害,很适合婴儿娇嫩的皮肤,如果你想要,我可以给你拿件新的。"店员说。

罗知南鬼使神差地点头:"好,给我拿一套新的。"

"嗯,提前和您说一下,这是三岁的孩子穿的,不太适用新生儿。不过您喜欢的话,可以先攒着。"

罗知南耸了耸肩膀:"无所谓,你放心,我不会来退货的。"

因为,她决定送给自己一件小裙子。

想一想她的人生,罗知南觉得自己最快乐的时光就是在三岁的时候。那时候,她还体会不到蒋红梅的控制欲。后来,她长大了,就开始感受到了那股窒息感。第一件事,就是穿衣不自由。

蒋红梅从小就禁止罗知南穿裙子,她经常板着脸说,女孩子,穿什么裙子,不安全。

罗知南没穿过裙子,没穿过无袖衫,没留过长头发。因为在蒋红梅眼里,长头发会衬托出女孩子的美貌,暴露肌肤的衣服可能会引来不怀好意的男人,带来恶意的男性凝视。

这世上,的确有很多恶意的男性凝视。他们留意着女性的隐私部位,放大每一个细节,并用最严苛的道德标准去规范她们。

可笑。

可悲。

# 第十章 这房子居然跟他有关

## 1

罗知南将婴儿用品带回家之后，蒋红梅果然欣喜万分。她抚摸着奶瓶、奶嘴和小肚兜，眼睛里晶晶亮的，脸上洋溢着母爱。

这还是蒋红梅第一次表露出如此放松、温柔的状态。

罗爸和罗知南对视一眼，彼此心知肚明。罗知南坐到蒋红梅身边，轻轻搂着她的肩膀，问："妈，喜欢吗？"

"喜欢，喜欢。"蒋红梅擦了擦眼睛。

"妈，你看你，这是买给你让你开心的，你怎么还哭起来了？"罗知南给蒋红梅擦眼泪。

蒋红梅轻轻抚摸着肚子，没有说话。罗知南拿出那台胎教仪，递给蒋红梅："妈，这个是胎教，按这里打开，可以播放音乐，你没事就在家里听听。"

"你看你，花什么钱？"蒋红梅嘴上说着，但却对胎教仪爱不释手。罗知南看着蒋红梅神色尚佳，试探地说："妈，家里距离工作地点太远了，我想出去租房子住。"

蒋红梅一愣，立即拒绝："不行！"

罗爸赶紧说："红梅，孩子大了，想有自己的空间，你又何必不肯放手呢？"

"你知道独居女性有多危险吗？你万一碰见坏人了怎么办？"蒋红梅语气生硬。

罗知南说："不是独居，跟曼丽一个小区，低头不见抬头见的，到时候她串串门，我再认识下邻里很安全的！不然，我现在每天光坐地铁就要好久，实在不方便。"

"不行，楼上的姜媛，她也跟你一个公司？她不是也要上下班？"蒋红梅怀疑地看着她，"你别骗我！"

"她上下班坐地铁，我还得开车，每个月烧的油钱有多少，你知道吗？"罗知南苦着脸说，"而且我是领导，我必须严防死守项目的质量关，我早去晚退，我比她需要更多的时间和精力！"

"不行，我说不行就是不行！"

罗知南还在央求："妈，你就答应了我吧！要不，我搬走后，让姜媛跟你一起住？"

姜媛是真的很讨人喜欢，时不时就下来帮蒋红梅做家务。蒋红梅时间久了，把姜媛当成了自己半个女儿。

蒋红梅犹豫了，但还是说："不行，你肯定在骗我，我给曼丽打电话。"

"你打，她都说好了，每天下班做饭给我吃。"罗知南嘴巴像抹了蜜，将手机递给蒋红梅。

终于，蒋红梅说："她给你做饭吃，那你也不能亏待人家，不上班就帮她做做家务。"

"你答应了？"罗知南惊喜。

蒋红梅犹豫地点了点头。罗知南欣喜万分，抱住了蒋红梅的脖子，在她脸上亲了一下。她简直不敢相信自己的耳朵，从小到大对她严格控制的蒋红梅，居然也有答应她出去独居的一天。

想到这里，罗知南对蒋红梅肚子里的那个弟弟或者妹妹，产生了一种难言的情感。要不是他，自己还不能搬出来住呢。

将自己关到卧室里，罗知南忍不住将这个好消息分享给曼丽。曼丽也非常开心，说那套房子距离自己家很近，到时候两人可以互相来家里做客，做一对不分开的好闺蜜。

## 2

办妥这件事，罗知南连做梦都是香甜的。

第二天，她精神十足地去上班，刚把车停到停车场，就接到了曼丽的电话。

曼丽的声音却有些古怪，像是刚哭过。

"你怎么了？是不是跟老猫吵架了？"罗知南有些纳闷儿，"等我搬过去，我就自由了，到时候我去给你撑腰。"

"小南……"曼丽哽咽了，"房子的事可能有些麻烦了，你得赶紧来趟公司，行吗？"

罗知南的脑袋"嗡"的一声炸了，半晌才问："怎么回事？"

"之前那个房主特别积极，老猫就没怎么审核他……"曼丽哽咽着说，"结果今天，我们联系不上房主了。"

罗知南心头一阵冰凉，那房主不会是骗子吧？

她深吸一口气，说："曼丽，也许房主是忙碌，或者有什么事情没看手机。现在已经这样了，我们……我们还是冷静一下。"

"我跟老猫吵了一架，他怎么能出这样的纰漏。"曼丽抽泣地说，"我往中介公司赶，你也赶紧来，我们赶紧把这个事弄清楚，是报警还是怎样处理，我们商量一下。"

罗知南晕晕乎乎地挂上电话，往车身上一靠，手机"啪嗒"掉落在地上。她没有力气，全身都是软的。因为她已经往房东的账户上付了一半的房款，一半！

那些钱，是她起早贪黑，忙里忙外，看尽白眼咬紧牙关挣来的钱！怎么能这样就没了？

房东怎么会联系不上呢？他明明有钥匙，能拿得出房本，还对房子无比熟悉，他还能翻出天了？

罗知南心里如同长草一般，不知道到底该怎么办。她这么多年的积蓄都押在这个房子上，这个房子可千万不能出事啊！

不然……

她甚至已经开始想象自己站在楼顶上的情形了。

"你没事吧？"何铭的声音在身旁响起。

罗知南僵硬地扭了扭头，才发现自己瘫坐在地上，何铭正关切地看着自己。她嘴唇颤抖，没有说话。

"你不舒服，我送你去医院。"何铭去拉罗知南，"你这一脸要跳楼的表情，看着好吓人。"

老狐狸就是老狐狸，眼睛够毒辣的。

罗知南这才恢复了不少力气，摇头说："不要，我不去医院，我去中介公司……"

"中介？"

"房产中介，我买房了，房子……出了点问题。"罗知南也不知道为什么，一股脑说了出来。

何铭扶着她的手顿了顿，从只言片语就意识到了事情的严重性。在这种大都市，买房的都会付出一笔巨款。如果房子出了事，那真是严重到天塌下来的程度。

"你这个情况不能开车，我送你。"何铭将罗知南拽起来，然后走向自己的车。

罗知南挣扎了两下："不行，你别去了，请假一天扣2000元工资。"

"你值2000元。"何铭说完,拉开车门,将罗知南扶到副驾驶。

罗知南脑袋继续晕了,她在何铭那里居然值2000块钱?她本来以为只值50块钱的。

## 3

何铭迅速给自己和罗知南请了假,然后开车到了房产中介。下了车,曼丽和老猫已经在店里等候,见了他们,两个人都恹恹的没精神,欲哭无泪。

"怎么办,小南,我对不起你,这个房东可能真的是个骗子。"曼丽急得脸色煞白。

罗知南现在无力顾及其他,只想多了解些信息:"你们上次联系他,他什么态度?"

老猫回答:"接下来该房产过户了,需要房主手持身份证和委托书合照,结果他答应得好好的,挂了电话后,手机就再没打通过。"

罗知南在头脑中冷静分析了一下,说:"那就是房产证,和身份证信息有猫腻。我们去房产局查一查。"

"好,好。"曼丽和老猫收拾东西。

罗知南转身,发现何铭还在身后,有些不好意思:"那个,其实你现在可以回公司,我可以办妥的。"

"这么大的事,你一个人不行。"何铭面容沉静,"我帮你盯着,说不定能出出主意。"

罗知南心头又涌上一股温暖。多个人多个商量,她也就默认让何铭开车。不多时,四个人来到房产局。

房产局的工作人员查询了老猫提交的房产信息,确定房本是真的,但是房东消失了,估计他不是房本上真正的产权人。

"那就是虚假委托,他偷卖房子。"何铭问老猫,"户主叫什么?"

"何铭。"

何铭愣了两秒,罗知南也愣了两秒,最后两人齐刷刷地去拿房本复印件。何铭看到复印件后,震惊了两秒钟,说:"这是我的房子,地址,信息,都没错,但我没有委托别人出售。"

什么情况?

罗知南赶紧拿出房东提供的身份证复印件,发现上面的名字也是"何铭",但是照片不一样。当初老猫告诉她房东名叫何铭的时候,她还以为是重名。没想到还真的是何铭的房子?

"我脑子乱了,咱们来这边捯饬。"老猫被这种巧合惊呆了。他把何铭喊到一旁,递过去那张身份证复印件,"这是你的身份证吗?"

何铭看了一眼,说:"身份证号不是我的,但是照片上的人我认识,是我舅舅,叫于北。"

"也就是说,是你舅舅偷偷复印了你的房本,然后P了个假的身份证,委托我们出售房产,现在他没法过户,逃匿了?"老猫的声音有些质问的意味。

何铭皱起眉头:"我也是受害人,我不知情的!我也不知道事情怎么会这么巧。"

他看向罗知南,罗知南正呆立在一旁,于是他赶紧说:"罗经理,我在送你来之前,压根不知道事情是这样的。我舅舅……"何铭苦恼地摸了下额头,"我舅舅那人比我妈小了20来岁,向来不靠谱!他居然做出这样的事情,你放心,我不会放过他……"

何铭闭上眼睛,努力让自己的心绪平静下来。

曼丽悄然起身,凑到罗知南身边,低声说:"小南,真正的房主在这儿,事情还有转机。"

"哦对,"罗知南清醒过来,赶紧问,"何铭,你能找到你舅舅吗?"

何铭愣了愣,心乱如麻:"我只能试着找他,他向来神龙见首不见尾。希望你们不要报警,这件事我们尽量协商解决。"

老猫赶紧说:"协商,好办啊!既然你是房主,那你把房子卖给小南,咱们重新签合同,办过户手续,然后小南把剩下的房款支付给你!回头你找到舅舅把另一半房款要下来,这事就算平了。"

何铭一愣:"可是我不愿意卖房子。"

气氛顿时降至冰点。

罗知南勉强笑了笑:"何铭,给你舅舅的房款,是我的血汗钱。你就把房子卖给我吧。"

"是啊,我刚才还想呢,得亏碰见自己人,要不然这事可怎么解决好呢?"曼丽温声软语地劝说,"何铭,我常常听小南提起你,夸你英俊潇洒帅气有能力,你看她都这么欣赏你了,你不能这点忙也不帮啊。"

罗知南狠狠瞪了曼丽一眼。她是跟曼丽说过何铭,但都是吐槽他冷血无情,行事诡异。

何铭还是铁面无私:"对不起,这房子我不能卖。"

老猫生气了:"何先生,现在是你理亏,不是我们!如果我们报警,你舅舅是要坐牢的。"

"所以,我会帮你们找到他,把钱拿回来。"何铭看向罗知南,语气微微放软,"抱歉,这套房子对我而言,意义重大。就算你现在拿出全款,我也不会卖掉这套房子。"

罗知南气得肝疼:再拿一次全款,她就等于1.5倍的市价购买这套房子!当她是大冤种吗?

亏她还觉得何铭有所改变,现在看来,他还是那只老狐狸,老谋深算,不知在算计什么呢!

她发了狠:"那我只能报警了。"

何铭捏着眉心:"罗知南,我知道我没有立场说这句话,但是那毕竟是我舅舅,咱们争取挽回损失。"

"也就是说,你就是不卖房子。"

"不卖。"

罗知南忽然感到浑身无力,她摇了摇头,眼泪落下:"何铭,那套房子是我看了好久,才觉得各方面特别合适的。我……我不知道为什么,我又当了一次接盘侠……"

她语无伦次,不知道说什么好。买房失败像是一场余震,一遍遍地冲刷着她的理智。

都说踏入社会之后,必须交一次学费才能变聪明。她愿意交学费,可是这学费也太昂贵了吧?她怎么能这么倒霉?怎么能?

"在工作中,我做多少次接盘侠都没关系!可是为什么,为什么房子也……"罗知南努力忍着泪水,"我只是想有一个安安静静的地方,属于我自己的壳,就这么难吗?"

何铭不说话了,他知道自己说什么都无济于事,于是递上一张纸巾。罗知南不接,于是何铭将她的眼泪擦掉。

"好了好了,你们毕竟是同事,大家都让一步,行吗?"曼丽上来劝说,"要不小南,你就先找找他舅舅吧。"

罗知南别过脸,不去看何铭。现在,也只有这个办法了。

## 4

何铭打通母亲电话,试探地问:"妈,你现在方便讲话吗?"

"哎,你看我这儿正包饺子呢!等我一下……"手机那头传来何母的声音。忽然,何铭听到手机里传来于北的声音:"姐,这个菜要摘吗?"

"摘,摘!"何母回答。

何铭确定舅舅就在母亲家里,直接对母亲说:"我舅跟你在一起吧?你别说我给你打电话,稳住他。"

"啊,什么事?"何母震惊。

"照我说的做,就行了。"何铭二话不说就挂了电话。他扭头对罗知南说:"我舅跟我妈在一块,我马上去堵他。"

"我也去。"罗知南站起身。

曼丽想跟着去,罗知南给了她一个眼神,让她别去了。尽管她现在对何铭很不满,但她暂时还不想撕破脸皮,弄一大帮人到人家家里去闹。只要那个于北把她的钱还回来,她可以不追究于北的责任。

何铭开车来到母亲家,这是一处环境优雅的小区,小区有很多绿化带,走进去让人一时间有些恍惚,不知道是在都市,还是在森林里。罗知南跟在何铭的身后,有过一瞬间的恍惚,也许她现在正跟着一只狐狸,一步步走向森林深处,面对万劫不复。

忽然,何铭整个人绷紧了后背,接着像箭一般地冲了出去。罗知南这才看到,何铭按着一个提垃圾袋的男人。她立即反应过来,那就是他的舅舅于北,骗自己卖房款的人!

罗知南赶紧冲过去,只听于北举着双手求饶:"外甥!好外甥!有话好好说,你动什么手啊?"

"我动手都是轻的,我今天要把你送派出所去!你说,你都干了什么?"何铭揪住于北的衣领,将他按在墙上。于北是一个穿花衬衫,油头粉面的青年。他赶紧说:"你说什么呢,我什么都不知道。"

何铭冷笑:"不知道是吧?那我提示你一下,你是不是偷偷复印我的房本去卖房了?"

于北一愣,知道东窗事发,干脆厚着脸皮嚷嚷:"我姐就是偏心眼,把那房子给了你,你知不知道姐夫本来说是可以给我住的!"

他口中的姐夫就是何铭的爸爸,何父都走了多少年了,多年前的旧账,居然也被于北重提。何铭气得一拳打在于北的脸上,揍得于北倒在地上,啐出一口鲜血。

"你还有脸提!当年你什么样,我爸什么样,现在能跟过去一样吗?"何铭低吼。

那时的何父风光无限,于北也是个努力上进的少年,所以何父就这么随口一说。现在呢？何父潦倒落败，一命归西，于北则游手好闲，不干正事。现在，早不是当年了！

罗知南拿着手机录视频，见状大喊："就是你偷偷卖房子是吧？钱呢？"

于北坐在地上，看着罗知南愣了两秒，然后问："你是那个买房子的？"

"我问你钱呢？"罗知南还在录视频。

于北从何铭的眼神里证实了自己的猜想，低着头说："我拿去还借贷了，钱……已经拿不出来了。"

"你！"罗知南气到几乎昏厥，"你跟我去派出所，走！"

"别，别……"于北赶紧跪在地上哀求，然后向何铭求助，"何铭，我要是再不还钱，人家就会上门剁了我！我实在是没有办法……我要是坐了牢，我姐会疯的！"

何铭闻言一顿，此时，手机在他裤兜里开始震动。他不用看，也知道是母亲打来的。

她还在家里包饺子，等待一家人和和气气地坐在一起吃饭。何铭忽然冷静下来，不愿意打破这种短暂的和谐。尽管他对母亲多有怨言，但那毕竟是他的血缘至亲。

"坐牢，你给我去坐牢！"罗知南痛斥于北，"你这个骗子！就该去坐牢！"

于北可怜巴巴地说："就算我坐牢了，我没钱还是没钱啊……"

一句话，让罗知南彻底清醒。她知道报警、走法院诉讼不是最终办法，就看向何铭："何铭，你说现在怎么办？"

何铭狠狠地盯了于北一眼，将罗知南拉到一旁，低声说："你的钱，我来还你。你别报警。"

"什么时候？"

"我现在没那么多钱，攒够，大概要两年吧。"何铭说。

罗知南倒抽一口冷气，说："也就是说，我现在还要在家里住两年？两年时间，万一周边的房价都涨了呢？我妈还会把我逼疯……何铭，要不你把房子过户给我得了，你和你舅舅的内部矛盾，你们慢慢解决，你觉得呢？"

何铭摇头："对不起，我不能卖那房子，那是……"

那是爸爸留给他的最后回忆。

何铭生生将后半句话咽了下去，尽量让自己心平气和："罗知南，这套房子是我的底线，我马上就搬进去了。"

"那我也搬。"罗知南火了,反正她已经签了一份购房合同。就算这个合同因为于北的欺骗而无效,但她是善意第三方,法律是要保证她的利益的。

最关键的是,她好不容易说服了蒋红梅,答应让她从家里搬出来。她也把积蓄全部拿出来付房款了,就算在外面租房,她也没钱付房租。

"要不然,我有个两全之策……"于北不知道什么时候站在两人身后,将谈话听了个七八成。

"你闭嘴!"罗知南看到于北就来气。

"你们听我说啊……我刚才琢磨出味儿了,"于北撇了撇嘴,"你们都想要这房子,就算我现在把房款退给罗小姐,罗小姐也是很难再买到这么心仪的房子。何铭你呢,就算你答应和我一起,两年内把钱还给罗小姐,罗小姐一是不乐意,二是不信任咱,对吧?"

何铭咬牙:"这不还是你惹出来的事吗?"

"对,我惹出来的,我会挣钱还钱,就是时间的问题!"于北无奈地说,"何铭,包括你,你宁愿掏空家底,也不愿意把房子卖给罗小姐,对吧?"

罗知南瞪何铭,何铭很为难,但还是说:"是。"

"那我有个两全之策,让你们都能得到房子,钱也能慢慢还。"于北一本正经地说。

"说。"

于北深呼吸一口气,笃定地说:"你俩都是单身,不如结婚,这房子就是婚房,这样你俩就都能住了!"

结婚?

罗知南大脑一片空白。等回过神来,她只有一个念头:神经病啊?

"我已经蠢一次了,不会再上当,这是婚前财产,骗谁呢。"罗知南气不打一出来。

"那也比不结婚,啥也没有强不是?起码,你们结婚了,你住在这个房子里就是理所当然的。再说,你们可以设定一个婚前协议啊!"

罗知南看何铭,何铭也是满脸震惊。

何铭问:"什么样的协议?"

于北来了劲,开始解释:"这个协议主要是说,这套房子有罗小姐的一半产权,两年后,何铭你要归还罗小姐当初购房的 100 万元,这个是债务性质,再加利息 50 万元。这个利息就相当于彩礼,我只是打个比方,具体你们商量啊。等两年时间一到，你们是离婚，还是继续，你们自己决定。如果离婚，你们就要商定好这个房子的归属。哎，何铭，我知道你想在那个房子里回忆青春，两年时间还不够你回忆啊？"

何铭挥起拳头，要打于北。于北赶紧说："还有一句——外甥，你帮我还的钱，我也会跟你订个协议，我会还你的。"

罗知南目瞪口呆："疯子！如果我离婚了，那我以后再找就是二婚。你坑我钱，还坑我的人生？"

"这怎么算坑你的人生呢？"于北拍了拍何铭的肩膀，"这小伙子也当过班草，以前好多女生喜欢他，给他写情书，他都没理过！他是正儿八经的985、211毕业的，你俩结婚，你不吃亏。"

罗知南暴躁："再说我抽你了！"

"你抽我，我也得说！我提议你俩结婚，可不是占你便宜，而是用结婚证盖个信用戳，让你放心这房子产权肯定有你的份！你要不信就算了。"

罗知南摇头："想都别想。"

于北开始摆烂："那，那你就是杀了我，我也没钱。真不行，你们就报警抓我，让我坐牢算了。"

罗知南气得够呛，这才知道什么叫作光脚的不怕穿鞋的。她看了一眼何铭，发现他居然脸红了。

这可真是见鬼了，老狐狸还能脸红？

## 5

一连三天，罗知南整个人都是浑浑噩噩的。

那天的画面像是个沾染了病毒的小视频，在她脑海里循环播放。于北不停地在她面前说："你俩都是单身，不如结婚，这房子就是婚房，这样你俩就都能住了！"

当时，罗知南气得够呛，干脆罗列何铭的一系列的缺点：自负自大、自以为是、刚愎自用、老奸巨猾！

何铭也被罗知南激怒了，罗列罗知南的一系列缺点进行回撑：为人不实、手腕高超、精于算计、俗气市侩！

"看来大家都很了解彼此啊，正好知根知底，可以结婚。"于北不怕死地神来一句。

罗知南和何铭气得又揍了于北几拳，逼于北写下欠款协议后，才各回各家，另想办法。只是等到罗知南头脑冷静下来，怒气消了，于北的建议却浮上她脑海，她忽然觉得，结婚也不是不可以。

"不行不行，胡言乱语！"罗知南气不打一处来，强迫自己冷静开车。她是什么人？她是没有软肋的资本掮客！职场即战场！如果这个女人具备能力、情商和颜值，而且还没有为情所困，那她就会所向披靡，无敌战场！

罗知南怀着这样的心情，来到了停车场。刚下车，她就听到身后不远处传来车子关锁的声音。

罗知南下意识地回头，心脏顿时"咯噔"一下。只见何铭从车旁向她走来，步伐稳重，让她觉得哪里和昨天不太一样。她仔细分辨了一下才发现，他今天头发仿佛特意吹出了一个后翻造型，也没有平常唱片机的那种文艺随意了，而是换了一身阿玛尼的西装，整个人显得成熟稳重多了。

"何总，气色不错，跟昨天穿搭不同。"罗知南抱着肩膀，嘲讽地说。

何铭脸色不自然，低头看了看自己："啊？不一样吗？哦，其实我也没有怎么……怎么搭配，就是看衣柜里有很久不穿的衣服，心血来潮。"

罗知南翻了个白眼。

何铭尴尬地咳嗽了两下，然后说："我舅舅昨天说的话，你别放在心上，他从小就不靠谱，大家都宠他，结果他这样没大没小。"

"我知道。所以我现在也想好了。"罗知南一字一句地说，"我不要钱了，我要房子。"

何铭为难地叉起腰，罗知南也知道他不可能现在就做明确回复，恰好几个同事从其他方向走来，于是她不再纠结这个问题，而是选择跟同事们打招呼，一起进电梯。

电梯里，俩人心照不宣地装不熟。

出了电梯，俩人一上午都相安无事。

到了下午，柳雨茜忽然找到罗知南，说："公司过两天安排了一个晚宴，招待一些跟我们有业务的人员参加，这是名单。"

罗知南自觉不妙，打开名单，立即看到苏雨的名字在上面。

"柳总监，这不太好吧，我……"罗知南为难，"我得回避。"

柳雨茜勾起红唇，露出一个妩媚的笑容："罗经理，我明白你的心情，你怕惹来闲言碎语，编派你跟苏总。但说实话，我们女人如果在意别人说什么的话，我们将一事无成。"

罗知南愣了愣。

柳雨茜起身，说："我们读书的时候，别人都说别看女孩子现在读书好，到后面就比不过男生了。我们工作的时候，别人都说女孩子应该赶快嫁人，不然过几年就成黄花菜了。我们结婚的时候，别人都说趁着年轻赶紧生个孩子吧，不然拴不住男人的心。我们如果听别人说话，我们什么都干不了。"

这几句话醍醐灌顶，罗知南顿时领会了柳雨茜的意思："我明白了，我会好好安排的。"

"相信你。"柳雨茜点了点头。

不是"去办吧"，也不是"留心点"，而是"相信你"。这已经是上级对下属的一种宽慰。

罗知南走出柳雨茜的办公室后，不由得回头看了一眼。柳雨茜站在窗前，身影修长，形单影只，但孤独而强大。

这是一个什么样的女人？罗知南不知道柳雨茜的婚恋背景，但已经察觉到她不是池中物，而真正是一个没有软肋的资本掮客。这才是她的目标，是她想要成为的人。

# 第十一章　谁说婚纱不是寿衣呢？

**1**

晚宴是在一家庄园风酒店举行，主要场地在户外。罗知南特意查询了当日的天气，确定无风无雨，就让酒店服务生在草坪上支起帐篷，挂上气氛灯泡，然后安排小提琴和钢琴乐队。她注意到酒店的大庭院里有一座喷泉，还让人提前打扫了一下，检查水压和设备。

等到晚宴开始，众宾客进入场地，看到的就是赏心悦目的一幕，灯光柔美，音乐曼妙，不远处的喷泉吐出晶莹的水花。而距离他们最近的大帐篷边上，一块大液晶屏幕上正播放着鲜花庄园的短片。在帐篷下摆着一条白色长桌，洛可可风的蜡烛洒出薄纱似的光亮，温柔地照亮了摆在两旁的美食和美酒。宾客把酒言欢，气氛热烈而和谐。

罗知南热情地和每位金融大佬打招呼，并引导他们去签到，品尝美食或者见飓风科技的高层。一圈下来，她累得腰酸背痛，但还是硬挺着站直，酒会不结束，她也不能松懈。

"罗经理，他们都很喜欢你耶。"姜媛用崇拜的眼神看着罗知南。罗知南微微一笑，没回答。

"我什么时候也能像你一样啊？"姜媛眼神里带着羡慕，也带着失落，"虽然我比你大几岁，但我觉得你在处理人际关系时情商就像一座高山，我好像永远也成不了你。"

高山？

罗知南只觉得可笑。她喝了一口酒，淡淡地说："姜媛，一个要时时刻刻思考人际关系的人，才是这个圈子里的底层。"

"啊？怎么可能呢？罗经理，你已经很厉害了。"姜媛惊讶。

罗知南摇头："如果我现在是高层，是大佬，那就是别人围着我转，我还需要情商吗？所谓的情商，就是压抑着自己的本性，去迎合别人。"

记得她刚入职的时候，曾经见过一家上市公司的高层，空降高位，手持大权，却是情商很低，开会的时候毫无仪态，西装永远敞开怀，看人从来学不会平视，说话也没有什么艺术可言。可这并不会影响他呼风唤雨，风生水起。真正的大佬，根本就不需要在意什么人际关系。

姜媛所认为的高山，从某种意义上来说，毫无意义。可是姜媛依然没全明白，只是似懂非懂地点了点头。

罗知南看着她那懵懂的样子，后悔自己多喝了两杯就说多了，于是安慰地拍了拍她的肩膀。

就在这时，苏雨端着一杯酒，从远处走来。

罗知南瞬间绷紧了全身的神经，她知道就算何铭帮她澄清了，但还是有很多人留意她和苏雨的一举一动。她希望在这场酒会上，她和苏雨从头到尾都是点头之交，看来只是奢望。

"姜媛，我的车在A03，你帮我去把车从A区开到C区。"苏雨把车钥匙给了姜媛，意图是支开她。

姜媛傻愣愣地接过钥匙，罗知南赶紧按住："A和C不是都在停车场吗？干吗还换地方？"

"A和C可不一样，苏总，关上灯你就知道区别了。"两个油腻男人经过，恰好听到，打趣了一句。

罗知南冷冷地瞪了那两个油腻男人一眼，没接话。这样的言语性骚扰，她不是第一次见识了，只是在这样的场合里，多少有些令人尴尬。果然，苏雨感到很没面子，低吼了一声："姜媛，你去不去？"

姜媛被吼得脖子一缩，赶紧拿过车钥匙离开了。一时间，只剩罗知南和苏雨俩人。罗知南心里暗恼，苏雨怎么就这么没有眼力劲呢？他要找她聊天，什么时候不能聊？非要在酒会的一角聊天？还用这种拙劣的手段让姜媛去挪车，结果引来了两只嗡嗡的苍蝇。

"小南，对不起，这些天我吃不好，喝不好，都在想咱俩的事！我们能重新开始吗？我想和你幸福地在一起。"苏雨认真地说。

罗知南庆幸自己请了小提琴乐队，加上自己距离主场有些距离，所以苏雨这番话还不至于让人听见。她忍住尴尬，说："苏雨，我知道，我早就不生气了，我这人睡一觉，第二天什么都忘了。"

"真的？你原谅我了？"苏雨惊喜。

罗知南拿酒杯跟苏雨碰了一下，心里想："你现在是ADC银行的授信部老大，我还能跟你一直杠？"

"我，那我们……明天约会，行吗？"苏雨迟疑地问。

罗知南正好仰头喝酒，闻言差点一口酒喷了出来。他是听不懂意思，还是自导自演这一场尬戏，如今的他们还能谈恋爱吗？

"苏雨，上次咱们闹那么尴尬，阿姨应该也感到很别扭。他们辛苦了一辈子，咱们做儿女的应该把孝道摆在第一位，就找一个让他们都满意的对象吧。"罗知南开始说套路话。

苏雨脸上充满了失望："你果然还是没原谅我。"

"不，我原谅了，这事就翻篇吧。苏雨，咱俩就算是不在一起，我也是你一辈子的好朋友，终生难忘的那种。"罗知南尽量让自己的语气显得真诚。

苏雨激动起来："不，小南，我见你第一面就想娶你！我幻想过无数次，你成为我太太之后是什么样！小南，咱俩直接领证结婚，我家里人就同意了，我会对你的好的。"

罗知南脑子蒙了一下，他这是在求婚？

"苏雨，你冷静一点。"罗知南看了一眼不远处。

"我很冷静，并且已经考虑成熟。"苏雨郑重其事地说，手往口袋摸去，"我还为你准备了一个盛大的仪式……"

罗知南傻眼了，意识到苏雨可能在掏钻石戒指。她下意识地望向大帐篷旁边的那个液晶屏幕，只见上面的画面忽然黑幕，接着开始播放她和苏雨大学时期的同学照片！

那些照片，都是罗知南和苏雨从大一到大四的活动照片，虽然年代久远，但明眼人能够一眼从青涩的脸庞中认出他们。

"苏雨，你要干什么？"罗知南惊诧。

苏雨拿出个小锦盒，温柔地牵起她的手，想将她牵到大帐篷那边去。罗知南急了，低声说："苏雨，你快停下来！有什么话咱们出去说。"

然而，苏雨却依然带着一种沉浸在幸福中的微笑，继续拉扯罗知南。罗知南现在已经确定了，这家伙想要当众求婚！

罗知南欲哭无泪，早知道苏雨这么不靠谱，她就应该不参加这个该死的酒会！去他的！

就在这时，大屏幕上忽然黑幕。还没等罗知南反应过来，何铭带着两位同事从不远处走过来，热情地跟苏雨打招呼："苏总，好久不见啊，咱们上次说的那个智慧城市的项目，今天想跟你介绍介绍。"

"哦，我现在有一点重要的事……"苏雨望向大屏幕，不懂大屏幕为什么会黑幕。他掏出手机，在给什么人打电话。何铭语气轻松地问："是什么事？我来帮苏总解决！"

"没事，没事，比较私人的一点事。"苏雨一边等待电话被接通，一边说。

何铭"哦"了一声,看向罗知南:"那既然苏总有私事,我们就给苏总一点个人空间吧。小王,你留下陪着苏总,看有什么能帮上忙的。"

罗知南赶紧说:"那我先走一步,拜托你们了。"

说着,她匆匆往会场外面走。何铭快步跟上来,低声说:"去停车场,我跟柳雨茜说了,你先走。"

"你这是?"罗知南惊讶。

何铭回头看了一眼苏雨的方向,确定他没有跟上来之后,才说:"苏雨不仅准备了钻戒,安排大屏幕播放你们的大学时光,还安排了一支加油打气的'亲友团'来助阵。幸好,那些'亲友团'被我提前察觉,我已经付了钱,让他们回去了。"

罗知南听了,气得差点背过气去:"他真的要求婚?还有'亲友团'助阵?他觉得气死我不用偿命是不是?"

如果一场商业酒会变成了个人的求婚秀,而且她还是当事人,那她今后就不用在公司混下去了,她会变成全公司的人茶余饭后的谈资!

更关键的是,这商业酒会是她一手布置的,苏雨蹭场子向她求婚,什么意思啊?

有一瞬间,罗知南觉得苏雨很陌生。他可能没长大,也可能存心想让她在公司难堪。

## 2

到了停车场,罗知南下意识地走向自己的车。何铭却轻轻一拨她的胳膊,拉开自己的车门,示意她上自己的车。

罗知南上了车,何铭坐进驾驶座,然后递给她一瓶矿泉水:"解酒的,冷静下。"

矿泉水是微冰的,但罗知南觉得自己的身体比矿泉水更冷。

"放心吧,当时没几个人看到大屏幕,咱们就当这件事没发生。"何铭说。

"我真没想到,苏雨竟然会这样做。"罗知南感到自己声音发颤。

何铭沉默了一下,从口袋里掏出一份协议,递给罗知南:"我拟了一份欠款协议,你看看。"

罗知南愕然,随即冷笑:"敢情这几天,你变着法地帮我,就是为了这个协议?"

"以小人之心度君子之腹了啊,我帮你是真诚的,我想解决问题也是真诚的。"何铭说,"我不能失去那套房子,但我现在也没那么多钱还给你,加上贷款利率高昂,给银行还不如给你,所以我才想……"

"我要房子,不要钱。"

何铭顿了顿,问:"那我换个问题,如果苏雨向你求婚了,你会怎么做?"

罗知南没回答。

"我来分析一下,你会先答应求婚,全了苏雨和所有人的脸面,然后私底下再拒绝苏雨的求婚,对吗?"何铭问。

罗知南怔了怔,说:"当然了!这是最优选择,我答应他,又不代表我会立即嫁给他。拖个三年五年的,我觉得他也就没耐心继续死缠烂打了。但如果我当场拒绝,以后飓风和ADC银行的所有没办成的业务,原因都会安在我头上!我不想辞职!何铭,如果你是我,你也会这么做的。"

"咳咳,我是男的。"

"我知道,我现在恨我是个女人,不是男人。"罗知南拧开矿泉水喝了一口,眼泪忽然"哗"的一下落了下来。

何铭把一张五月花递给罗知南:"你能这么想就行,我刚才问你这个问题,也只是想试探一下你的婚姻观。很好,你是个事业型的女人,这很完美。"

"你什么意思?"罗知南擦眼泪。

何铭很认真地看着罗知南:"我经过深思熟虑过后,决定和你商量一件事——如果你只要房子不要钱,那就只剩一种解决方式,咱们结婚。"

罗知南睁大眼睛。

"我的想法是,结了婚,那套房子你可以有一半产权,先给你吃个定心丸,然后你给我两年时间让我慢慢还你购房款。两年后,如果你没找到合适的房子,就继续居住,咱俩就相当于一个室友。如果你找到合适的房子,要搬走,但房价涨了,那咱俩离婚的时候,我除了还你房款之外,还会弥补你的损失,怎么样?"何铭说。

罗知南眨巴着眼睛看着何铭,忽然笑了笑:"你忘了一点。"

"什么?"

"在这两年里,如果你或者我,遇到特别喜欢的人,想要跟他结婚,怎么办呢?我们是去做小三,还是放弃?"

何铭失笑:"罗知南,你是想说真爱是吧?这个词,你说出来不会感

到可笑吗？我们终其一生，遇到真爱的概率是多大？别说零了，我都觉得是负数！反正我是对婚姻没什么期待的，你呢？"

"你为什么对婚姻没有期待？"

何铭收起笑容，抚摸着方向盘，过了几秒钟才说："我爸刚去世两个月，我妈就改嫁了，从那一刻起，我就质疑婚姻的必要性，它不能拯救人生，也不能赋予人生任何意义。我离家出走过，喝酒大闹过，结果呢？我妈并没有因为我改变她的决定，是我舅舅陪我一起作天作地，一起度过那段黑暗岁月。所以，我也想过了，就算我舅舅再混蛋，我也欠我舅舅一次人情。他惹下的烂摊子，我得替他还一次。"

罗知南吓了一跳，没想到老狐狸也有吐露心声的一天。

"我现在很真诚，罗知南，我现在完全没有伪装。我知道女孩子都对未来有幻想，幻想着有一天遇到真爱，希望自己的过往完全纯洁无瑕……"

"物化女性了啊！"

"好，算我说错一次。我想说的是，我理解你不想以后二婚嫁人，所以我这边会协助出具一份说明书，说明咱俩结婚的情况。你要我写到什么程度，我就写到什么程度。"何铭说。

罗知南捏眉心。

"这太儿戏了。"

"难道你对婚姻还有什么期待吗？"何铭问。

罗知南双目无神，在心里重重地叹了口气。期待？她没什么期待，她不觉得这世上有和她灵魂契合的人。

"我脑子很乱，回头再回答你。"罗知南叹气。

今天到底是什么日子？她居然被求婚两次。作为一个女人，她完全没有任何幸福感。

## 3

罗知南回到家，整个身心都要散架一般。她破天荒地倒在床上，没有洗漱就进入了梦乡。

在梦里，她跟一个婚纱店老板在吵架。她执意认为，婚纱被这个老板设计得像一件寿衣。

而那个老板则认为，婚纱的白色本来就代表纯洁，再说婚姻就是爱情的坟墓，穿寿衣去结婚，有什么不对？是她太直女，不能理解这种死了也要爱的浪漫。

"浪漫个头啊！"罗知南大喊一声，醒了。

床头柜上，郁金香小夜灯散发着淡淡的光芒。她翻了个身，看到现在是凌晨4点，顿时叹了口气。

谁说婚纱，不是寿衣呢？

都说婚姻是爱情的坟墓，那婚纱的确是另一种意义上的寿衣，祭奠死去的爱情，也缅怀往昔的岁月。而苏雨的求婚，那感觉等同于将一件寿衣使劲往她手里塞。

罗知南昏昏沉沉地睡到7点，然后起床洗漱。她正在卫生间里刷牙，刚往洗手池里吐完泡沫，抬起头之后，猛然发现身后多了一个人！

"啊啊！"罗知南吓得尖叫。

"鬼叫什么你，吓我一跳。"蒋红梅按住胸口。罗知南转身，哭笑不得："妈，你干吗？"

蒋红梅脸色不太自然："妈能干什么？就是想给你收拾下东西。"

"妈，你能不能让我自己做事？"罗知南问。

蒋红梅嗫嚅："我这也是为了你好……"

"不是！是为了你自己！从小到大，都是你自己的感受，从来没有我的！"罗知南霍然起身，一字一句地说，"妈，我想做一个独立、自由的人，所以我这个周末就会搬走！"

蒋红梅和罗爸愣住了。

因为跟蒋红梅拌了嘴，所以罗知南连护肤都没做，就冲出了家门。

路上，她给曼丽发了一条微信："我打算跟何铭领证结婚。"

曼丽很快回复了语音："亲，你别冲动啊，再想想，为了一套房子不值得啊，我让老猫再想想办法。"

"不是房子的问题，是我必须立刻、马上，差一秒都不行地搬家！"罗知南火大地说，"曼丽，如果结婚能摆脱我妈控制，那我还是结婚好了。"

手机那端，曼丽幽幽地叹了口气。

这是罗知南第一次素颜来到公司。刚进飓风的大楼，罗知南就发现许多同事对她视而不见。

没化妆，就没认出她来？

罗知南正琢磨，结果迎面碰上了何铭。何铭很自然地和她打了招呼："早。"

"何总，等会儿我去你办公室，有事和你商量。"

何铭有些意外，但很镇定地回答："好。"

罗知南来到办公室，从抽屉里拿出备用面霜，草草护了个肤，然后就来到项目部的办公室。何铭正在看文件，见她进来，忙起身给她倒咖啡："罗经理，昨天睡得还好吧？"

昨天，罗知南最终没有开自己的车，所以是何铭把她送到小区楼下的。罗知南点了点头，开门见山："何总，对于昨天你的提议，我表示接受。"

何铭正在往咖啡机里放咖啡豆，闻言动作一滞："你是说，你打算和我……"

他没说完，罗知南接着说："是，不过我有三个条件。第一，我们要签订一份法律严密的婚前协议；第二，在公司里我们要保持跟之前一样的关系，不能让任何人察觉；第三，房间我要先挑。"

"前面两个都可以，也都符合我自身的诉求，但是第三点我有异议，我爸的房间你不能挑，其他的随意。"何铭说。

罗知南站起身，很爽快地答应了："行，那就这么办了。最近比较忙，我先回去了。"

何铭按下咖啡机，说："别慌着走，至少喝杯咖啡……话说，我还以为你会考虑一周以上呢，毕竟这不是小事。"

罗知南看着他操作，目光落在咖啡上。她原本是打算考虑一周以上的，但她现在被蒋红梅激得没有办法多犹豫了。她迫切地想要一个属于自己的密闭空间，自己在这个空间里能够自由发挥。

"哦对了，我还有一个小小的要求。"罗知南说，"搬进去之前，我要带专业人员进行全屋检查，确定没有摄像设备。"

何铭皱了皱眉头，将咖啡递到她手中："你尽管检查，我经得起。"他有些微恼，"不是，罗知南，在你心里我就是那种人？"

"我对事不对人，我很信任你，但我必须检查一番才放心。"罗知南喝了一口咖啡，然后举了举杯子，"很好喝。"

何铭笑得儒雅，将罗知南送出办公室。看着她窈窕的身姿远去，他才皱起眉头，心事重重地摸了摸下巴。

他打开手机，给一个朋友发送了微信消息："小刀，问你个事。"

小刀很快回复："哥，稀奇啊，你这个百科全书居然还能问我事！"

"别贫嘴，我说正经的。"何铭深呼吸一口气，在手机里输入，"假如有一天，你试着向一个姑娘提出结婚的要求，你原本没打算成功的，只是拖延时间。但这个姑娘第二天很爽快地告诉你，她愿意结婚，你会和她去领证吗？"

小刀立即打来电话，何铭满脸不自然："你打电话干吗？虽然我办公室里没有窃听器，但万一有呢？"

"不是，哥，我这不是关心你吗？你有情况？"小刀的语气里充满了激动。

何铭想，都是大学室友，同龄人，小刀怎么就学不会稳重呢？他坐到办公桌后的座椅上，老神在在地说："没情况，就是假设。"

"少来，我还不了解你？你肯定是遇见喜欢的女人了。"

"喜欢……倒也不是。"何铭按住胸口，决定快刀斩乱麻，"别啰唆了，你快说这种情况你怎么办。"

小刀嘿嘿一笑："废话，当然结婚啊！咱们是男人，临阵缩头的事可不能干，否则这姑娘会恨你一辈子！"

"这么严重？"

"当然！男人不愿意结婚，是对女人最大的伤害！"小刀斩钉截铁地说完，又哀怨起来，"唉，我怎么就没个女朋友呢？"

何铭冷静地问："她有没有可能是骗我？"

小刀问："有找你要车？要高额彩礼？房子过户到她的名下？"

"前面两个都没有，房子的确有点问题，但也都会签好协议。"

小刀嗤笑："哥，那你就别多想了，车和彩礼都没要，已经很够意思了。房子是人的执念，要不你满足一下人家的执念也是可以的。"

"那有没有可能……"

"哥，你再这样就没意思了啊！如果你这么精明的男人都会被人骗，那我们更危险了，要那样谁还结婚啊？"

"也是。"何铭大言不惭，"谢谢，挂了。"

"哎你等等啊，多说一句，你啥时候摆酒，我好给你随份子呀。还有，啥时候让我见见嫂子啊。"

何铭呵呵笑了一声，说："不摆酒，因为刚才都是我的假设。"

"你这人……过分了啊！"小刀吐槽。

何铭挂上电话，认真思索了片刻，然后从名片夹里掏出了一张律师的名片，然后拨通了电话。

既然要结婚，婚前协议是重中之重。

## 4

周末，罗知南和何铭走进一家大型律师事务所里，开始针对婚前协议进行咨询。差不多两小时后，俩人算是决定委托给律师，先拟定一份初步的婚前协议，然后再修改。

几天后，罗知南跟何铭签订了婚前协议。在确定俩人征信、贷款等方面都没有问题之后，罗知南和何铭请了假，一前一后地走出公司大门——去民政局领结婚证。

到了民政局，罗知南很快发现，结婚的窗口冷冷清清，离婚的窗口倒是排起了长队。这世上的怨偶还是多——她有些唏嘘，忍不住多看了两眼。何铭插话说："现在不用多看，有一天我们也会来这里排队的。"

"那是自然。"罗知南盯了何铭一眼。

何铭和罗知南来到民政局办事窗口，递交了资料。工作人员审核了之后，问："请问，你们是自愿结为夫妇的吗？"

罗知南没反应过来，何铭抢先说："是的，我们自愿。"

工作人员就要往资料上盖章，罗知南忽然鬼使神差地说："我再想想。"

"同志，你是自愿和这位先生结婚的吗？"工作人员看罗知南神色有异，又问了一遍。

罗知南心里五味杂陈。她是自愿的吗？这个问题她居然不知道该如何回答。

"如果你想反悔，现在还来得及。"何铭看出了她的犹豫。罗知南就在这时下定了决心："我是自愿的，给我们办理吧。"

请假半天是要扣 1000 块钱工资的。她的犹豫和反复，太费钱了。

"两位新人，恭喜你们。你们去那边的照相馆拍一套结婚照片就可以了。"工作人员指了指大厅角落的一扇小门。

小门虚掩着，门框旁边挂着一个牌子，上面写着"结婚照相处"。罗知南轻轻敲了敲门，听到里面有动静后，就推开了门。就在这一瞬间，她听到里面传来一声惊叫："哎呀呀，别进来！"

罗知南吓了一跳，定睛一看，发现是一个身穿婚纱的老太太。老太太捂着脸，似乎不愿意让人看自己的脸。旁边的一个穿西装的老大爷正弯腰劝她："都是来拍结婚照的，你看你，躲什么啊？"

"我说我不拍，你非要拉我来拍结婚照。你说咱们大半辈子都过去了，拍什么结婚照片啊？"老太太生气。

老大爷连忙说："就是因为大半辈子过去了，所以咱们才要来拍照，留作纪念呀！"

照相师傅扭头对他们说："你们二位年轻人，先出去等等吧。大爷和大妈来拍结婚照，害臊。"

罗知南这才明白自己打扰了老人，感觉很不好意思。何铭在旁边嘲讽："我说，你下次敲门之后，能不能等对方回应了再进去啊？"

"那你呢？你跟我一起进来的。"罗知南知道何铭在借题发挥，不客气地回撑一句。

何铭刚想再说，只听老大爷喃喃地说："老太婆，你看你，让人家年轻人又吵架了。"

老太太很抱歉地说："对不住啊。"

罗知南赶紧摆摆手："爷爷，奶奶，你们拍吧，我们先出去。"

她走出去，轻轻把门带上。透着玻璃，她看到老太太和老大爷坐在红色幕布前，手牵着手，露出了幸福的微笑。摄影师拍完第一张，老大爷扭头给老太太整理白色的头纱，老太太羞涩地笑了。

同样是第一张彩色结婚照，但罗知南被这种美好的氛围感染了。她下意识地回头看向何铭，发现他坐在休息椅上，将笔记本放在腿上，正在噼里啪啦地输入着什么。

这个工作狂，罗知南顿感失望。

人们因为很多原因而结婚，比如现实、年龄、长辈催促、条件适当，却很少有人因为爱情而结婚。

"姑娘，刚才真的对不起，害得你和你的未婚夫……吵架了。"罗知南正在发呆，忽然听到耳边响起一个声音。她忙起身，看到刚才穿婚纱的老太太已经换上了一身正常衣服，正笑眯眯地看着她。

罗知南赶紧摆手："没关系的，奶奶。"

"不行，我这个老家伙，有些东西看不惯。"老太太拉着罗知南的手，走到何铭面前，喊了一声："小伙子。"

何铭赶紧合上笔记本，起身说："奶奶，有什么事吗？"

老太太将罗知南的手放到何铭的手里，语重心长地说："小伙子，你刚才的态度可不行！你可别那样撑你媳妇，两个人过日子啊，有时候不能太讲道理。"

罗知南没想到老太太是说这个，顿时闹了个大红脸。

何铭笑得促狭，眉眼都笑弯了，连声说："是，我以后会注意和媳妇儿的说话态度的。我……"他看着罗知南，"我深刻反省。"

"哎，小伙子上道。姑娘，你和他好好过。"老太太拍了拍罗知南的手背。罗知南忽然察觉何铭使劲攥了下自己的手，好不容易忍住想抽他的冲动。

"知道了，小南，咱们谢谢奶奶关心。"何铭稍微挪动位置，和罗知南肩并肩，就像一对热恋的小情侣。

老太太千叮咛，万嘱咐。老大爷从照相室里出来，看到老太太拉着俩人絮叨，赶紧上前说："秀珍，你怎么又跟人唠嗑了。"

"没关系，奶奶说得很有道理。"何铭说。

老大爷让老太太去前面窗口等他，然后才对何铭说："孩子，对不住，我老伴看到谁都会上前唠两句，她自从得了阿尔茨海默病之后，就一直是这样……刚才没冒犯你们吧？"

罗知南心头一阵抽紧："奶奶生病了？"

"是啊，记忆力衰退，看谁都像她孙女。"老大爷眼眶红了，"所以，我才来带她拍结婚照片，洗出来放到她的口袋里，她要是忘了就拿出来看一眼，就不会忘记我了。"

老人的话语格外悲凉，却也带着一丝对老伴的宠溺和关爱。罗知南正在感慨，忽然听到何铭说："爷爷，你别难过，你和奶奶之间的感情给了我很大启发，我以后要好好对待我的家人。"

"好，好，这样好。"老大爷露出欣慰的表情，跟俩人告别后，带着老太太离去。即便是满头白发的年纪，他们手牵着手的背影也格外动人。

等到看不到俩人了，罗知南才狠狠瞪了何铭一眼："影帝，你刚才的演技可以啊。"

"我没演。"何铭认真地说，"虽然我不相信真爱，但我觉得他们说得对，如果身边有了意中人，这一生就要珍惜。"

他的目光有些炙热，但罗知南避开了，她不知道该怎么回应何铭。因为，他们结婚不是因为相爱，而是因为阴差阳错。

## 第十二章　史密斯夫妇

### 1

两人拍完结婚照，领了结婚证，一前一后地回了公司。他们现在是隐婚状态，要进入史密斯夫妇关系，瞒过所有人。

一进办公室，姜媛就迎上来："罗经理，柳总监找你。"她好奇地问，"罗经理，你红光满面，有喜事吗？"

这女人，到底年长几岁，眼神偶尔还是毒的。

罗知南笑了笑："是啊，有喜事，回头跟你分享。"说完，她在心里怅然，姜媛一定想不到她的喜事是去结婚了。

她怀着复杂的心情来到柳雨茜的办公室，柳雨茜开门见山地说："酒会挺成功的，这不，赵总之前跟的一个融资方案定下来了，你看看。"

罗知南拿过融资方案看了一眼，有些犹豫。

"这个方案已经谈好了，业绩就记在你名下，今天赶紧签字走审批流程吧。"柳雨茜打算去忙其他的工作。

罗知南迟疑了几秒钟，还是说："柳总，这是一份股权质押的融资方案，赌的是市场环境稳定，公司股票稳定并增长。虽然当前股市、政策都没什么大的风险，而且就一年期而已，但是我……我总觉得风险系数还是很大的。"

"啊？"柳雨茜也犹豫了。她重新拿过融资方案，看了几页说，"股权质押虽然有一定风险，但是现在政策环境稳定，我们业绩也稳定，况且上市公司半数以上现在都是这样做的。"

"是这样没错，但万一……"

柳雨茜耸了耸肩膀："没办法，我们需要更多的资金。现在公司项目开得多，都在研发期和技术转化期，现在也就这样的融资方案比较能跟得上资金需求。只要后期资金分配上始终预留一笔安全的周转资金，把还款周转开，就没什么大问题。"

罗知南只能说："也许我的想法太保守了。"

"保守有保守的好处。你这次办酒会，立下这么大的功，总经理田构和董事会都非常满意。"柳雨茜鼓励她，"到手的奖励，你不能拱手让人，

是不是?"

罗知南明白,她不会,柳雨茜更不会,这是投融资部的一个重要业绩,她不能放弃。

"行,我知道了,谢谢柳总监。"罗知南道谢,但是从柳雨茜办公室出来,还是隐隐有点不安。她想,这个案子比较大,公司项目虽然在研发期和技术转化期的多,但是也不能完全依赖融资,运营部这边的项目回款也应该跟上。

回到办公室,罗知南把签好字的融资方案给了姜媛。姜媛看了一眼,立即兴奋起来:"罗经理,这是个大单子呀,奖金肯定好丰厚的!"

"你就知道奖金。"罗知南说,"你把这个送去总经理办公室。"

"好嘞!"姜媛乐滋滋地往外走,却跟何铭撞了个满怀,融资方案顿时掉在地上。

罗知南赶紧走过去:"小心点啊。"然而已经晚了,何铭捡起地上的融资方案,翻开看了一眼。

"这是工作机密,谨慎啊。"罗知南赶紧抢过融资方案,塞到姜媛手里,姜媛赶紧出了门。

何铭目送姜媛离开,才说:"公司这是为了融资,不择手段了啊,连股权质押都弄上了。"

罗知南有些微怒:"说了是工作机密,你怎么还看?"

"我是项目部的,我应该有发言权吧?再说,你们投融资部怎么融资,我也做不了主。"何铭不客气地说,"我不建议你签字,这种融资太有风险了。"

罗知南耸了耸肩膀:"没那么倒霉,你想多了。"

"运气是一种玄学,这说不准的,你在任何时候都不能碰运气。"何铭还有些不快。罗知南干脆转移话题:"你来不是告诉我这个的吧?说吧,什么事。"

何铭从口袋里拿出一枚钥匙,递给罗知南:"第一件事,这是房间钥匙,我打算下周末搬进去,你要挑房间或者让人检查房间,就尽量在这个时间点之前。"

罗知南立即说:"我要朝南的那个房间。"

何铭点了点头,然后又说:"第二件事,公司打算本周五开展篮球友谊赛,已经邀请ADC银行参加了。"

罗知南现在听到ADC就神经衰弱,她"啊"了一声,心头顿沉。她明白,苏雨肯定在受邀之列。

公司除了酒会,也会经常举办这种篮球赛来加强和沟通与业务单位之间的联系。

"放心,他还不至于在篮球赛上求婚,苏雨应该没那么幼稚。"何铭笑了笑,"不过,你应该能和他碰上,我就是来跟你说一声。"

罗知南心知肚明,公司会让新入职的女职工做啦啦队,但就算罗知南不进啦啦队,公司也会安排重要职业部门的人观赛。她点了点头:"我知道了,谢谢你提前告诉我。"

"不用谢,毕竟你和我现在的关系比同事更进一步。"何铭伸出手,"我也被迫参加了。"

罗知南挑了挑眉毛,跟何铭握手。他的手非常温暖,让罗知南有过一瞬间的怔愣。

## 2

周五,公司举办的篮球赛在本市的一处体育馆进行。参赛的有公司中高层的年轻男职员,以及 ADC 银行等数家融资单位。

罗知南本不想观战,因为这种篮球赛会有很大的水分,但是柳雨茜特别指出,希望罗知南能够参加,因为这样能和谐合作氛围。

何铭也参加了,打的是中锋。他作为资金最为紧缺的项目经理,是被下属强推参加的,让他跟银行方面再多聊一聊项目,看看能不能加快合作速度。但是何铭心里清楚,这是一场篮球外交,他有点反感这样的拉关系搞外交的模式。

"小南,谢谢你来看我比赛。"苏雨一换好衣服,立即就来到观众席,找到罗知南。罗知南浑身不自在,递给苏雨一瓶矿泉水:"你赶紧热身吧,马上要上场了。"

苏雨欲言又止,似乎想解释那天的幺蛾子事件。但是罗知南不给他这个机会,笑眯眯地说:"苏雨,你和我都是成年人,只有小孩子还对以前的过往念念不忘。"

"是,是啊。"苏雨琢磨着,罗知南似乎在说那天的乌龙不值一提,连带着道歉和解释都没有那个必要,也就不好意思再提了。他和罗知南简单地寒暄两句,就去热身了。

而飓风队这边,似乎起了点争执。篮球队队长小孙从休息区走过来,跟罗知南打招呼:"罗经理。"

罗知南在心里默默吐槽，不懂为什么这么多人都要找她聊天。她只能强打精神："孙经理，怎么了？"

"你劝劝何铭吧，他居然要跟ADC银行硬碰硬。"小孙说，"这次篮球赛奖金很高，上次是咱们公司赢了，这次肯定得输个大的给ADC银行。来之前总经理田构吩咐了，得让ADC高兴啊，但是何铭如果真的把对方打趴下，ADC还能给咱们做融资吗？尤其现在信贷风声有点收紧。"

罗知南吃惊，仔细观察小孙，他到底是从哪只眼睛看出，她和何铭关系不一般的？

"我跟何总也就是一起做过几个项目，关系没到那一步，这种活不用我来收吧。"罗知南说。

小孙还不死心："那这样，比赛完你能去找苏总吗？让他给咱们公司多放点贷款。"

罗知南不咸不淡地说："田总经理亲自管的项目，用的人肯定是咱们公司能力最强的。我去跟ADC银行谈，我很怕自己搞砸了。"

谈到这里，她已经很不高兴了。王超给自己造谣那件事已经过去很久了，但还是有人惦记她和苏雨关系不一般这件事。

小孙听出话里的意思，但是没有说破，拍了拍罗知南的肩膀："别谦虚啊，你一定行的。要是这个项目能做得漂亮，罗经理未来可期啊。"

罗知南只觉得恶心。

她是不是未来可期，不需要别人来告诉她。此时，她恨不得把那只手拨开，然后义正词严地驳斥他几句。但人在职场，不能不低头，她也只能是恹恹地沉默着。

就在尴尬之际，一只篮球飞过来，差点砸到小孙。小孙吓得缩回手，只见那篮球弹到凳子腿上，又飞了回去，正落在何铭手里。

何铭站在不远处，望着小孙和罗知南，面无表情地说："孙经理，来准备打球了。"

"哎，我，我这就来。"小孙赶紧起身。

小孙站起来走了几步，何铭才转过身，依然不苟言笑，气场在无形中已经具备了某种震慑力。罗知南不知为何，胳膊上起了一层鸡皮疙瘩。还没等她反应过来，姜媛已经在耳边轻声说："罗经理，我怎么觉得何总吃醋了？"

"吃醋？你闻到酸味了？"罗知南装傻。

姜媛低声说："不是，是何总喜欢你，他见不得别的男人跟你搭话。"

要不然那篮球怎么就砸过来了？"

那篮球砸得是有点招人注意。高层的领导，还有远处的苏雨都注意到了，一个劲地往罗知南这边看。罗知南如坐针毡，只能说："你就不能好好看篮球赛？乱嚼舌头。"

姜媛被撑了一句，快快地缩了回去。罗知南在心里感慨，也只有恋爱脑才会觉得被男人关注是一件很有面子的事。像她这种老油条，每天处理各种关系，对男女关系已经疲于应付了。

篮球赛开始了。

苏雨打得漫不经心，频频往罗知南这边张望。何铭倒是在场上发挥勇猛，一口气进了两个球，把队长小孙急得不知所措。

罗知南看到了何铭的反抗，也明白他想赢得正当，但是她知道，这是不可能完成的任务。这场篮球赛无关竞技，有的只是错综复杂的商业关系。

果然，尽管何铭挥汗如雨，倔强不服输，但架不住队长和队员的拉胯和暗中阻拦。最终，飓风篮球队不负所托，技术性地输给了ADC银行。

"唉，这种篮球赛有意思吗？这不是一开始就知道结局了吗？"姜媛在旁边拖着腮帮子感叹。

罗知南冷哼了一下，也觉得心寒，懒得再参加接下来的颁奖过程和晚宴，准备收拾东西走人。苏雨就在这时跑过来，约罗知南晚上吃饭："小南，晚宴我不参加了，想请你晚上吃个饭，行吗？"

罗知南本想礼貌地拒绝，但是想到小孙的话，有些不确定这是不是田构总经理通过小孙的口，给她派的任务。再说了，当着所有人的面拒绝苏雨，也会让苏雨颜面扫地。她想了想，就答应了。

何铭远远地看着这一幕，忽然把手中的篮球狠狠往地上一砸。

那一刻，罗知南也有些拿不准，何铭是气恼自己输了比赛，还是因为爱上了她，真的吃醋了。

## 3

罗知南和苏雨吃了一顿晚饭，回忆了一会儿大学时光，算是冰释前嫌，但罗知南明白，他们的关系回不到从前了。苏雨不会再贸然告白了，罗知南对他也有戒心。

"小南，你们公司向我们银行提交了一份项目书，新港那个工程，这个你知道吗？"晚风里，苏雨和罗知南饭后在江边散步，苏雨提起了一

个话题。远处的霓虹光影照着他的脸庞，让他的五官看起来是那样俊朗。

罗知南半开玩笑地说："这个项目我知道，你按照 ADC 银行的规则来，没必要特别看在我的面子就特殊关照。"

苏雨笑了笑："你怎么这么害怕跟 ADC 银行做业务，就算我特殊关照一下，难道又有什么不可以吗？"

罗知南抚了下头发，摇头说："不是，苏雨，我有我的原则。"

"不违背大原则的前提下，很多业务细节本来就是双方可谈的。"苏雨忽然靠近罗知南，低声问，"你特别紧张，为什么？你是怕欠我什么，还是怕同事嚼舌根？如果是前者，那我告诉你——欠男朋友的，不叫欠。"

罗知南被噎得一时说不出什么。她看着苏雨的眼睛，那双眼睛里依然充满了赤诚。那一瞬间，她明白了，苏雨还在爱她，他并没有因为父母的刁难、她的拒绝，以及酒会上的求婚乌龙而停止爱她。

"苏雨，其实我们是不同圈子的人，你出身在罗马，而我还在跋山涉水地奔向罗马。"罗知南结结巴巴地说。

苏雨一把拉起罗知南的手："你不需要跋涉，你现在就可以去到罗马！小南，一个人奋斗多累啊，你怎么不知道借力打力呢？"

罗知南不得不承认，苏雨经过几次挫折之后，成长了不少，他都会抛出女人最关心的问题去循循善诱了。不过，罗知南还是冷静的。她淡然地抽出自己的手，说："也许身在罗马是一种幸福，但是你们永远不会明白，通往罗马的路上有什么样的风景。"

她本来不想这么文艺的，想直接告诉苏雨，自己跟何铭结婚了，因为一套房子的纠纷。但是，罗知南又觉得自己早就拒绝过他，现在再拒绝一次，也还是老生常谈。

苏雨这次没再冲动，而是又把话题绕回到了工作上："我明白，你是一个自强自立的女人。罗知南，就是因为这个，我才很欣赏你。哦对了，那个新港的环能项目，负责人叫何铭，是吧？"

罗知南乍听到何铭的名字，太阳穴突突一跳："是他。"

"他刚刚在赛场表现很优秀，如果不是队友放水，我可赢不了他。"苏雨笑得更开，"罗知南，是我的错觉吗？我觉得何铭好像在针对我。他于公于私，都不想让我赢球，难道他喜欢你？"

罗知南反应极快，哈哈一笑："我的小苏总，你今天都赢麻了！还来说这种话！他就是你的手下败将，你在意什么？"

苏雨点点头，说："可能是我想多了吧，新港这个项目审批快了，但是银行风控部门对于你们公司新建项目的数量和融资规模,已经提出警示了。你们项目开得太快,又都是新建项目,如果项目周转稍有不慎,容易出事。"

"没办法,上市公司利润指标太刚,再说了,现在股市大环境还算稳健,公司股票前阵子还大涨了百分之二十。理论上,就算有风险也都还算是在可控范围。"罗知南没想到,苏雨居然提出了和何铭同样的观点。她想起前两天签字的那个融资方案,心里有些打鼓。

苏雨不置可否,但是还是说:"小南,你把新港项目的资料整理好,可以试试看。就算不成,也不至于让你在总经理田构那里留下不给面子的印象。"

罗知南答应了,她知道今天晚上这顿饭没有白吃。谈话谈到这里,她觉得自己和苏雨的关系已经开始变味了。

"回家吧,今天也够晚了,回头我们再聊。"苏雨看了看手机。

罗知南答应,和苏雨一起到了停车场。苏雨刚发动汽车,罗知南发现自己忘记买水。

"你等等我,我去便利店买水。"罗知南从包里拿出手机,然后打开车门离开。她有晚上大量饮水的习惯,如果不喝水,会感到口干舌燥,头晕脑涨。

苏雨温柔地望着罗知南的背影。通过今天晚上的见面,他感到自己距离罗知南又近了一步。

就在这时,车厢里响起了手机铃声。

苏雨疑惑地循声望去,发现声音是从罗知南的包里传出来的。她去买水的时候,顺手把包包放在了副驾驶座上。

"小丫头,居然还有两个手机。"苏雨嘀咕着,拉开罗知南的包,想把她的手机挂断。然而,就在这时,他看到了手机的旁边,露出了一个小红本本。

苏雨愣了一下,下意识地将那个小红本本抽了出来。

趁着外面照进来的灯光,他看到那个小红本本上有三个字:结婚证。

"结婚……证?"

苏雨睁大了眼睛,瞳孔里盛满了震惊和痛苦。

他想去拿那个结婚证,却颤抖着手,怎么也没有办法拿起。

他的世界在那一刻,崩塌了。废墟之上刮着凛冽的风,风里都是他和她的一点一滴。这些废墟的瓦砾,无法重建。

## 4

周末是一个雨天，地板上沁出了层层水雾。罗知南打包好了行李，看了看地板上的水珠，又用拖把把地板拖了一遍。

地板早已受潮变形，罗知南生怕哪天夹缝里长出一堆蘑菇来。他们这种家庭，不至于换不起一套实木地板，关键是蒋红梅不愿意改变原本房子的格局和样貌。罗知南知道，这是对哥哥的一种怀念，但这种极端行为让她觉得，蒋红梅很像是《孤星血泪》中的那个老小姐，一件婚纱穿60年，人生永远停留在某一天的早上8点钟。

她正拖着地，蒋红梅打开了卧室门，扶着腰说："小南，今天下雨，要不你别搬了吧。"

罗知南心里一咯噔，赶紧说："妈，我房子腾出来了，也好装修做一套儿童房不是？"

"我不想装修，有甲醛。你别走，继续住着吧。"

"就粉个墙，先散散气，等我弟弟或者妹妹几岁的时候，就能在这里玩了。"罗知南赶紧拿弟弟妹妹出来当鸡毛令箭。这种时候，也只有那个尚未降生的小生命才能撬动蒋红梅了。

蒋红梅又开始了长篇大论的啰唆，什么每天向她报备，不能和小区里的陌生人说话。罗知南只当风入马耳，任由她絮叨，终于在中午11点之前将行李都搬上了车。

"我拍个车牌号。"蒋红梅跟上来，对着搬家公司的车前后左右地拍，有意无意地拍到了司机的脸。罗知南坐进副驾驶之后，蒋红梅特意到了车窗外，幽幽地说："我本来想让你那个刑警大队的舅舅亲自送你的，唉，可惜他今天有事，不过没关系，你有任何事情都可以和你舅舅说的。"

罗知南并没有一个在刑警大队的舅舅，这番话只是说给司机听，暗中警告他别乱来。

"知道了知道了。"罗知南知道蒋红梅的意图，尴尬地点着头。

"一路上给我发定位，哪天我想看你就知道怎么找路。还有啊，到了地方立即给我视频，知道了吗？"蒋红梅话虽然是对着罗知南，但眼睛却紧紧地盯着司机看。忽然，她冷不丁地说："师傅，你这车可别想着绕路，我们家交通局也是有人情的。"

"妈，你回去吧！"罗知南赶紧升起窗玻璃。

蒋红梅这边刚离开，司机那边就开始讽刺了起来："这位女士，要不要我把身份证押给你？看你母亲实在不放心。"

"没有,她对谁都这样。"罗知南脸上差点挂不住。

一小时后,搬家公司将行李搬到了家门口。罗知南将车费结算清楚,然后打开门,指挥搬运工人往里面搬运东西。没想到,她刚打开家门,就嗅到一股烧肉的香味,顿感不妙。

果然,罗知南冲进厨房,发现何铭正在炒菜。她没好气地问:"你怎么提前来了?也不打声招呼?"

何铭回头看是她,也愣了愣:"这是我房子,我怎么不能来?"

罗知南想提醒他,他们之前明明商量好的,为了人身安全,她要提前来检查环境,有没有摄像头之类的。但是当着工人的面,她也不好说,只能摆摆手说:"行,反正我是要检查清楚的。"

"请问,你们谁能搭把手?"搬运工人拍着纸箱子问。

何铭刚想上前,看到罗知南的脸色,冷笑着说:"是她搬家,跟我没关系。"然后他看着罗知南,认认真真地说,"还有,我上午刚搬进来,可以给你看搬家公司的记录,搬了家之后我就忙里忙外的。网购记录也可以给你看,反正我没有设置什么摄像头!"

"你们……都是租客是吧?"搬运工人问。

"夫妻。"何铭想也不想地回答。

罗知南:"……"

搬运工人看着罗知南的眼神,顿时变得无比同情,连带着干活也卖力了几分。罗知南打开自己卧室的门,指挥工人搬东西。原本冷清的房间,很快就变得拥挤起来。

何铭的卧室在罗知南的对面,房门半开着,里面只放了一个纸箱。罗知南暗中感慨,何铭这个极简主义的人,果然行李也是极简。他看到自己的东西这么多,应该很头疼。

终于,工人干完活,离开了这所小院。罗知南累得四仰八叉地躺在沙发上,发愁这么多东西,她估计要收拾一整天。

何铭端着一碗面条走过来,往她旁边一坐:"这沙发是我的。"

"这房子咱俩一人一半产权。"

"对呀,所以并不包括家具。"何铭似笑非笑地扭头看她,"想要懒人躺,你得自己买沙发。"

罗知南恨得牙痒痒:"你!何铭,咱俩同事,在你沙发上坐坐,怎么了?大不了我付小时费给你。"

"又是钱。"何铭冷嘲热讽,开始吃面条。

面条的香气飘了过来，钻进罗知南的鼻孔里，勾起了她的馋虫。罗知南胸口含了一口血，不懂这个男人怎么突然刻薄了起来。虽然他们之前因为婚事有一些争执，但也有不少温馨的瞬间。

"哼，吃饱肚子我再找你吵架。"罗知南拿出手机，打算点一份外卖。何铭却在此时突然说："不用了，锅里有红烧鸡翅，你去拿出来吧。"

罗知南翻了个白眼："吃人嘴短，拿人手短，我才不要。"

"咕噜噜——"话音刚落，她的肚子就不争气地响了起来。何铭扭头看她，眼神促狭："是吗？你真的不吃？"

罗知南只好投降："我吃。"

她走到厨房，掀开锅盖，果然看到一盘金灿灿、油光发亮的鸡翅。掀开锅盖的那一刻，肉香也扑进鼻子里。

另一口汤锅里，剩了差不多一人份的面条，灶台上还放了一个一次性饭盒和一双新筷子。罗知南扭头看了看何铭，心里想，这个人真是刀子嘴豆腐心，明明把自己的饭也准备好了，却还对自己冷嘲热讽。

她也不是那种有隔夜仇的人，笑嘻嘻地把鸡翅和面条端到餐桌上，招呼何铭："你坐沙发上干吗？来这边吃吧。今天你下厨，明天我给你露一手。"

何铭站起身，走到餐桌旁："其实这张餐桌呢，也是我的。"

"我知道！"罗知南没好气地啃起鸡翅，"回头我买一张新的桌子，小气！"

何铭也不是真的想让她买桌子，纯粹只是想气她。看到她不接招了，他也就没再毒舌，只是冷不丁地问："苏雨对你大方吗？"

"苏雨？"罗知南愣了。

"富二代，工作不错，长得也行，如果他求婚的情商高点的话，你其实应该考虑一下他。"何铭面无表情地说。

罗知南震惊了，何铭这是吃醋了？

不过，她立即掐灭了这个念头，一边搅和面条，一边问："男人和同性真是天生的竞争者，就因为他比你优秀，你就嫉妒他了？"

"谁嫉妒他？"何铭火了。

罗知南满不在乎地吃面条："你不嫉妒他，也不跟他竞争，那你不会是吃醋了吧？"

"我吃醋？因为你？可能吗？"何铭冷笑。

罗知南也觉得不可能，何铭这种冷血生物怎么可能会爱上别人呢？智者不入爱河,聪明人是没有爱情的。

她心安理得地吃面条,啃鸡翅,把蒋红梅的叮嘱忘得一干二净。何铭吃完面条,走到厨房里放碗筷,忽然听到一阵手机提示音。那是罗知南的手机提示音,蒋红梅打来了电话。

"你手机……"何铭拿起手机,却不小心按下了绿键。蒋红梅的声音瞬间传来,镜头里也出现了她的脸庞:"小南,你怎么不接电话?你再不接我就要报警了!你……你是谁?"

手机屏幕里的蒋红梅,和何铭看了一个对眼。

罗知南吓了一跳,这才想起还没有向蒋红梅报平安。她火急火燎地冲过去,一把抢过手机:"妈,我到地方了,刚才吃饭呢!"

"那个男的是谁?"蒋红梅情绪激动。

罗知南狠狠地将嘴里的鸡腿肉咽下去:"那是,是……是搬家师傅啊!他太辛苦了,我留他吃饭!"

何铭睁大眼睛,一脸不可思议。

她居然把自己说成搬家师傅?

"搬家师傅?刚才在车上我怎么没看见?"蒋红梅厉声说,"你怎么能随便留男人吃饭?他起了坏心眼怎么办?罗知南,你给我回来,回来!"

罗知南吓得脸色煞白,赶紧说:"这个搬家师傅是朋友介绍的,他刚才坐汽车后面,你没看见!而且……而且他们在公安局都有备案!妈,你就别说那么直白了,多尴尬呀!"

她现在只庆幸蒋红梅没有看清楚何铭的脸。如果认出这是她的同事,那可就永无宁日了。

蒋红梅这才松了口,没再追究。她让罗知南举着手机,把房间拍了一下,突然怀疑地问:"你这房子挺大啊,不是一个人住吧?"

"这……房东卖给我的时候,就是这么大。要不是他急用钱,我还捞不着这个价格呢!"罗知南赶紧糊弄着说。蒋红梅又问这问那,还让罗知南拍了卫生间和浴室。幸好何铭还没来得及摆上自己的牙刷和拖鞋,蒋红梅找不到其他的破绽,就挂了视频电话。

挂上电话,罗知南小心地看着何铭。他靠在门框上,似笑非笑地看着她,眼神里充满了不屑和轻蔑。

"打完了?"何铭问。

"咳咳,这个……我妈她比较封建,我这也是权宜之计,不好意思啊。"罗知南讪笑。

何铭"哼"了一声:"你怎么就不能实话实说,说我是同事了?敢情我长得像个坏蛋呗?"他怒极反笑,"罗知南,你可以啊!"

"不是,你听我解释……我要说你是我同事,我妈又乱想,她肯定会跑过来查你户口本的。"罗知南干脆摆出一副可怜兮兮的样子,"我请客吃个大餐,你别生气了,行不行?"

"你都多大了,你妈还这么管你?"

"多大也不行啊,我妈从小查我岗,查习惯了。"罗知南双手合十,放在脑门上,一副"求原谅"的架势。

何铭斜着眼看她:"真没想到,你是个……妈宝女。"

这就是同居的坏处,让人距离瞬间拉近,无处遁形。罗知南的脸烧了起来,嘀咕:"谁,谁妈宝了?"

"你都30岁了,你妈还限制你社交,怕你这个小红帽被大灰狼拐跑了,这可真是……"何铭说着说着,捂嘴"扑哧"笑了出来。

罗知南气得拿起沙发上的靠枕,扔了过去:"什么30岁?29岁!!差一岁都不能叫——30岁!"

# 第十三章 别扭的同居生活

**1**

不管怎么样,两人总算趁这个周末把家里布置完了。何铭虽然表面上是个理性青年,但骨子里还留有一丝文艺细胞。他在家门口挂上了一个铜牌,牌子上刻着四个字"梅心小居"。

罗知南觉得他挂牌子后,沉浸其中的表情酸得不行。但是当周围安静下来之后,罗知南忽然察觉到一种暧昧,浑身都别扭得不行。毕竟,从此以后她和何铭是夫妻了,同处一室。

"卫生间门上,我贴时间表了啊。"罗知南敲了敲时间板,"我习惯早晨6点洗漱,一般是半小时时间,所以你要么早于6点,要么晚于6点半。知道了吧?"

"6点啊,够呛。"何铭推了推金丝眼镜,"很巧,我也喜欢6点到6点半洗漱。"

"你……"罗知南气结,随手一指杂物间,"那我把这个改造成洗浴室,我专属。"

何铭突然语气生硬:"不行,这间不能动。"

"为什么?"罗知南问。

何铭脸色很难看,直接说:"就这么定了,我会在6点之前起床,尽快洗漱完毕。"

说完,他转身走回自己的房间,将房门狠狠地关上。罗知南翻了下白眼,这情绪多变的男人!

不过,这个杂物间到底有什么秘密?

罗知南轻手轻脚地走过去,发现里面的水泥地板已经全部刷过,墙壁也被重新粉刷过,但这扇门真的上了年头,上面的漆皮都翘了起来。她"啧啧"了两声,想不通何铭既然重新整修了一下,为什么偏偏放过了门?

不料,她转到门后面,顿时愣住了。

门框上刻着一行行的痕迹,旁边还写着日期。罗知南蹲下来,看到最下面的一行是"1994年3月29日,103cm"的字样。

她顿时反应过来，这是给一个孩子刻的身高测量。

何铭的？

罗知南抚摸着"103cm"的小字，心里想，难怪他现在是那样的一个大高个，才三岁就这么高了。

想到这里，她忍不住笑了一下。

再往上看，刻痕的高度不断攀升，日期也在变化……1996年、1998年、2000年，但是时间到了2006年，身高刻度忽然截止在这里，上面再也没有任何刻痕。罗知南愣了一下，联想起何铭只言片语里的身世信息，顿时明白发生了什么。

2006年，何铭才15岁，已经开始承受不属于那个年龄的重量——他的父亲离开了。

如果她没有猜错，这些划痕是何铭的父亲给何铭量的身高。罗知南看着那扇门上的光影变化——杂物间的后窗外有一棵梧桐树，树影婆娑，将阳光切碎了洒在门板上。那棵树至少有20年了，可是当年那个给儿子测身高的男人，再也没有了。

每一个人的离开，都不是简简单单的离开。那意味着一个家庭的破碎，人生路上的悲痛告别。

罗知南忍不住内疚起来。她轻轻地带上杂货间的门，然后开始用空气炸锅做起了薯条。薯条在空气炸锅里膨化的时候，她敲了敲何铭的门，声音脆甜："何大官人，开门啦。"

何铭磨蹭了半天才打开门："什么事。"

他的脸有些冷，不过罗知南并不在意。她笑嘻嘻地问："我可以在墙柜下面挂上一个挂篮吗？"

"只要不敲钉子进墙，都可以。"

罗知南点了点头，还想说什么，何铭已经关上了门。罗知南吃了个软钉子，但她只是噘了噘嘴，将挂篮布置一番之后，才返回到自己的卧室里。

5分钟后，何铭收到了一条来自罗知南的微信："何大官人，出来看看挂篮符不符合你的要求。"

何铭顿时太阳穴直跳，预感到罗知南可能动了房子的墙壁。他气呼呼地拉开房门，却发现墙柜下的挂篮里放着一包薯条，旁边还有一张便利贴。

薯条是刚炸出来的，散发着诱人的香气。何铭怔怔地拿下便利贴，只见上面是罗知南的字体：

对不起！洗漱时间我修改一下，6点15分我开始洗漱，你可以多睡15分钟的懒觉。

何铭莫名觉得心头微暖，他忍不住嘴角上扬，将一根薯条扔到嘴里。

第一天同居带来的情绪波动，总算安然度过。

## 2

周一上班，何铭又戴上了冷漠的假面，和罗知南一前一后地到了公司。

罗知南刚到公司，姜媛就匆匆赶来，低声告诉她："罗经理，柳总监让你半小时后去总经理办公室，参加资金分配方案大会。"

"啊？我什么准备也没有。柳总监参加吗？"罗知南疑惑。按理说，她没收到邮件，是不用参加的。

姜媛也很迷茫："不参加，柳总让我通知你的。我问她什么内容，她也不说，然后就挂了电话。"

罗知南有些头疼，脑海中理了一遍工作，自问没有任何疏漏。她问姜媛："周末这两天，我爸和我妈还正常吧？"

她现在离开了家，姜媛就是她的人形摄像头。

姜媛苦笑："阿姨几次要出去找你，被叔叔拦下了。罗经理，阿姨也太牵挂你了。"

意料之内的回答，罗知南十分无奈。她点了点头："姜媛，帮我看着我妈，谢谢你了。"

姜媛答应，出去后，罗知南下意识地将手放在电话上。她很想打电话问问何铭，资金分配方案大会到底是个什么情况。

不过，她和他到底是什么关系？

真夫妻？

罗知南有些别扭，总觉得这通电话打了，她和他之间就会确定一些关系。最终，她将手缩了回来。

半小时后，罗知南来到了会议室。她忐忑不安地坐下来，扫视全场后，发现何铭也在其中。何铭目光深远地看了她一眼，罗知南心里顿时"咯噔"了一下，总觉得哪里有问题。

"小罗，这是你上次经手签字的项目，那份融资方案。"总经理田构十分和蔼地将项目书递给她，"我们今天开会的目的就是，融来的资金要如何进行分配。你不要紧张，等会儿有什么就说什么。"

罗知南脑子空白了一秒。

要讨论资金如何分配，这潜台词就是资金不够分呗！这分配资金是个得罪人的工作，这项目书不是项目书，而是烫手的山芋啊！难怪柳雨茜不来参加会议，还关机玩失踪。

她这才明白何铭眼神里的深意，但已经来不及了。

"我说，资金有限，但我这边的项目已经到了关键阶段了，如果因为资金问题耽误了，项目就前功尽弃了啊！"

"我这边的项目何尝不是？人工智能项目，前期开发最大，盈利都是在后期，前期你不能不给粮啊！"

几个项目经理吵作一团，都表示自己的项目已经到关键节点，只要稍微资金投入就能在年报上对公司贡献最大。

何铭一直沉默，等到众人都说得差不多了，他才慢悠悠地说："大家的意见我都知道。我说下我个人的观点，目前项目撒得有点多，公司最好做个项目优先级排序，然后用有限的资金，全力支持重点项目。"

罗知南注意到，何铭说完之后，总经理田构目光犀利地看了何铭一眼。她心里门清，知道何铭说的道理是对的。

然而，田构却给出了不同的意见："优先级排序这种做法，我不是很赞同。试问，谁优，谁劣？哪个人能有事后眼，看得准一个项目能不能带来巨额利润？我看啊，公司不能将资金赌在一两个项目上，还是得多做项目，这样才能将风险分散。"

得，饶了一圈，这又绕回来了。

罗知南听出来总经理田构的话别有用意。她知道，田构自己也培育了几个嗷嗷待哺的心腹项目经理，以及他下面那些跟自己有千丝万缕关系的供应商，他肯定不可能让自己的项目失去资金来源的。

看来今天柳雨茜不来参加这个会，是想撇清关系，让自己顶锅。

正想着，总经理田构把话捅到了罗知南这边："小罗啊，你说是不是啊。或者你有什么新的思路吗？"

众人立即看向罗知南。

罗知南感受到了这些项目经理杀人的眼光，有希望她反驳的，有希望她赶紧附和总经理田构的。但是，站队从来都不是罗知南的作风。

她稍作镇定，才说："我听了这么久，集思广益，深受启发，所以我想提个建议。从资金管理的角度，我们可以成立一个机动资金池，这样项目运作过程中可以临时机动调度。一点浅薄的意见，仅供大家参考。"

总经理田构别有深意地看了看罗知南,大概是觉得她这稀泥和的还算可以。项目经理们听完,也都没有太大意见,觉得是个可行的方案。罗知南松了口气,但她一抬头,却看到何铭对自己抛来咄咄的目光。

运营总监贾东突然问:"柳雨茜为什么不来参会,她不是投融资部的老大吗?"

罗知南一时间不知道如何回答,贾东继续说:"现在全是新建项目,投融资的资金跟不上,就把压力往我们管辖的老项目的回款上甩。不如咱们干脆把投融资部门撤了,直接合并到我们运营大部就好了!我们部门漂亮姑娘多,无论拉项目还是催款,那都是有天然优势的。"

其他人都哈哈大笑,不敢得罪贾东。罗知南憋了一股气,她不知道贾东怎么了,平常一个老大哥的形象,这会儿居然打嘴炮,刚才这番话分明有性格侮辱的成分在。

罗知南刚想张嘴反击,何铭已经开了口。

"那环能项目年底的机动资金,就全靠贾总了!贾总可要加油,别到时候让部门的小姑娘白笑了。"

贾东听了虽然不高兴,但是也没有回嘴,而是看向了田构:"总经理,咱们要增加回款绩效奖励,不然这部门的业务员们都没有干劲儿。"

贾东这还没出成绩,就张嘴要吃的架势,让田构有些不高兴。涨薪这种事应该单独面谈,大庭广众之下公开提出,田构总感觉哪里都不对劲。

因为答应了,感觉自己被要挟,不答应,又打击员工积极性。

罗知南立即感到了田构的不悦,接过贾东的话茬:"贾东哥,目前投融资部的融资奖励只有项目回款奖励的一半,要是田总经理批准你的申请了,我得多跟贾东哥学习啊。"

贾东被噎得满脸通红,没再说话。

总经理田构得意地笑了笑,心想罗知南这一句话,算是给自己挡去了贾东这个运营总监的提薪要求。

他立马和稀泥:"大家打起精神,小罗的资金池提议很好,赶紧把资金分配方案定一定。"

这件事,就算过去了。

## 3

晚上回到家,罗知南明显心情不错。她去超市买了点肉菜,破天荒地在厨房忙了半天。

何铭回来后，直接拿出一个电煮锅煮起了面条。罗知南端着菜来到餐桌前，看到后立即推了推盘子："哎，吃点，别客气。"

"手艺还不错。"何铭尝了一口，意有所指地说，"就是情商怎么差点意思呢？"

"你什么意思啊？"罗知南感觉何铭话里有话，话还不好听。

何铭问："今天，你为什么要违背良心和稀泥？"

"我违背什么良心了？"罗知南火了。

何铭一边吃菜，一边说："你提什么机动资金池？你不知道这是给总经理田构更大的权利吗？还是说，是柳雨茜让你这么说的？"

罗知南一脸蒙："这是开会的时候，你瞪我的时候，我临时想的，不关柳雨茜的事。再说了，柳雨茜作为空降兵，怎么可能跟总经理田构是一伙的？"

何铭笑了，用筷子点了点罗知南的额头："那你觉得，我和你是一伙的吗？"

"当然是啊。"罗知南不假思索。

何铭笑而不答。

罗知南感觉自己的 CPU 快烧糊了。

什么意思？

何铭难道是在说，她就是柳雨茜的工具人？

"有话直说，毕竟你吃人嘴短。"罗知南不客气地敲了下盘子。

何铭一边不客气地吃菜，一边说："你怎么这么天真，你难道不知道，田构联合柳雨茜，一直在打压我手里的环能项目吗？他俩走到一起联手的真正原因，是有人举报柳雨茜行贿受贿，她作为董事长的人，地位受到了严重威胁。为了保住自己，她才向总经理田构伸出橄榄枝。但是她又不能做得太明显，所以她就把你推出来了。你倒好，你真是一个非常合格的工具人，正中柳雨茜的下怀。"

这一番话，信息量太大了。

罗知南自然不能屈服，她想了想，问："何总，请问总经理田构，为什么要打压你？你为公司贡献利润，年报好看了，他的地位只会更稳固啊。"

何铭怒极反笑："我的大小姐，你如果不知道为什么，那你就要去了解一下，哪个项目的供应商跟总经理田构的关系近，哪个关系远。"

"那又怎样，跟我有什么关系？你这么好心告诉我，又是打的什么主意？想让自己的项目多争取点资金？死心吧，我对资金分配方案没有决定权。我跟谁都不是一队,干好工作拿钱,没有力气斗来斗去。"

何铭一推碗,往后靠在椅背上,两手交叉:"就没想过他们两个都团灭了,你上?"

罗知南正色道:"何总,我想让你明白一件事,我们只是住在一起,不是在一起,请不要多管闲事。早点还钱。"

何铭烦躁地拨拉了下头发:"我会还的。但是我想提醒你,以后你别什么文件都签字,就比如那个融资方案,你知道风险有多大吗?"

"保守挣不了大钱。"

"泰坦尼克号很大,但它就是撞了冰山才沉没的。"

罗知南彻底恼了,将碗狠狠地往桌子上一放:"行了,都闭嘴吧!我不吃了,气都要气饱了!敢情在你心里,我是一个笨蛋。"

"也不是100%的笨蛋。"

"哈?"罗知南更恼火了,"你想说我是30%的笨蛋?谢谢你的口下留情,吃完记得洗碗。"

说完,她扭头进了房间,将房门重重地关上。

## 4

回到房间,罗知南越想越憋屈,思来想去,不懂自己哪里做错了。何铭的项目是有一定的不利,但这不是她造成的,田构在这之前就决定要打压他的项目了,并不是自己的资金池概念的错!

再说回私人方面,自己在家里被蒋红梅管,搬出来又要面对何铭这个老狐狸,到底犯了什么邪?

怀着怨念,罗知南简单洗漱之后,倒头大睡。

第三天,罗知南6点准时起床,踩着拖鞋去了卫生间。她拿起牙刷,想要往上面挤牙膏,却一愣——

牙刷上,已经挤了一段牙膏了。

罗知南揉了揉眼睛,盯着那牙膏,确定真实存在。这时,何铭的房间有了动静,他走到门口,尴尬地说:"哦,这是我给你挤的。"

这模样,明显是一副想要和好,却很心虚的样子。

罗知南翻了个白眼,将牙刷拿到垃圾桶上方,使劲晃了晃,牙膏顿时掉进了垃圾桶。

"哎,你这个人怎么不知好歹啊?"何铭有些没面子。

罗知南冷笑:"我谢谢你啊,这牙膏不知道挤出来多久了,估计早就氧化了，没啥作用了。另外，我有手，牙膏还是能自己挤的。"

何铭没好气地转身离开。

罗知南迅速收拾好自己，到了公司。没想到，她刚进公司，就看到柳雨茜在办公桌后面等着，面色冷漠。姜媛在旁边擦桌子倒水，一副受气的小媳妇的样子。

"柳总监？"罗知南知道，事情有些麻烦了。

柳雨茜很不客气："昨天，是你提出的资金池的事？"

"是。"

"你知不知道，因为资金池的事情，咱们的资金调配大权被剥夺了？"柳雨茜很是恼火，"我让你参加会议，你就是这样提的建议？"

罗知南知道，柳雨茜故意当着姜媛这个下属来批评自己，这是给自己一个下马威。她努力镇定下来，说："柳总，这个资金分配不承担也可以，让总经理操心更好。"

"你这是无事生非，让部门工作协同性大大降低！"柳雨茜气愤地一捶桌子，"你自己好好反省反省！"

柳雨茜趾高气扬地离开，全然不见平日里温和的态度。姜媛凑过来，安慰罗知南："没事吧？"

"没事，不就是被说两句吗？工资是干嘛使的，就是被工作摧残之后的安慰剂！"罗知南自己打趣自己。

不过，她心里也开始犯嘀咕了。柳雨茜此举实在很吊诡，她是在激动地表达她和"资金池"完全没关系呢，还是这一切不过是假象？也许，实际上，她早就猜到罗知南会提出这样的建议，故意将她推出去。事后，她却不认可"资金池"的做法，将所有的责任都撂给自己？

但是，罗知南认定，资金池是一种合理的做法。

下午，罗知南忽然收到了一封邮件，是总经理田构批准的。邮件的大意是，她涨薪了！

罗知南这才松了口气，她认为自己没错。不过……

这封邮件同时也抄送给了柳雨茜，简直像在打柳雨茜的脸。

果然，下午下班的时候，柳雨茜又来到了她的办公室，面色依然不太好看。

"小罗，你手上的这几个项目都暂停一下，给许昌做。"柳雨茜毫无商量余地地通知，"你回头和他交接一下。"

罗知南愣了愣："可是这几个项目，我都把基础框架给搭建好了。"

"带带新人,别总是只顾着自己揽工!反正奖金也有你的份!"柳雨茜毫不客气地说。

罗知南听到奖金还有自己的,立即选择妥协。反正她因为项目太多,天天忙得跟陀螺一样,有人和她分担,她还求之不得呢。

不过,柳雨茜反应这样激烈,说明资金池的做法的确对柳雨茜个人利益和权力有损失。也许,即便她想和田构交好合作,也是使用其他的办法,自己会错了她的意思。

罗知南心里沉甸甸的,回到梅心小居,刚好在门口碰到何铭。今天路上堵,他跟罗知南都没开车,而是赶的地铁。因为早晨的事,何铭脸色沉沉地看了她一眼,没说话也没打招呼,而是站着不动,等她掏钥匙开院门。

罗知南故意不掏钥匙,而是等他开口。

结果,何铭没上当,从口袋里掏出钥匙,直接进了门。罗知南刚想进门,没想到何铭"嘭"的一声将院门关上,罗知南正好撞到门上,鼻子被撞得生疼。

"喂!你这个……臭男人!"罗知南捂着鼻子,没好气地用钥匙将院门打开,对着何铭的背影喊,"你撞到我了!"

何铭回头,懒洋洋地说:"对不起。"

"一句对不起就完事了?"罗知南冲到他面前,"你看,都红了!"

何铭煞有介事地低下头,左右看看她的鼻子,笑呵呵地说:"没变形,这说明你这秀美高挺的鼻子不是做的,而是天生的。"

一句话,让罗知南心里乐开了花。

"那当然了,我从小到大五官都很优秀。"

何铭毒舌地接了一句:"就是情商堪忧。"

"你……"罗知南被噎了一下,但她转念一想,今天是有资本的,于是进了房间后往沙发上一坐,跷起了二郎腿,"我可告诉你啊,我今天加薪了,这都拜我昨天提出的资金池概念所赐!怎么样?你昨天不还 diss 我考虑不周吗?"

何铭不慌不忙地倒了一杯果汁,一边喝一边问:"那柳雨茜什么反应?"

"……"罗知南被噎了一下,掩饰地说,"她没说什么。"

"你是个不会撒谎的人,表情早出卖你了。要我说呀,她恨不得把你从头批到尾。她因为被举报的事,不得不让出自己的蛋糕,心里早就不爽。现在你帮她提出了资金池的概念,表面上你当了她的代言人,但实际上，她潜意识里觉得都是你害得她失去了资金分配的权力。"

罗知南想了想："她得接受现实啊！资金分配本来就容易产生许多贪腐行为，如果她的举报被坐实了，对她的职业生涯得是多大的打击啊！"

项目部经理都会给掌握资金分配的人送一些灰色收入，以保证自己的项目能够正常运行。这是不成文的潜规则，大家心知肚明。

柳雨茜现在已经遭到了举报，她必须赶紧把资金分配的权力让出去，才能保住自己的职位。

"你以为她骂你，真的是因为你对或者错？她骂你，是为了发泄情绪。"何铭翻了个白眼。

罗知南气得不行："那照你这么说，我被她当作了情绪垃圾桶？"

"不准确，你是被她当枪使，还被她当成了情绪垃圾桶。"何铭一针见血地说。

罗知南气得拿起沙发上的抱枕就扔了过去。抱枕正中何铭的头部，疼倒是不疼，就是他正好在喝果汁，被抱枕这么一撞，绿色果汁喷了他半张脸，像长出了绿色的胡子。

"哈哈哈！"罗知南被何铭滑稽的样子给逗笑了。

何铭气得将果汁往桌子上一放："我好心教你做事，你还扔我抱枕？今天你扫地刷碗，这是惩罚！"

"啊……做饭行不行？"罗知南苦着脸说，"我最讨厌刷碗了，油不拉叽的，好恶心啊。"

何铭想了想："如果是跟昨天一样的饭菜，可以。"

"那我去做了。"罗知南赶紧去打开冰箱，拿好食材后奔向厨房。她跑到厨房关上门后，举起拳头"耶"了一声，庆祝自己逃避了刷碗之责。不过，她很快就感到哪里不对劲。

她和何铭刚才还斗得跟乌眼鸡似的，怎么这么会儿和好了？

罗知南抚摸着自己的胸口，确定了一件事——她的确很愉快。

"这种感觉，太奇怪了。"罗知南感到莫名其妙。

# 第十四章　没有爱情，但有红本本

## 1

第二天，柳雨茜口中说的那个许昌，果然来找罗知南交接项目了。那是一个梳着中分头的精明男人，说话的腔调有些夹子音，听久了会让人起鸡皮疙瘩。他谄媚地向罗知南一鞠躬："罗经理，真是不好意思，你的项目从现在开始就让我负责了，以后我有不懂的，还请罗经理多多指教。"

罗知南反正不是第一天被抢项目了，所以她非常淡定。反正这些项目做糟糕了，还会回来找她的，谁让她是接盘侠呢？

"没关系，大家以后都是同事，有什么需要帮忙的尽管说。"罗知南拿起几大本厚厚的项目书，对他抬了抬下巴："走，这里桌子太小，咱们投融资部的会议室那边地方大，我去那边把资料摊开，给你详细说一下。"

她知道，柳雨茜每天上午10点，必然会去茶水间倒一杯美式咖啡，而会议室就是通过茶水间的必经之路。

果然，罗知南在和许昌讲解项目的时候，柳雨茜正好从外面经过，透过落地玻璃窗，将这一幕尽收眼底。

罗知南就是要通过这一招告诉柳雨茜，她并不在乎这些项目，反正她丢出去之后，乐得清闲。

果然，下午的时候，柳雨茜又给了她两个新项目。

罗知南暗自偷笑，自认为完全拿捏住了柳雨茜的心理活动。柳雨茜才不舍得将她这员大将完全闲置呢，不然那该是多大的浪费啊。

不过，罗知南低估了许昌的心机。

下午的时候，何铭出现了。当时，罗知南正和许昌沟通项目中的一个小问题，一抬头，正看到何铭站在门口。

"何总，有事？"罗知南尽量让自己的声音保持平稳冷静。

何铭完全公事公办地说："有一个项目，需要你们投融资部评估一下，我想来确认一下，能不能加快速度。"

罗知南让许昌稍等，然后走过去问何铭："是什么项目？需要多快？"

何铭一一作答，罗知南点头答应，说会和柳雨茜商量一下。等送走了何铭，许昌看着罗知南，忽然捂嘴笑了起来："罗经理，你跟何总是一对吧？"

罗知南吓了一跳："别乱说，我跟何总就是正常合作的同事关系。"

"我可没乱说，何总对您的爱意都藏在细节里。"许昌得意地说，"何总平时穿得衣冠楚楚的，但刚才来找你，领带明显松了，这说明了两点！"

"哪两点？"

"第一，他有一边纠结一边扯领带的习惯。所以他很可能在来找你之前，头脑里在犹豫，下意识地扯松了领带。第二，他很可能故意把领带弄松，让你提醒他领带松了。如果你明白他的心意，说不定还会上手亲自为他整理领带呢！"

他这样一股脑儿说出来，让罗知南目瞪口呆。许昌这架势，就是一个天生敏感的观察者！因为据她所知，何铭还真的有一边纠结一边扯领带的习惯。

"许昌，我希望在工作时间，只说工作的事情。"罗知南正色说，"我希望你能摒弃掉脑子里一些乱七八糟的无关事情。"

许昌笑了笑："你急什么呀，我就是随口一说。"

罗知南也知道，太认真了反而会像真的，于是也没有再在这个问题上多做盘旋。但是下班后，她主动找到何铭说："何总，有件事我想提醒你。"

何铭正坐在沙发上看杂志，看了看左右，说："啊，在梅心小居，你可以喊我何铭。"

"好，何铭，下次来办公室找我，希望你能提前打个电话，确定我办公室里没人，你再来找我。另外，你能不能时刻注意领带，确定领带是紧的，再来找我？"

何铭看着罗知南，愣了好一会儿，才将杂志放到一旁："好，第一个问题，我们之间有什么见不得人的吗？为什么要避开人？"

"因为我们现在……这个关系，对吧？"罗知南耸了耸肩膀，"我们结婚的事情是不能曝光的。关键是，我心虚。"

"你心虚什么，我们之间并没有爱情。"

"话是这么说……但我们就是有两个红本本！"罗知南苦恼地说，"我的演技也没那么炉火纯青，所以猛然看到你的时候，我的确会表情不自然。如果我旁边有人，的确容易露馅。"

何铭点了点头："好，我会注意。"

"那你的领带……"

何铭又恢复了无耻："我的领带会不会松，你要跟我的领带谈，你不要跟我谈。"

罗知南哭笑不得："你什么意思？"

"我控制不住我的领带，它想松，就松了。"何铭眨巴着眼睛，一脸无辜。

这就有抬杠的意思，罗知南气得叉腰："何铭，我在跟你正经地谈话！"

"那你说说，现在的领带算不算松？我觉得不松。"何铭从沙发上站了起来。罗知南火起，上前拉住他的领带，使劲往上一推："松！我给你紧紧！"

何铭没想到她还真的动手了，猛然被推了一下，脸颊顿时红了起来。罗知南看他红了脸，自己也忽然感到脸上发烫。

"那个，锅好像煳了。"何铭语无伦次地说。

罗知南赶紧逃到厨房里，发现锅里的米粥还没有开，米粒静静地躺在锅底。她摸了摸自己的脸，心里奇怪自己的失态。

她怎么脸红了？

## 2

从这一天起，罗知南感觉自己和何铭之间的一切都不太正常了。

起初，是一个晚上。她在何铭洗完澡之后，进入卫生间洗漱。但是她对着镜子刷牙，鼻子忽然嗅到一股沐浴露的清香后，浑身燥热然后脸红。

"你怎么了？"何铭刚好从屋里出来拿杂志，看到罗知南从脸都红到了脖子根。罗知南只能掩饰着回答："这个……你这房间里是不是小飞虫啊？我好像被叮了一口，过敏了。"

"啊？"何铭拿起电蚊拍，四处查看，疑惑地问："没有啊？"

"那可能是我的错觉。"罗知南赶紧进了房间。

半夜，罗知南蹑手蹑脚地从房间里溜出来，摸进了卫生间，拿走了何铭的那瓶沐浴露。她做贼一般地溜回到房间，然后将沐浴露的配方表发给曼丽："你帮我看看，你不是对护肤品很有研究吗？这沐浴露里的配方是不是有什么违禁产品？"

"天啊，你过敏了？"曼丽吓了一跳。

"我怀疑啊，因为我一嗅到这个味道，我就脸红。"罗知南摸着自己的脸颊，"这是何铭的沐浴露，呵，男人，果然糙得很，估计买到了什么假冒伪劣产品。"

曼丽的微信沉默了好一会儿，才打了语音过来。罗知南刚接听，就听到了她爽朗的笑声："哈哈哈，根本就没有什么违禁元素，一切都是正常的。我估计呀，你闻到沐浴露的香气，就想到了何铭洗澡。换言之，你馋他身子了。"

罗知南："……"

她挂了电话，曼丽赶紧发来一条微信："怎么了？你心虚了？"

"心虚个什么，我和他是契约婚姻，只有两年的期限，他还欠我一两百万元的房钱！我心虚？"罗知南将沐浴露往桌子上一丢，然后躺倒在床上，"睡了。话不投机半句多。"

曼丽无语。

罗知南倒头就睡，很快就将沐浴露的事忘到了脑后。

接下来的几天里，俩人无论是在家里，还是在公司，但凡碰面，都有些不自在。后来有一天，罗知南去茶水间，正好碰到何铭在冲泡咖啡。他抬头看到她，尴尬地点了点头："好巧。"

"嗯，巧啊。"罗知南没话找话，"你那个项目啊，这周五就能评估通过。"

"哦，你说过了……"何铭脱口而出。

好死不死，许昌就在旁边，立即凑过来问："我记得这几天，罗经理没和项目部说过这事啊，你们是在哪里说的？"

罗知南立即想起来，他们是在梅心小居说的！

何铭也立即察觉到了，他语气故作轻松："可能在电梯间里说的，记不清了……我说许昌，你挺八卦的。"

许昌笑而不答。

罗知南宁愿许昌再损上两句，也好过现在这般。现在她只觉得许昌那种洞悉一切的笑容，更让人窒息。

她气愤地泡了一杯绿茶，装作陶醉的样子说："公司新买的这批绿茶，真香啊……"

然后，她白了许昌一眼，离开。

然而，罗知南的面具还是没有戴足 24 小时。

这天加班了，她拖着疲惫的身体回到梅心小居。何铭今天下班早，已经做好了饭菜。见她回来，他主动说："菜做好了，在锅里，你自己热热。"

"好。"罗知南忽然觉得这里有几分家的味道。

她刚热了菜，吃了一口，何铭就问："对了，你见过我的沐浴露吗？"

"啊？"罗知南猛然抬头，恍然想起，她上次把他的沐浴露拿到房间里，就没有拿出来过！

"我没见！"罗知南赶紧说。

何铭眯了眯眼睛，感觉罗知南在说谎。他忽然起身，打开了罗知南的房门。罗知南想去阻拦，已经来不及——

那瓶沐浴露，就大咧咧地摆放在桌子上。

罗知南张口结舌，不知道该说什么。何铭笑着拿起沐浴露，扭头问她："你这……还偷我沐浴露呢？"

"你听我解释，我觉得这个……这个沐浴露，味道特别好闻。"罗知南搜肠刮肚地说，"我想研究一下。"

"你再买一瓶不就得了？"

"是啊……啊不是！"罗知南认真地说"再买一瓶，怎么能行呢？这不是跟你掺混了吗？你和我的私有财产，一定要分开！所以我打算研究你沐浴露的配方，买一个不同牌子，但配方差不多的……沐浴露！"

何铭凑近她，罗知南跟跄后退。

他周身散发着危险气息，问："真的？"

"当然是真的！"罗知南装作无所谓的样子，"难道我拿你沐浴露，是因为暗恋你啊？你记住了，你还欠我钱呢，我怎么会喜欢一个欠我钱的人呢？"

何铭一怔，目光里的炙热熄灭了。

罗知南心里有些后悔，但泼出去的水也收不回，只能硬着头皮。何铭点头道："是这样没错，你是不可能喜欢我的，就像我也不可能喜欢你。本来，我还以为你偷拿沐浴露的行为，和男人偷女人内衣一样，都是一种流氓行径。这下子你解释清楚了，不是就好。"

这番话，说得罗知南一愣一愣的。

等她反应过来时，何铭已经回到了房间，房门被他"嘭"的一声关上。

罗知南看着那扇门，心里五味杂陈，忍不住后悔自己把话说得太绝了。可是……

他们不是本来就是很奇葩的一种关系吗？为什么自己的心，这么痛？

罗知南捂住胸口，惊恐地发现了一个可能。

她不会是，真的喜欢他了吧？

## 3

为了防止自己的情愫增长下去，罗知南在周末的时候回了一趟家。

她把曼丽邀请到家里，然后又让姜媛从楼上下来，自己则好好地烧了一桌子菜。蒋红梅见她回来，唠叨着她瘦了，脸色不好，问她是不是背着自己减肥了？

罗知南赶紧否认："没有，我过得挺好的，最近天热，衣服穿少了，你就以为我瘦了。"

"我这不是心疼你吗？你说你出去住干什么？回来吧？"蒋红梅试探地问。

罗爸说："闺女啊，你走的这段时间，你妈天天想你，担心你，要不然你还是搬回来住吧？"

罗知南怎么可能放弃这难得的自由？住在家里，她不仅没有一点个人隐私空间，而且还时不时地被蒋红梅闯房间。她赶紧将头摇成了拨浪鼓："不行，我最近忙得很，住外面那套房子距离公司近啊，节省时间。"

曼丽突然说："要不然，我住你的那间吧？阿姨，你给我算个房租，我每个月交房租和伙食费。"

此言一出，全桌的人都惊呆了。

罗知南问："你老公呢？你一个已婚妇女，为什么要租房子？"

"他去外地工作了，家里就我一个人，我害怕。"曼丽坦然说。

罗知南还想问什么，蒋红梅立即说："好啊，曼丽，我就是想身边有个人说话。正好你不上班，在家里写东西，我可以给你做饭。"

曼丽调皮地靠在蒋红梅的肩膀上，笑着说："阿姨，伙食费给我打个折行不行？我最近穷……"

"你不交都行啊。"蒋红梅又看向姜媛，"还有你，在家就下来吃饭，别把我当外人，我就是喜欢孩子。"

罗知南望向蒋红梅的小腹，不知道是不是错觉，蒋红梅的腹部已经微微隆起，有了一些孕相。是啊，蒋红梅喜欢孩子，全是因为她之前失去了一个孩子。

曼丽调皮地向罗知南眨了眨眼睛："让你不珍惜，你妈妈现在是我的了。"

"送你了。"罗知南翻了个白眼。

吃完饭，罗知南把曼丽拽到屋里，很严肃地问她："你给我说实话，你和老猫到底怎么了？"

"没什么啊！"

"嘿，虽然我没结过婚，但是这点人情世故我还是懂的。结婚的夫妻哪里有分居的道理？说吧，你和他到底怎么了？反正我不信他外地工作这种鬼话。"

曼丽双目无神地说："我婆婆从老家来了。"

"然后呢？"

"然后就催我生孩子，美其名曰反正我现在赋闲在家，赶紧把孩子生了。"曼丽苦笑，"我不是赋闲在家，我是网络写手，国家已经给我这种工作盖棺论定了，我是灵活就业人员！唉，就业前面加个灵活，这不能说我没工作吧？还有，我还欠了网站几十万字的稿子没交呢！我能怀孕吗我？"

罗知南冷冷地说："别贫嘴，说实话。"

曼丽不说话了。

"不会是因为我那套房子，老猫没给办好吧？"罗知南小心地问，"我这不是跟何铭结婚，然后有了一个解决方案了吗？"

曼丽摇头。

"那到底是因为什么呀？你要是不说，我就不给你住我的房子！"罗知南加重了语气。

曼丽只能苦着脸说："我有妇科病，生不了。但是我婆婆不信邪，天天给我特别大的压力。你说，我本来就是因为精神压力大导致的妇科病，现在还有个人天天念叨孩子孩子，我能开心吗？病能好吗？"

罗知南半信半疑："真的？"

"真的，我就是想换个环境，也不是坏事，对吧？"曼丽说，"住其他人的房子我不开心，我对你家、阿姨和叔叔都很熟悉。等我心情舒畅，调养好身体，我再离开，行不行？"

罗知南心软了，点了点头。

曼丽激动地抱住她的脖子，亲了一口。

"我给你免房租，你可以再开心点。"罗知南笑着说。

曼丽一边擦眼泪，一边说："太棒了！你真的是中国好闺蜜。"

## 4

这一趟周末回家，让罗知南彻底冷静了下来，拔掉了好不容易长出来的情丝。

她是担心母亲蒋红梅的，五六十岁的高龄产妇，任何危急的情况都有可能出现。再说，扪心自问，她真的做好婚育的准备了吗？

没有，所以她没资格喜欢任何人。

所以，当罗知南再次面对何铭的时候，只觉得十分释然。虽然她看到何铭还是忍不住心慌意乱，但她知道有一种心理疗法是直面问题。越是害怕什么，就越是直面什么。

"你看着我干什么？"饭桌上，何铭奇怪地看着罗知南。罗知南从刚才吃饭的时候，就一直盯着他看。

罗知南自然不能告诉她，这是心理疗法。她哼了一声，说："我看你怎么了？我当你的脸是咸菜，能让我吃得下饭！"

何铭剧烈地咳嗽起来。

罗知南得意，经过心理调整，她已经不会脸热心跳了！

"你没事吧？"何铭伸出手来，摸了摸罗知南的额头。罗知南猝不及防被他一摸，脸又红了。

"你干吗？"罗知南结结巴巴地说，"我，我……我的额头你不能碰！"

她端着碗，忙不迭地跑回到房间里，将房门关得死死的。何铭看着她的背影，嘀咕了一句："神经。"

罗知南发誓，从现在开始到两年后，她坚决不跟何铭有任何接触了！

然而，这个誓言还没过24小时，就失效了。

那是周二的一个晚上，罗知南加班到晚上7点，忽然感到一阵饥肠辘辘。她点开外卖软件，喊了一份外卖。很快，外卖员就到了，他敲了敲门："您好，女士，是您点的外卖吗？"

"是我的。"罗知南走过去。

外卖员把另一份外卖也递到了她手里："这一份是您同事的，要不您帮我转交给他吧，我这边催单呢！"

"哎，你等等……"罗知南刚喊了一句，外卖员听到电梯的响声，连声道谢着离开了。罗知南皱眉，拿起那份外卖的单子一看，顿时傻眼了。

项目部！

何铭！

罗知南看到单子上的信息，咬牙。为什么这么凑巧呢，她和何铭同时加班，又同时点了外卖，外卖还同时送达！

没办法，她只能拎着两份外卖来到项目部。外面的工位上空空如也，何铭一个人在里面的办公室里坐着，正埋头写项目书。罗知南敲了敲门，他抬头看到是她，笑了起来："是你啊。"

这一笑，温润如玉。

罗知南倒抽一口冷气，稳了稳心神，将外卖放在桌子上："你的外卖。"

"一起吃吧，正好换换口味。"何铭看到了罗知南手里的另一份外卖。罗知南翻了个白眼，本来想离开，但肚子"咕噜噜"叫了起来，只能尴尬地走到办公桌前坐下："就这一次啊。"

"放心吧，他们都走了，没人看见我们一起吃饭。"何铭说。

罗知南拿出外卖，抽出筷子，打开外卖盒，一股鱼香肉丝的香气顿时飘散了出来。何铭也打开外卖，那是一份寿司加芥末小章鱼。

"你看，我们正好是两种口味，可以互补。"何铭做了一个"请"的动作，示意罗知南先夹。罗知南夹了一块寿司，又恶作剧般地将小章鱼夹走了一大筷子，之后将自己的鱼香肉丝盖饭撅了一块给何铭。

"来而不往非礼也。"

"罗女士果然很懂礼貌。"

"彼此彼此。"

两人就算坐在一起和谐地吃饭，也不忘记打趣一番。罗知南忽然有一种错觉，这顿饭吃得比以前要香。

夜幕笼罩下的都市，一灯如豆，只有她和他在灯下一同吃饭，这种感觉非同寻常。

她试着看向何铭，他好像也有这种感觉，吃完外卖后擦了擦嘴，然后拿出了一瓶绿箭木糖醇。罗知南不客气地拿过来，倒了两颗扔到嘴里。

"作为木糖醇的报答，我来收拾。"罗知南主动收拾起碗筷。何铭也不说话，只是笑着看她。于是，那种暧昧的感觉又涌了上来，罗知南加快动作，几乎是逃也似的走出了办公室。

办公室外面黑灯瞎火的，是一排排的工位。罗知南心脏"怦怦"乱跳，直觉哪里是不对劲的。为什么她面对何铭，又开始心慌意乱了？

罗知南一边想着，一边去推玻璃门。然而，玻璃门却纹丝不动。

她顿觉不好，仔细一看，玻璃门居然被人从外面锁了起来，而且还上了一把U型锁。

"谁锁门了？开门啊！这里还有人啊！"罗知南急了，对着玻璃门的缝隙大喊。

何铭在办公室里听到了，赶紧走出来。他打开灯，快步走到玻璃门前，看到U型锁的时候，也皱起了眉头。

"怎么办啊？"罗知南问他，"咱俩要是……这么过了一夜，第二天被别人看见，还不炸了啊？"

公司里从来不缺绯闻，缺的就是他们这种证据确凿，被人抓包的！

何铭也意识到了事情的严重性，掏出手机，给保安室打电话。今天很奇怪，保安室里一直没有人接听电话。

"怎么样？"罗知南怀着一丝希望。

何铭也感到事情有些麻烦了："你有没有可靠的人，让她来一趟公司，找保安给你开门。"

"哦，对，找姜媛！"罗知南摸自己的手机，却恍然发现手机忘在了自己的办公室，顿时傻眼了。何铭从她的表情看出不对劲："不是吧？你没带手机？出来进去你不带手机？"

罗知南苦着脸，说："何总，要不……您找您感到可靠的人，给咱俩开门呗？"

何铭脸色不太好看，拿出手机通讯录翻找了半天，却迟迟没有拨出任何一个号码。罗知南忍不住起了一阵促狭心思，坏笑着问："不是吧？何总，您混得不咋地啊，居然连一个可靠的人都找不到？"

"你不也只有一个姜媛吗？五十步笑百步，你也好意思！"何铭忍不住吐槽。他心里有些发愁，他的确是找不到一个可靠的人。他身居高位，属下恨不得他犯上一星半点的错误，将他拉下马。和他平级的人，巴不得他跟哪个女同事来一段办公室恋情，怎么会给他开门？

就算开了门，第二天也会添油加醋地传播他这段"风流韵事"。

"没办法了，咱们只能在这里过一夜了。"冷风从玻璃门的缝隙往里钻，让何铭打了个哆嗦。罗知南也有些冷，哆嗦着回了何铭的办公室。

何铭看她一直抱着双臂，知道是刚才在玻璃门那里冻到了，于是将自己的大衣脱下来给罗知南穿上："你穿这个吧，暖和一些了没？"

大衣很厚，立即给她带来一股暖流。罗知南穿上之后，果然觉得好多了。她笑着说："谢谢你，就这样把未来女朋友的待遇给了我。"

"是老婆。"

罗知南一拍脑门："我又忘了，咱俩已经是夫妻了。"

何铭看着她，目光复杂："是啊。"

接下来，室内突然陷入了沉默。罗知南忽然感到一股难耐的暗涌在夜色里流动，她裹着他的大衣，忽然浑身不自在起来。

孤男寡女共处一室，就是这种感觉了吧？

何铭倒不是尴尬，而是内心深处有一分窃喜。他也不知道是从什么时候开始，他开始期待和罗知南的单独相处。

"你看，我来你这里也没带电脑，我自己还有一堆工作没做。"罗知南没话找话。何铭忙起身相让："你来我这边做，你是用WPS吗？只要联网就可以下载你刚才工作的文档。"

"那，那真的太好了，不耽误你工作吧？"罗知南客气起来。

"不耽误。"何铭将罗知南拉到自己的电脑前。罗知南眯着眼睛在桌面上寻找着："WPS……在哪里？"

何铭弯下腰，挪动鼠标："在这里，我先把我的退出，你登录你的账号。"

后背猛然一暖，是他的前胸贴上了她的后背。

罗知南惊到了，茫然一扭头，脸颊差点碰上何铭的鼻尖。何铭也吓了一跳，怔愣地看着怀里的女子。她此时正眨巴着小鹿般的眼睛，像是一汪潭水，瞬间勾走了他的三魂七魄。何铭只觉得心头被一只小婴儿的手抓挠了一下，那种痒感弥漫至全身，让他整个人都失控了。

鬼使神差地，何铭慢慢地靠近罗知南，轻轻地吻上了她的唇。

气息相交，罗知南也陷入了迷茫。她闭上眼睛，迎接何铭的亲昵。俩人在这微冷的冬夜里试探地纠缠，既有不安，又有难以自持的痛苦。但奇怪的是，这种不停挣扎的矛盾，比任何顺理成章，比任何水到渠成的事情都要诱人。

猛然，电脑发出了一个提示音。

仿佛是听到了警告声一般，何铭的理智瞬间回到脑海中，他睁开了眼睛。罗知南也清醒过来，她震惊地抚摸上嘴唇。

她和何铭……

"我想起来了，工位上方不是有火灾报警器吗？"罗知南结结巴巴地说，"我们可以，可以弄点烟雾，让火灾报警器报警。这样保安就能给我们开门了！"

何铭也慌慌张张地认同："是啊，好主意。"

"你有打火机吗？香烟……"

何铭拉开抽屉，从烟盒里拿出一根香烟。他不抽烟，这些烟都是用来招待来访者的。他拿出打火机，点燃了一根香烟，然后走出办公室。可是当他看到了火灾报警器的位置，又犯了愁。

火灾报警器，就在工位走廊的上方，需要把桌子往中间拉一下，踩着桌子才能够到。但是工位的桌子都是固定在地板上的。如果是挪椅子过来，椅子下面都是带轮子的，容易滑开，不安全。

罗知南也看出了问题所在："要不，你抱着我，我把香烟放上去。"

"那……好。"何铭将香烟递给了罗知南。他半蹲下来,示意罗知南踩着他的大腿上来。罗知南脱掉鞋子,控制好情绪,深呼吸一口气,踩着何铭的大腿,攀着他的肩膀,猛然往上——

何铭眼疾手快地抱住罗知南,然后起身。

罗知南总算是能够到火灾报警器了,但就是何铭抱着她的部位……为什么是臀部……

何铭也感到不自在,努力地将胳膊往下挪。罗知南顿时感到一阵重心不稳,忙说:"算了算了,你别动了,反正几秒钟就结束了。"

"你快点。"

罗知南一边回答着"知道了",一边努力将香烟放到火灾报警器的下方。袅袅香烟渐渐弥漫到火灾报警器的缝隙里,可是他们预想中的警报声却没有响起。

"混蛋——!快给老子报警啊!"罗知南的胳膊举得都酸了。

香烟慢慢地燃烧着,忽然,一截烟灰掉了下来,正落在何铭的脸上。他"啊"了一声,松了手。罗知南一个站不稳,跟何铭双双倒在地上。何铭吃惊,顾不上脸疼,问:"你怎么样?"

"你呢?你的脸……"罗知南忙去查看何铭的脸。

他们同时关心了彼此。

俩人都愣住了,他们躺在地上,对视着彼此,像是发现了不得了的事情。不知不觉中,彼此的生命里对方已经变得比自己还要重要。

昏暗中,他们的眼睛晶晶亮,彼此的身影映入眼瞳。

就在这时,火灾报警器发出了一阵尖锐的轰鸣,像是幸灾乐祸的歌唱——你们完了,你们爱上了彼此。

罗知南慌得不知道该说什么,忙从地上坐起来。何铭也跟着坐起来,摸了摸鼻子道:"要不然你先去办公室躲一下,等保安来了,我让他开门。"

"好,好的。"罗知南知道自己不适合被看见,赶紧跑到他的办公室里。果然,没多久,保安匆匆忙忙地拎着灭火器跑过来,问:"怎么了?哪里失火了?"

"没失火,是我的门被锁了,请打开。"何铭对保安说。

保安放下灭火器,从腰中拿了一串钥匙,试了很多把之后才说:"对不起啊,我没有这个钥匙。"

"什么?你没钥匙?那这个锁怎么会出现在公司里的?"何铭感觉到不对劲。

保安满脸歉意："我也不知道啊，这个锁我没见过，我打不开！要不然这样，我找个开锁公司？"

"开锁公司……"何铭烦躁地来回踱步。他仔细在脑海中回想，到底是谁能锁了这扇门。

终于，开锁师傅背着工具箱来了，很快将锁打开。何铭付了钱，遣走了保安，才回到办公室，看着罗知南说："走了，赶快去你办公室看看你的手机。"

"怎么了？"

"我怀疑今天的事是有人故意做的，保安没有那把锁的钥匙，说明那是一把新锁。"

罗知南头皮一麻，赶紧匆忙出门。她一路跑到投融资部，看到自己放在桌子上的手机，才松了口气。每个成年人的手机，都是一个不可言说的秘密，不能为外人道也。

"没事吧？没人动你手机？"何铭跟着她下来。罗知南回头看他，摇了摇头："没人动，真是不幸中的万幸。"

"那回去吧。"何铭说，"我开了车，你不是坐地铁来的吗？正好一起。"

罗知南这才发现自己还穿着何铭的大衣："这衣服还你……"

"你穿着吧，反正公司的人都走了，也没人看见。"

经过这么一折腾，罗知南也没有心情去加班了。她和何铭锁好门，到了地下室，坐进了他的汽车。一路上，俩人都没说话，这个夜晚因为他们短暂的接触而变得滚烫。

烫得两个人都不想说话。

## 第十五章　结婚的事露馅了

**1**

罗知南和何铭的关系从那天起，就发生了质一般的改变。

首先就是，他们打破了所有的规则，那条早晨6点15分使用卫生间的规则不见了。罗知南会跟何铭一起对着镜子刷牙，轮流使用洗脸盆。洗脸的时候，她还会玩心大起，把泡沫抹到他的脸上。

其次，他们会约定在超市会合，然后一起购买食材，然后一起开车回家。罗知南索性彻底不开车了，一个月下来，省了不少油钱。

"天啊，这个月我居然都没花多少钱，太不可思议了。"罗知南坐在沙发上，看着自己的账单，几乎不敢相信自己的眼睛。

何铭一边打开冰箱拿啤酒，一边说："一看就知道你没做过调查，结婚是能节省生活成本的一种方式。"

"你不要侮辱你的金融学专业。"

何铭很认真地说："事实就是如此，你想，两个人在一起，房子只需要一套，家电也是，甚至家务活都可以共同分担，每个人可以省下更多的时间去打拼事业。是不是要比单身汉生活节省很多？"

"那养孩子呢？"

"我只说结婚，不讲生育。"

罗知南"切"了一句："你知道现在养一个孩子需要多大成本吗？幼儿园就开始内卷，一直卷到小学初中高中大学，然后就是买房结婚和生孩子。这些我想起来就觉得好可怕。"

何铭不说话了，转而从冰箱里拿出一袋薯片。罗知南想起蒋红梅，有些担心："也不知道我妈为什么非要冒这个险。"

"你可以关心她一下。"

"我跟她视个频，你别出声啊。"罗知南掏出手机，拨通了视频电话。蒋红梅很快出现在视频聊天框里，惊喜地问："小南，你总算是想起我了！"

"妈，你在哪里？"罗知南看着蒋红梅的背景像是在一个夜市。

蒋红梅将镜头旁移，曼丽和姜媛挤进镜头，哈哈地打着招呼："小南，我们陪阿姨去逛夜市！你家附近居然有一个很热闹的夜市，卖的东西也超级便宜，我们刚才买了好多东西！"

曼丽拎起塑料袋，给罗知南看。罗知南从镜头里瞥见蒋红梅满脸开心的表情，十分欣慰："我不在家，非常感谢你们帮我照顾我妈。"

"应该的应该的，阿姨有三个女儿，是不是啊？"曼丽搂住蒋红梅的脖子。蒋红梅笑着说："曼丽和姜媛这俩孩子，我特别喜欢。小南，你怎么不早点让她们来咱们家啊。"

罗知南哭笑不得。蒋红梅这就算是忘了自己了？

何铭坐在旁边一直没说话，他冷不丁地伸出一只手，塞给罗知南一块薯片。罗知南下意识地张嘴吃了，等到回过神来的时候，已经来不及。

蒋红梅警觉地问："你旁边是谁？"

罗知南吓得脸都白了，别看蒋红梅这会儿挺乐呵，她要是知道自己和男人同居了，还得了？

她赶紧说："是我啊，我刚才吃薯片呢！"

"那手明明就不是你！"

"是我是我！"罗知南伸手从何铭手里的零食袋里拿出一块薯片，以难以言喻的姿势放到嘴里，"你看，我刚才就是以这种姿势吃东西的。"

蒋红梅半信半疑，又叮嘱了她一些不要给陌生人开门，出门关掉水电煤气的话，就挂断了视频。

挂上视频后，罗知南使劲捶了何铭的肩膀一下："你干吗？我刚才差点暴露你知道吗？"

何铭哈哈大笑，说："我故意的。"

"你下次不许这样，不然我妈会大半夜跑过来审问我们的！"罗知南气急败坏。何铭收起笑容，静静地看着她的眼睛，问："罗知南，你早晚要面对这个问题，你打算永远这样欺骗妈妈吗？"

罗知南没说话。

"每个人的价值观不同，你永远不可能说服另一个人。我是打算一辈子不结婚的，但我是一个人，也会孤独，也会寂寞。"何铭很认真地看着罗知南，"如果你也有这样的感觉，那我觉得，我们可以试试在一起，共同驱逐这种孤独感和寂寞感。"

罗知南感觉自己的CPU要"煳"了，她艰难地问："你不会是在问我……要不要谈恋爱吧？"

"是。"

罗知南瞬间陷入了纠结和矛盾的状态。

从理性的角度来说，他们这种恋爱根本就不可能实现，也并不稳固。罗知南知道，她和何铭之间还横亘着一笔巨款。两年后，这笔巨款何去何从还是一个问题。

"我知道，我们之间有不能谈恋爱的问题，但这些问题在我，我作为男人，可以解决。"何铭神色失落下来，"看你吧，如果两年后你还喜欢这房子，我就把这房子过户给你。"

罗知南惊讶地看他："你不是特别喜欢这套房子，不肯相让吗？"

何铭喝了一口啤酒，神色黯然："是啊，我特别喜欢……因为这套房子里，有我和我爸的共同记忆。虽然我爸后来一败涂地，但他在我心里永远是一个英雄。我住在这套房子里，就是为了怀念他。说到这里，我想要感谢你，罗知南。"

"为什么要感谢我？"

何铭苦笑："一个人独处的时候，会把一切情绪都放大，包括仇恨的情绪。如果我一个人入住这套房子，我可能会无比痛恨那些害我爸破产跳楼的人，那样的话，我会变得仇恨、狭隘、阴鸷……然而，正是因为有了你的陪伴，我才没有变成那样的人。"

罗知南心里忍不住感动，她第一次感觉到自己还是一个很重要的角色。想到何铭的爸爸，她也有些歉意："抱歉，之前我不知道这套房子还有这样的故事。"

"没关系。"何铭将啤酒一股脑儿地喝完，"都过去了，我也不能再沉溺在过去了。"

他喝完啤酒，将空的易拉罐丢到垃圾桶里，起身就要回房间。就在这时，罗知南一把按住他的手。何铭惊讶地回头，却被罗知南紧紧地抱住，温暖就这样猝不及防地将他整个人包裹。

"何先生，"她的声音犹如天外传音，"以后，我们两个人一起驱散寂寞和孤独吧。"

## 2

罗知南和何铭正式确定了恋爱关系，神速得他们都觉得不可思议。恋爱的初期都是甜蜜的，他们在梅心小居里，每天一起吃饭，一起刷剧，除了工作和睡觉时分开，其他时刻都在一起。

不过，及时行乐，谁管之后洪水滔天。罗知南有时候会想，他们的顺序是不是倒过来了，都不需要考虑恋爱之后应不应该结婚的问题，因为结婚这种事一开始就做到了。

直到这个周末。

周末,罗知南和何铭照例去了一趟超市进行采购。他们不敢去距离公司近的超市,而是去了比较冷僻的一家大型超市。在超市里是小夫妻们最温情的时刻,他们可以一起商讨买什么蔬菜,添置什么家电,脉脉感情就在这一点一滴中积累起来。

罗知南拿起货架上的一袋果冻,立即被何铭抢走扔了回去:"不健康,都是胶水做的。"

"哎,偶尔吃一次怎么了?"

"只要有一次,就会有第二次。健康的生活方式,是杜绝第一次。"何铭讲得头头是道。

罗知南白了他一眼,不再坚持买果冻,推着推车往前走。不过,她眼前晃过一个熟悉的人影,顿时让她精神为之一紧。

苏雨?

她赶紧跑到货架之后,却发现货架那边空无一人。她回想了一下,刚才的确是看到苏雨一晃而过。她赶紧掏出手机,给苏雨打电话,可是手机那头响了很久,却没有人接听。

上次曼丽说,苏雨已经知道她结婚的事情了。从那天起,苏雨就从她的世界里消失了,再也没有和她联系过。她曾经想和苏雨解释一下,但很快被理智拉住了:她和苏雨之间从未承诺过,为什么要解释?

罗知南有些尴尬,看着空荡荡的货架走廊发呆。何铭拿着两瓶罐头走过来:"怎么了?"

"没什么。"罗知南摇了摇头,将他手里的两瓶罐头放在手推车里。

罗知南以为这不过是一个小插曲,却没想到会演变成滔天巨浪。

周五,她和何铭一起做完饭,亲亲热热地吃完后,照例工作了半个通宵。什么叫作打工菩萨,她就是!她可以上一秒说完情话,下一秒继续跟报表战斗!

后果就是,她倒在床上,一觉睡到了8点钟。

罗知南睡眼惺忪地拿起手机,发现曼丽和姜媛分别给自己打了13通电话和8通视频。这俩人现在不是住在一起的吗?有什么急事能给自己打这么多电话?

难道是蒋红梅?

罗知南想到这里,从床上"噌"的一下坐起来,赶紧给曼丽回复了过

去。曼丽在手机那端嚷嚷："姑奶奶啊，你总算是看到了啊！出事了，出大事了！"

"到底怎么回事？我妈没事吧？"

曼丽急声说："没事没事，她一点事也没有，老太太腿脚很利索，我们几个人愣是没拦住！"

"啊？那就好……那是……"罗知南松了口气。母亲怀孕后，她每天都吊着一百二十个心，生怕蒋红梅孕检不过。

曼丽继续说："好什么好啊，老太太知道你结婚了，去找你了！"

罗知南的脑袋"嗡——"的一声大了。

"我妈怎么会知道了呢？究竟是怎么回事？"罗知南一边用肩膀和脑袋夹着手机，一边穿鞋下床。曼丽结结巴巴地说："你都想不到为什么！那个苏雨，那个追你的男人，大早晨忽然来到咱们小区，正好碰上咱妈咱爸去买油条。苏雨直接走上去告诉咱妈，'阿姨你好，你女儿罗知南领证了，我很遗憾，因为我特别喜欢她，但我不能看着她嫁给一个莫名其妙的人而坐视不理，那个何铭就是一个心机很重的人，回头别让罗知南被骗了还帮他数钱'……"

曼丽絮絮叨叨地说着，罗知南在那边听得呕血。这时，她听到姜媛从外面回来的声音。

姜媛的声音传来："罗经理，阿姨和叔叔去你那里了，已经走了10来分钟了，我看快到了，你那边要不准备准备……"

"知道了。"罗知南很干脆地挂断了电话。她来到何铭的房间门口，深呼吸一口气，使劲敲门。

何铭慵懒的声音传来："门没关，进来。"

罗知南推门进去，看到他正坐在床上看书，于是冷笑着说："你心很大，睡觉不关门。"

"我每天都不关门，想着万一你要进来呢？但是你从来没有一次进来过。"何铭半开玩笑说着。老狐狸奸诈起来是真的很奸诈，但是他调情起来又是真的诱惑。

罗知南上前一把掀开被子，将他扯了起来："我告诉你，我妈在路上快到咱们这里了，不想死的就赶紧收拾准备！"

"啊？"何铭愣了愣，依然气定神闲，"来了我就跟她正式介绍我自己，也没什么。"

罗知南咬牙切齿地说："我已经说了，不想死，就赶紧收拾东西！"

何铭被她的表情吓到了。

罗知南之所以会这样,是有原因的。她曾经有暗恋过一个同学姚思林,姚思林对她的印象也很好,但后来她发现姚思林对她的态度有了一百八十度大转弯。她百思不得其解,后来一个女同学遮遮掩掩地告诉她,姚思林在放学路上被一个中年妇女拦住,痛骂了一顿,中年妇女还扬言要打他。

罗知南当时就呆住了,问那个女生:"痛骂姚思林的人是我妈吗?她都骂了些什么了?"

女生摇头叹息:"你别问太多了,反正骂得挺难听的,以后让阿姨别再找姚思林了。你说姚思林好好一个男生,被堵住骂了半天,还差点被打,多丢面啊。"

罗知南心里难受了好久好久,她曾经躲在被子里哭过,也曾经想要跟姚思林解释道歉,但她也知道,回不去就是回不去,裂过的镜子是补不起来的。后来,罗知南就收了心,认真学习,成绩一直名列前茅,蒋红梅才没有继续去找姚思林。

当时的罗知南还以为蒋红梅是听到了什么风言风语,才去痛骂姚思林的。后来才知道,蒋红梅是偷看了自己的日记。在蒋红梅的世界里,所有的男人都是危险的,是洪水,是猛兽,所以她才要将罗知南生命里的所有男人都铲除掉!

但是等到罗知南毕业之后,那情况就不一样了。形势迅速逆转,不恋爱不结婚的罗知南,才是洪水,是猛兽!

何铭听了,表情依然淡淡的:"哦,那是因为那时候你读书,阿姨才反应那么激烈,现在你都毕业了,她看待你的恋爱问题,处理的方式肯定不同。"

"呵呵,你觉得二话不说就指着人家鼻子骂半天的人,今天会怎么对你呢?"罗知南问,"这次我都不是暗恋你,而是领——证!"

何铭的脸有些黑。

不打招呼就结婚,这对任何一对父母来说都是莫大的考验,极度的羞辱,以及彻骨的背叛。

是有点可怕。

"那你说怎么办?"

"收拾东西,咬死不认!"罗知南已经弯腰开始收拾东西了,"你出去避避风头,这边我安排。"

何铭忍无可忍:"这是我的家!"

"谁让你惹了我的妈!"

何铭无奈,跟着收拾东西。就算蒋红梅没有臭骂他一顿,这种儿女突然结婚的事情,对老人也是一种刺激。蒋红梅现在的身体状况,绝对是经不住任何刺激的。

所幸他是极简主义者,东西不多,很快就收拾出了一只皮箱。然后,罗知南拉着皮箱,和何铭刚走到院子,就听到外面传来了蒋红梅的敲门声:"南南,开门!"

俩人顿时目瞪口呆。

来了!

## 3

罗知南和何铭对视一眼,彼此都有些惊慌。他们赶紧返回屋内,六神无主。

"你妈真的会有偏激行为?要不把刀具都收拾起来。"何铭提议。

罗知南把他推向杂物间:"你和你的箱子先藏起来,我这边先应付着,怎么都不能承认!"

杂物间里有很多旧家具,罗知南把何铭和箱子都丢进一个衣柜,然后才往门口走去。

打开院门,罗知南打了个哈欠,问:"妈,爸,你们怎么来了?"

蒋红梅二话没说,直接往里面冲。罗爸则小碎步跟上:"红梅,你别激动,别激动……"

罗知南心里直打哆嗦,但还是镇定地上前:"妈,怎么了?"

"你是不是有个同学叫苏雨?他找到我,说你瞒着我结婚了,是不是真的?"蒋红梅劈头就问。

罗知南心里一阵哆嗦,苏雨啥时候知道的这事?还告自己状?

但眼下不是想这个的时候,她哈哈一笑:"我倒是想结婚,让你多半个儿子伺候你,可惜这世上的男人我都看不上啊。"

"苏雨说你结婚了,他不会骗我的!那个男人呢?你别骗我,你明明有结婚,苏雨全部和我说了,还给我看了照片!"蒋红梅激动,"小南,我辛辛苦苦把你养大,你就是这样回报我的?你结婚不告诉我,你像话吗?你今天必须把那个人交出来,交出来!"

罗知南无奈,摊手说:"你找吧,我真的没什么男人,这屋里也变不出田螺男人。"

蒋红梅一间屋子一间屋子地查看，罗知南不由得担心起来，生怕她发现什么蛛丝马迹。罗爸摇头叹气，劝道："我说她妈，孩子怎么可能结婚不告诉你呢？这是多大的事，她能不和我们商量？"

"就是啊，别听苏雨瞎说。"罗知南在旁边附和。

忽然，蒋红梅推开杂物间，罗知南的心一下子吊到了嗓子眼。她赶紧跑过去："妈，谁会躲杂物间啊，幼稚不幼稚啊！"

"让开！"蒋红梅推开罗知南，开始打开家具翻找起来。罗知南紧张地看着最靠里面的衣柜，心里七上八下。这要是被发现了，她可怎么过关呢？

就在这时，门外忽然传来了一声开门声。

蒋红梅立即激动起来："有人！"

她大踏步冲了出去，吓得罗知南和罗爸赶紧去拦："你慢点！"

罗知南一边往外走，一边在心里犯嘀咕。据她所知，这房间里就她和何铭在住，谁会在外面？

外面院子里空无一人。

蒋红梅神经质地四处搜寻："不对，就是有人！我刚才明明听到声音了，有人出去了。"

"爸，你听到了吗？"罗知南问罗爸。罗爸赶紧摇头："我什么也没听见，哪有人啊？"

罗知南开启睁眼说瞎话的模式："妈，你听错了，哪里有人啊？你是疑神疑鬼，出现幻听了吧？你这样对我弟弟妹妹好吗？"

蒋红梅也有些疑惑："难道真的是我听错了吗？"她转而看向房子，"这房子你一个人住着不嫌空啊？到了晚上多吓人，哪里藏个人你也不知道！要不我跟你爸都搬过来住。"

"妈，我将来打算在这里做直播创业的，空间大点也好，而且将来万一拆迁也是赚钱的。"罗知南赶紧推脱。

蒋红梅盯着罗知南："你是不想让我来住，是吧？"

"妈，看你说的……我不是怕你耽误产检吗？"罗知南心里那叫一个慌张，她可不想让蒋红梅再跟在身边天天碎碎念。

蒋红梅冷笑："行了，你也别骗我了，我都知道了，你结婚的那个男人就住这里。"她掏出手机，给罗知南看一张照片，"这是苏雨发给我的！"

那张照片里，是一张结婚证，证上就是罗知南和何铭的照片。

罗知南张口结舌了半天，心里把苏雨骂了半天。原来那天晚上，苏雨在车里就看到了她放在包里的结婚证！

她忽然福至心灵，解释说："妈，这是我玩真心话大冒险，输给这个同事了！这个同事的爷爷在医院里快不行了，天天盼着孙子结婚，为了安慰老人家，同事让我跟他弄个假的结婚证骗他妈妈。其实这个证书呀，用打印机彩印，也就5块钱成本！"

蒋红梅和罗爸同时傻眼了："假的？"

"对，我们给爷爷看完之后，爷爷非常欣慰。同事把结婚证给我，让我销毁来着。没想到怎么就给苏雨看见了呢？"罗知南满脸懊恼。

蒋红梅半信半疑："真的吗？"

"真的！"罗知南哼了一声，"我至于结婚这么随便吗？我一个成年人，结婚恋爱肯定都会跟你们报备的！"

蒋红梅这才收起手机，嘴里喃喃自语："没结婚就好，没结婚就好，你张阿姨给你介绍了一个青年才俊，你说……"

她还没说完，忽然脸上表情一紧，脑门上冒出了豆大的汗珠。罗知南看她神色不对，忙问："妈，你怎么了？没事吧？"

蒋红梅捂着肚子，无力地往地上蹲："不对劲，我感觉肚子……"

"我的天啊，我就说让你别整天瞎嚷嚷，你看你……"罗爸赶紧往门外走，去拦出租车。

罗知南拽着蒋红梅站起来，将她送到门外："妈，你挺住！你要是有事，你让我以后怎么面对你啊？"

## 4

三个人打到一辆出租车，将蒋红梅送到医院里。医生检查完之后，立即让蒋红梅住院保胎。

"孕妇有不规律的宫缩现象，很可能是之前控糖引起的尿酮，导致的宫缩早产现象。"医生简单地和罗知南说，"必须住院保胎。"

罗知南赶紧说："多少钱都行，医生，你可一定要保证我母亲的安全。"

"目前送来及时，孕妇自身的产检情况也还可以。"医生翻看着病历本，"不过毕竟是高龄产妇了，确实要引起注意。"

罗知南点头，然后下楼去窗口缴费。刚到一楼，她就看到何铭拎着两盒礼品匆匆而来，茫然地问："你怎么来了？"

"我担心阿姨,这件事全是因为我而起,当然要来看看。"何铭语气很愧疚,"早知道我就不躲了,就直接跟阿姨解释清楚,任打任骂随便她。"

罗知南在缴费窗口排队,听到后叹了一声:"医生说了,不是因为这个原因引发的先兆早产,你也不用太自责。还有,你以为打你骂你一顿就结束了吗?是无数次。"

何铭沉默了一会儿,说:"你是不是太紧张了?我不相信阿姨是这样的一个人。"

罗知南翻了个白眼:"是你了解她,还是我了解?"

"我会处理好的,而且罗知南,如果她从衣柜里发现我,会更丢人,更难处理,你知道吗?"

罗知南恍然想起一件事:"哦对了,你一直躲在衣柜里吗?为什么外面会有开门的声音?"

"我有两个手机,其中一个手机被留在了客厅的茶几下面,手机的铃声就是开门声。我当时怕衣柜打开,就只能拨通了我的备用手机。"

"你还挺机灵的,还有备用手机。"

"狡兔三窟,跟你学的,当初你不也有个备用手机,才没有被田构怀疑吗?"何铭说。

说话的时候,罗知南排到了,她将诊断单递给窗口里的护士,就在要掏银行卡的时候,何铭将自己的银行卡递了过去。

"刷我的吧。"

罗知南想将自己的银行卡递过去,却被他挡住了窗口。等交完费,罗知南一边走一边说:"回头我把钱给你。"

"不用,这件事本来就应该我负责。"何铭一边说着,一边按下电梯键。罗知南吓了一跳:"你干吗?"

"我上去跟阿姨解释。"

罗知南赶紧说:"我已经帮你编了一套说辞了。"说着,她将对蒋红梅的说辞说了一遍。何铭气笑了:"我谢谢你,还扯上了我爷爷,我大概10年没见过我爷爷了。"

"对不起对不起。"罗知南苦着脸说,"但是拜托你别上去,不然真的很难收场。"

何铭却很有自信:"我必须去,你就等着吧。"

罗知南无奈,只能跟着何铭到了妇产科。妇产科里大部分都是女人,何铭穿梭过人群,显得格格不入。他走到病房前,让罗知南在门口等着,

然后走了进去。

这是一套三人间，蒋红梅正在跟罗爸抱怨："让你买吸管，你总是忘，现在我怎么喝水？"

何铭看了一眼床头柜，柜子上放着一杯热水，但是蒋红梅只能平躺。他从包里掏出一袋吸管递了过去："我这里有吸管。"

"啊？谢谢……"罗爸有些不好意思，接过吸管来，"多少钱，我转给你。"

"就一袋吸管而已，不用钱，阿姨渴得不行，赶快给她喝吧。"何铭温和地说。罗爸喂蒋红梅喝了水，蒋红梅连连道谢："小伙子，你真是好人，你来医院也是看望病人的吗？"

何铭点头，神色黯然："是的，来看望长辈，我犯了一个错误，不知道长辈能不能原谅我。"

"小伙子，你心地这么善良，长辈肯定会原谅你的。"蒋红梅安慰何铭，八卦精神又起来了，"你家里几口人啊？为了个什么事啊？"

何铭趁机和蒋红梅聊起来，告诉她自己是离异家庭，自己现在独住，所以平时压力很大。蒋红梅不由得唏嘘起来："一个人住的孩子最不容易了，平时都没有家长关照你，是吧？"

罗知南躲在蓝色医疗帘的后面，听何铭在那里侃大山，不由得撇嘴。何铭这家伙，还真的是会来事。

"我习惯了，平时都是自己做饭做家务，反正凡事都靠自己，也不会拖累别人。"

蒋红梅再次对何铭的好感增添一分："哎呀，现在像你这样一个人生活的孩子不多了，不像我家的，懒！说话，你到底看望哪个长辈啊，快去啊，别让长辈等急了。"

罗知南在蓝色医疗帘外狠狠地翻了个白眼。

有必要这样捧一个踩一个吗？她哪里懒了？

何铭趁机将手里的礼品放到床头柜："阿姨，我就是来看望您的。我和罗知南之前开的玩笑，给您造成了不小的困扰，您和叔叔能原谅我吗？"

蒋红梅震惊了："你就是那个……"

罗知南赶紧从帘子后面走出来，说："妈，他就是我的那个同事，为了让他爷爷好过一些，我们……总之他知道您因为这个病了，非常难过，也知道自己做错事了，你就原谅他吧！"

蒋红梅的表情非常精彩。

"就是你小子？你知道这种事是不能开玩笑的吗？"

何铭的笑容十分尴尬，点了点头。罗知南预感到不妙，开始紧张起来。

罗爸低声劝说："别气着，身体要紧……"

蒋红梅脱口而出："你叫什么来着？你是1991年的？"她脸上露出了一丝微笑，"我以前见过你，你就在KTV门口来着，对吧？"

何铭被这反转弄得有些蒙，呆呆地点了点头。

"哪个学校毕业的呀？这次你可得告诉阿姨了，上次你都没告诉我。哦对了，你找女朋友是什么条件？忘了问你了，你应该没有女朋友吧？"蒋红梅连珠炮一般地问了出来。

何铭淡笑着一一回答，蒋红梅似乎很满意，大有让何铭当女婿的架势。

"回头阿姨有不错的对象，给你介绍。"

何铭惯性地点头，忽然反应过来，忙摇头："阿姨，不用了……"

"怎么了？阿姨我还能给你介绍差的呀？"蒋红梅不悦地说，"我肯定给你介绍最适合你的，对吧。"

何铭干笑。

罗知南暗自松了口气，却也只能陪着干笑。蒋红梅都不知道，他俩是真的结婚了。

不过，不管她知不知道，这一关算是过了。

从病房出来，何铭对罗知南说："今天算是过关了，这件事以后等阿姨情况稳定了，再慢慢把真相告诉她吧。"

如果两年后他们不离婚，那就等于提前领证了。如果离婚……罗知南想到这个情况，心脏居然痛了一下。

蒋红梅是绝对不能接受她离婚的，但她既然已经决定了做一个不婚主义者，就已经想好了以后要面对的各种风浪，包括蒋红梅的各种施压。

"今天真是抱歉啊，给你惹出了这么大的事来。"罗知南苦笑着说，"我一直以为我要自己面对我母亲的指责，没想到把你扯下水。"

"抱歉什么，事是我们一起惹下来的。"

罗知南说："不过。我妈居然还挺喜欢你的？我原本以为她要对你破口大骂，哭闹不止。刚才你进去的时候，我还在想万一我妈砸坏了什么东西，怎么赔医院钱呢。"

何铭站住脚步，很认真地看着罗知南说："其实所有的老人都是一样

的，只要好好沟通，有技巧地沟通，都能说得通。你以前那样逃避的态度，我觉得对阿姨是不好的。"

"我逃避是有原因的，难道你没逃避过？事情不在你身上，你感觉不到。"罗知南振振有词。

何铭想了想自己，笑容落寞："也是，各人都有各人的悲喜，我也是逃避过的。"

看到他神情失落，罗知南也没再说些什么。

蒋红梅住院两天，总算是病情稳定了下来。罗知南收拾东西，陪她出院。就在往外走的时候，蒋红梅忽然像魔怔了一般，喃喃地说："小何给我买的梳子，还没拿呢！"

小何，就是何铭，这几天他几乎天天来看望蒋红梅。罗知南赶紧回去，把梳子拿了："妈，没事了，咱们走吧。"

蒋红梅看着那梳子，幽怨地说："小南啊，小何那孩子我看透了，他虽然条件不错，但你跟他绝对结不了婚。"

"妈，你胡说什么？我条件也不差，怎么就嫁不了他？"

蒋红梅很认真地说："他这个孩子心高气傲的，不像苏雨，为人亲和，还追着你。小何虽然天天来看我，但我确定，他有心事！你可能并不了解他。"

罗知南哭笑不得，心里想，领证都好久了，这还结不了婚？

不过，蒋红梅不知道他们结婚也是好事。医生说，情况一直稳定的话，后面不会出大岔子。听到这个结果，所有人都松了一口气。

只是……

罗知南想到苏雨，就憋了一股子气。她自问没有亏欠过苏雨，苏雨凭什么上门质问她，还惹出这么多事来？

她决定找苏雨问个清楚。然而，还没等她发出邀约，苏雨倒是主动联系她了："小南，出来聊聊吧。"

# 第十六章　闹到门口的家长里短

## 1

罗知南和苏雨约在公司附近的咖啡馆，然后在中午午休的时候如约而至。咖啡馆里，苏雨坐在玻璃窗旁，面前的咖啡已经冷掉了，他似乎坐了很久。

"苏雨，好久不见。"罗知南在他面前坐下。

苏雨看到罗知南，眼睛里燃起了一丝火花。他温声问："还是一杯美式，是吗？"

"口味换了，卡布奇诺。"罗知南说，"但其实我现在这种也喝得少了，我都喝白水的。"

苏雨微怔，然后点了点头："是，你现在口味换了，不仅是咖啡。"

"想说什么就直接说吧。"

苏雨点了咖啡，然后才说："小南，我之前的表达方式可能让你不高兴了，但是我是真心的，我也会加以改正。我们不要再闹别扭了，行吗？"

"闹别扭？"罗知南感到很好笑，"作为朋友，我们是在闹别扭。"

"你要是这么说，那就是还在和我闹别扭。"

罗知南忍无可忍，郑重其事地说："苏雨，你知道吗？你前几天去我妈面前说了那么一通话，导致我妈情绪激动，她住院了！如果她有个三长两短，我不会这么好说话。"

"住院了？"苏雨震惊，"怎么会这样？我真的不知道，我竟然引起这么大风波。"

"你和我是同学，你会不知道我妈是什么样的人吗？"罗知南只觉得很失望，"另外我想告诉你，我是否结婚是我的个人私事，请你不要去告诉我妈，她现在情况特殊！"

苏雨低下头，努力压抑自己："我道歉，我真的错了。可是小南，这对我不公平。你怎么能为了拒绝我，跟何铭弄了个假证呢？"

"假证？"

"你是为了一些原因，跟何铭一起做了个假的结婚证。其实，你们根

本就没结婚。"

"谁和你说的？"

"阿姨，她说你是玩了真心话大冒险输了。"

罗知南真的很想翻白眼，她前脚跟蒋红梅编了一套说辞，蒋红梅后脚就把这套说辞讲给了苏雨听。这么一想，蒋红梅肯定还不愿意让苏雨死心，她看中的女婿还真的有点多。

苏雨看罗知南不说话，握住罗知南的手："小南……"

"苏雨，不管我结没结婚，我们之间都只能是朋友。"罗知南收回手，保持着普通朋友的社交距离。

苏雨愣了一下，声音瞬间提高："你就这么排斥我？"

罗知南无奈。

苏雨激动起来，起身一把抱住罗知南："我不信！小南，你一定在骗我！你们……你们不能这么对我！"

罗知南就怕他这样激动，无论分手还是结婚，他都像一块黏牙的牛皮糖，不够理性，纠缠致死。她推开苏雨："苏雨，我已经把话说清楚了，我们就做朋友吧，这样对你、对我都好。"

服务生端着托盘走过来，托盘里是一杯咖啡。苏雨到底是要脸面，松开了罗知南。等到服务生将咖啡放下离开，他才镇定下来："小南，对不起，是我莽撞了。"

罗知南也不知道他是不是真的意识到了自己的问题。她喝了一口咖啡："没关系，我能理解你，希望你也能找到自己喜欢的人。"

"能抱一下吗？"苏雨站起身。

罗知南点了点头，站起身。苏雨走上前，轻轻地将她抱在怀里，久久没有松开。这一刻，罗知南忽然有了一种错觉，也许苏雨不是出于男人的占有欲，而是真心地喜欢她。

不过下一刻钟，她脑海中的旖旎念头全然消散。因为，何铭站在咖啡馆外，正煞有介事地看着他们。

罗知南脑子蒙了一下，赶紧松开苏雨。苏雨还不知道发生了什么，问："怎么了？"

"我该走了。谢谢你，苏雨。"罗知南迅速整理情绪，"谢谢你还把我当朋友，我以为我们连朋友都没得做。"

"应该是我谢谢你。"苏雨露出了卑微的表情。

罗知南顾不上安慰苏雨，匆忙寒暄了两句，就离开了咖啡馆。何铭已经不在原地，罗知南赶紧拨打他的电话号码。几秒钟后，手机里传来了何铭的声音："我在你前面一点的位置，你走快点。"

罗知南按照他说的，往前走。

"往8点钟方向。"

罗知南照做。

"往右，上电梯，5楼停，万一碰见两个男人，可能是客户。"

罗知南低头，冷静地走进电梯。两个男人走出电梯，没有认出罗知南，因为她一直低着头。

行动这样谨慎，她已经有些尴尬了。这种行为也太像间谍了吧？

等到了5楼，她走出电梯，冷不丁伸出一只手，将她拉到一个拐角处。拐角后的走廊不宽，只有三人宽。罗知南一眼就看见，圆盘拐角的对面就是落地玻璃窗，外面是一片波光粼粼的大湖。

何铭问："没人认出你来吧？"

"没有！"罗知南白了他一眼，"有必要这样吗？想做贼啊。"

何铭笑了："我们的身份不能谈恋爱，你懂的。"

说完，他低头在她额头上轻轻一吻。

这种偷偷摸摸吃糖的感觉，多少有些刺激。罗知南脸红一霎，忽然想起刚才的场景："何铭，不是你看到的那样。我跟苏雨什么也没有，我就是跟他说清楚，以后别去我家了。"

"没关系，你不用解释。"何铭笑了笑说，"我非常理解你和苏雨之间的关系。"

罗知南愣了，总感觉哪里不对劲。偶像剧里的套路，不应该是何铭误会然后吃醋，或者直接上前揍苏雨一顿吗？

"你可能觉得，我这样做不够爱你，或者是不像一个男朋友。但是我们之间对未来的确没有太高的期待，如果我们给彼此的限制太多，反而没有什么意思。不管我们之间的相处是快乐的还是痛苦的，都是两年时间，不是吗？"何铭目光坦然，反问。

罗知南想了想，自己的确是恐惧过分束缚，才选择不婚主义。

"你说的不是气话？"

何铭摊了摊手："不生气。"

罗知南点了点头，说："是啊，我之所以和你在一起，是因为你给了我足够的自由。那我作为回报，也应该给你同样的自由，谢谢你的理解。"

说着，罗知南整理了下何铭的西装。

就在这时，手机响了一声。

罗知南拿起手机一看，是苏雨的短信。短信在屏幕上只显示第一行字，但那一行字也非常暧昧——

"小南，如果哪天我们的关系可以超越朋友，你随时说一声……"

罗知南有些烦不胜烦，甚至有些想当断则断，彻底把ADC银行的这层关系交给姜媛，这样自己自然不会跟苏雨碰上了。然而，她一抬头，立即看到何铭的眉头微微蹙了起来。

"你吃醋啦？"罗知南挑了挑眉毛。

何铭深呼吸一口气，依然保持谦谦君子的仪态："没有，我刚才不是说了吗？我理解你和苏雨的人际关系。"

"那，我该怎么回复苏雨这条短信呢？"罗知南想逗逗他，故意拖长了尾音，"要不然就简单处理，回复一个'好的'……"

何铭一把将她的手机夺了下来，将那条短信删除。罗知南怔住了，刚想说什么，就被何铭一把抱住，然后吻住了她。

两个人很久才分开，分开时已经是满脸羞红。何铭再也没有平时的冷静自持，罗知南得意地在他鼻子上点了一点："你就说，你是不是醋王吧？"

"我是。"他笑着说。

## 2

罗知南和何铭持续着这种隐秘的关系，转眼就过了一个多月。她觉得按照曼丽的说法，她和何铭应该到了磨合期。但是很奇怪的是，她和何铭的磨合事件都很小，两个人顶多拌两句嘴，一刻钟后还能坐在一张沙发上看投屏电视，你吃我一口零食，我靠你的肩膀躺一躺。

这个周末，罗知南回了一趟家。她发现蒋红梅的肚子已经高高耸起，孕相出来了，曼丽在旁边端茶倒水，和蒋红梅关系亲密得更像母女。她不由得有些吃醋，把曼丽拉到一旁："你到底给我妈灌了什么迷魂药，她怎么对你跟对我不一样？"

曼丽翻了个白眼，得意扬扬："何止不一样？"

她跑出门去，对蒋红梅说："阿姨，我晚上要去趟酒吧，晚点回来，你别把门反锁哦。"

蒋红梅随口答应了一声，然后又去听胎教音乐了。罗知南简直不敢相信自己的眼睛，将曼丽拉到卧室里，开玩笑地问："我妈要是知道我去酒吧，不得剁了我？"

"那是因为，我不是她的女儿，她对我没有期待。期待和磨合是成正比的，正是因为她对你的期待很高，所以你们之间才磨合了几十年。"曼丽说。

罗知南想起了何铭，苦笑一声："那我跟何铭这种……根本就没有磨合期的，是不是因为我们之间没有期待？"

曼丽切了一声："你就说有什么期待吧？两年后他把房子给你，你和他一拍两散，如果你们真的如胶似漆了，那房子的归属就有问题了！你就说你和他之间有什么期待吧？"

罗知南不知道为何，心口居然丝丝地疼了起来。她试探地问："那……这种情况是不是，他不爱我？"

曼丽像看怪物一样看着罗知南，忽然一笑："我给你讲个故事，行吗？"

"你说。"

"据说精神病院里有两种病人，一种是男病人，一种是女病人。"

"你这不是废话吗？"

"男病人想要干大事，女病人想要许多许多的爱。"曼丽说，"你现在的状况，就跟女病人有点像了！你跟何铭虽然领了证，但实际上就是露水情缘。你还不懂吗？"

罗知南不同意了："这哪里是露水情缘？别说得那么难听啊！其实往长了说，夫妻之间都是一段又一段的露水情缘。如果大家都抱着这种心态去结婚，把每一天都当成分开的前一夜，说不定就没有离婚这种事了。"

曼丽不说话，只是看着她笑。

"你笑什么？"

"我是在笑，你可能真喜欢上何铭了。"曼丽说，"女人恋爱果然是一个微波炉，一分钟就上头。啧啧啧……"

罗知南扔过去一个枕头："收起你的歪理邪说吧你！"

不过，她心里乱跳一通，感觉曼丽说的也有几分道理。她现在是对何铭开了很大的滤镜，导致她在这段感情里慢慢沦陷。

这时，门铃响了。

蒋红梅走过去开门，透过防盗窗，发现门外站着一个青年，立即警惕地问："你找谁？"

"吴曼丽在这儿住吗？"青年问。

蒋红梅想也不想，直接扭头喊："曼丽，有人找你！"

曼丽正跟罗知南在房间里说笑，闻言立即走了出去。她看到青年后，立即愣了："老公？你怎么知道我在这儿？"

罗知南听见声音，赶紧走了出去。她发现门外的青年正是曼丽的老公，老猫。

老猫脸色铁青，一拳打在防盗门上，咬牙切齿："开门！曼丽，你给我开门！今天你要是不回家，我跟你没完！"

曼丽吓呆了。

罗知南也有些害怕，搂住曼丽，低声问："怎么办？他找上门来了，他不会家暴吧？"

"他敢！"曼丽定了定神，大声说，"你回去吧，有咱妈在家里住，我不回去！"

老猫气得够呛，说："咱妈改好了，念叨着让你回去。你是我老婆，让你生孩子她来带，她仁至义尽了！你让其他人评评理，有没有老婆不生孩子的？"

"孩子？"蒋红梅看向曼丽，"你不愿意生孩子？"

曼丽顿时脸色变得煞白。看蒋红梅这架势，不会是要把她交出去吧？

罗知南两眼一黑，也觉得蒋红梅今天是铁定要把曼丽交出去了。她可以允许曼丽去酒吧，也能看得下去曼丽睡懒觉，但——

蒋红梅绝对不允许她选择不生育！

果然，蒋红梅苦口婆心地说："曼丽啊，你怎么能不生孩子呢？你知道一个孩子对于人这辈子多重要啊？你跟老公回去，听话啊！"

说着，蒋红梅就要去开门。

"阿姨，别开门！"曼丽忽然泪流满面，哽咽着说，"老公，在结婚前我就问过你，我们丁克一辈子，你不是都答应我了吗？"

老猫也很痛苦："曼丽，我以为你是考验我的。还有，我看到你和小侄女小侄子相处都很开心，我以为你是喜欢孩子的。"

"我喜欢孩子，可我不喜欢生孩子。你知道生孩子有多痛苦吗？"曼丽委屈地说。

老猫一指蒋红梅："阿姨这么大的年龄，都能克服万难去生孩子，你怎么就那么娇气了？啊？"

罗知南生气了："请你别带上我妈，还有，女人生孩子是往鬼门关走一趟，不是娇气。"

罗爸一直在厨房门口听着，闻言走了出来。他对老猫语重心长地说：

"小伙子，话不是这么说的，你知道我们做试管，受了多少罪吗？那么长的针，那么多的药，身体和心理上的痛苦，全都是要女人去承受的。生育是女人在生育，你最终要尊重女人的意愿，是不是？"

老猫愣了愣，不说话了。他干脆往门口一站，说："曼丽，反正你今天得给我个说法，不然我不走了。"

曼丽冷笑："离婚吧。"

"凭什么？"老猫梗着脖子说，"我不离！除非你告诉我，你不生孩子的真正原因。"

罗知南心里开始嘀咕，要不要把曼丽有妇科病这事说出来，这事也挺伤人面子的。

她正琢磨，忽然听到曼丽说："因为我妈就是生孩子死的，所以我不愿意生孩子。"

罗知南："……！！！"

她呆呆地看着曼丽，仿佛第一次认识曼丽。老猫也呆住了，不敢相信："岳母，不是生病去世的吗？"

"那是我骗你的。"

曼丽叹了口气，闭上眼睛，6岁那年的痛苦经历又涌进了脑海里：护士满手是血地跑来跑去，哭泣的爸爸，吼叫的医生，消毒水的气味……

她慢慢地说："我妈是在生我弟弟的时候，没了的。"

所有人听到这句话，都僵住了。

"虽然过去了20多年，我当时也才6岁，但我记得非常清楚。我妈的产床上都是血，推进了手术室好久也没有出来。再后来，爸爸告诉我妈妈死了。我长大了之后才知道，妈妈当时是羊水栓塞。"曼丽说。

蒋红梅心疼地拉起曼丽的手，一遍又一遍地抚摸着。

"这个理由够充分吗？"曼丽泪眼看向老猫，"是不是够离婚了？"

老猫低声说："对不起。"

"你没对不起谁，我跟谁都没说过这个，不怪你误会。"曼丽说，抚摸着自己的肚子，"所以我很害怕生育，因为我觉得我还没活够。老猫，如果你要的是一个为你生儿育女的老婆，那我的确不适合。"

老猫嘀咕着说："你也别说丧气话，那是概率很小的事件。"

曼丽声音颤抖："是啊，概率很小，可是怎么就是我的妈妈碰上了这件事呢？"

罗知南不知道该说什么了，再多的安慰，也是苍白的。

蒋红梅被触动了，她抱住曼丽，喃喃地说："阿姨不知道这些，阿姨向你道歉！你不想回去就不回去吧，阿姨支持你！"

曼丽扑在蒋红梅的怀里，"哇"的一声大哭起来。

罗知南拿出手机，对老猫说："情况你也看到了，如果你再不走，我只能报警了。虽然是你们夫妻的事，但实际上确实影响到我们的生活了。我可以报警的。"

老猫有些难以接受，他烦躁地拨了下头发："大家都冷静点。"

"你回去了我们才能冷静。"

老猫无奈，只能说："曼丽，我明白了，你不想回家就不回家吧。但是我想告诉你的是，咱妈知道这个地址，她迟早找来。你今天可以劝退我，但是你绝对劝退不了咱妈！"

曼丽皱眉："她怎么知道这个地址的？"

"你网页上有某宝的自动登陆，咱妈看到了你有新增地址，就想着你肯定住到这里来了。"老猫说。

曼丽气得仰天长叹："快递误我——"

罗知南见老猫还在门口徘徊，就告诉他："你先回去吧。"然后把内门"嘭"的一声关上了。

曼丽满脸愁容："天啊，我又要找房子了，不然我婆婆会上门的。"说着，她已经拿出了手机，刷新同城租房信息。

蒋红梅一把拿过她的手机："你哪里都不许去，就在我这里住着，你婆婆要是敢跟你急，有我呢！"

"阿姨，你情况特殊，我不能再拖累你了。"曼丽有些不好意思。蒋红梅摸了摸肚皮，说："怎么能是拖累呢？我喜欢你得很，要是你婆婆敢为难你，我就上前。我是孕妇，她敢对我怎么样？"

罗知南急了："妈……"

"不用说了，曼丽这孩子苦，我护定了！"蒋红梅擦了擦眼睛，忽然一笑，"哎，我孩子也是这么说的，刚才他踢了我一脚！"

"是吗？我听听。"罗爸拿着锅铲子上前，将耳朵贴在蒋红梅的肚皮上。他顿时喜笑颜开："真的，他踢了！曼丽，他也同意你继续住在这里。"

曼丽捂着嘴，感动地点了点头。

## 3

罗知南回到家，曼丽正在和蒋红梅一起择菜，罗爸正在炒菜。这和谐的画面,让罗知南觉得她们才是母女。

"回来了?饭马上就好。"蒋红梅热情地站起身。

晚上,一家人热热闹闹地在一起吃饭,罗知南和曼丽正聊着八卦,忽然听到有人按门铃。

"谁啊?你们喊外卖了吗?"罗知南知道爸妈甚少和外界沟通,问了一嘴。蒋红梅和罗爸都摇头:"没有,我没喊。"

罗知南起身,打开防盗门的小窗户,看到一个50岁上下的大妈站在门口,身后站着眼神躲闪的老猫。

她顿时明白了这位大妈是谁——曼丽的婆婆。

"曼丽呢?"大妈不客气地问。

曼丽听到动静,赶紧来到门口,看到大妈后愣了:"妈,你怎么来了?"

"我不来,不来你就野了!"大妈嚷嚷着,"有你们这样的人家吗?按着人家的媳妇不放,你们什么居心?啊?"

"妈,你小点声。"

"现在知道要脸了?给你好脸色让你回去的时候,你怎么不回?曼丽,我问你,你回不回去?"

曼丽气得满脸通红,咬牙说:"不回!这事你别赖我,是你儿子答应我丁克,到现在反悔的!我已经和他提了离婚,你们要我回去,可以……签了离婚协议,我回去收拾东西。"

大妈愣了,忽然拍起了大腿,干号起来:"我的天啊,我造了什么孽啊……媳妇不理我呀,大家评评理呀。"

她的声音"哐哐哐",瞬间点亮了好几盏走廊灯。罗知南还听到楼上楼下的开门声,估计哭声引来了邻居听八卦。

罗知南最怕这种泼妇戏份,直接拿出手机说:"你走不走,不走我报警了。毛亚能,到时候丢的是你家的脸。"

"毛亚能,我不会回去的,你们要闹就接着闹。你敢闹,我就去物业告你扰民!你敢拉横幅,我就敢告你诽谤!"曼丽说狠话。

大妈"哼"了一声:"别在这里吓唬我,我可不是吓大的!"她横眉直竖,厉声说,"我今天来,是告诉你们,别指望以后能过安生了!我以后会让你们家宅不宁,我三天一小吵,五天一大闹,我看你们还能不能了!哈哈,我有的是时间,慢慢跟你们磨!以后有你们好看的,走着瞧!"

老猫一声也不敢吭。

罗知南气得七窍生烟,心里明白妈宝男是这个世界上最窝囊的一个物种。她很干脆地关上小窗子，拉着曼丽说："走，不管她，继续吃饭。"

门外传来了大妈的声音："我告诉你，我在你们对门租了房子，你们跑得了和尚跑不了庙！"

罗知南听得毛骨悚然。不是吧，居然在对面租了房子？

她赶紧回到猫眼前，往外看，果然看到大妈和毛亚能掏出钥匙，进了对面的房子。这下子，她傻眼了。

对方战斗力强盛，这是要软磨硬泡的节奏啊！

曼丽吓得哭了起来："怎么办？他们太过分了，居然……要不，我还是搬走好了。"

"搬哪里去？"蒋红梅一拍桌子，"现在是法治社会，她还反了天了！哪里都不用去，就在这儿住着。"

罗知南斜眼看蒋红梅："妈，你刚才一句话都没说，现在人进屋了，你嘚瑟起来了。"

"你啊你，就是胳膊肘往外拐！我告诉你，我年轻的时候面对这样的泼妇，就不带怕的。"蒋红梅气势十足，却没了底气。

罗知南发愁，不知道问题到底该如何解决。正好这时何铭发来了语音，她赶紧避开蒋红梅，拿起手机走到阳台："喂？"

"什么时候回来？"何铭很简单地在手机里问。

罗知南那个愁啊，嗫嚅道："家里出了点事，我可能今天不回去了，你把门锁好啊。"

"什么事？"

罗知南想了想，何铭也算是一个水平不错的参谋，就将这件事一五一十地说了出来。何铭说："对方战斗力很强，还住到你们的门对面，说明他们决心很大，下了血本，你们四个根本就不是她的对手。"

"那怎么办？"罗知南摸着脑门，"你不会建议我让曼丽搬走吧。按理说我的确不用管别人的家事，但她是我朋友，我做不出来。"

"其实，从现实的角度来说，这是最省事的一种方法。"何铭发出一阵低笑，"但从朋友的角度，我会给你另一个建议。"

"说。"

"你们不是在那里住了好多年了吗？跟街坊邻居都沟通一下，让他们劝退大妈。这样，大妈要面对的就不是四个人，而是40个人。我不信，她面对40个人还能有这样的战斗力。"

罗知南愣了："啊？这……这是要我们跟邻居沟通下？"

"对。"

罗知南沉默了。用流行的话术来形容蒋红梅,她有社交恐惧症!她已经很多年没跟家庭之外的人说话了,平时更是没什么朋友,她……

"我做不到,我妈也做不到。"

"那只能让你朋友曼丽搬走了。"

"哎,你……"罗知南艰难地说,"要不,我去问问我妈,可能她为了曼丽,是愿意这样做的。"

## 4

罗知南挂断了语音电话,回到客厅里,将何铭的办法讲给了蒋红梅听。蒋红梅当时就愣住了:"什么?不行!"

"妈,这是唯一的办法了。"罗知南小声地说。

蒋红梅呆住了,看看罗知南,又看了看暗自垂泪的曼丽。她慢慢地说:"其实,五楼的你张叔,七楼的你李婶,六楼的你王阿姨,还有很多,以前都跟我是很要好的同事。"

罗知南眼神一亮,有戏!

"太好了,你们刚好聚聚,追忆青春啊!他们都退休了吧?哎,我咋不知道他们以前跟我们来往啊?"罗知南兴致勃勃地问。

罗爸尴尬地说:"你哥哥不是以前没了吗?从那时候开始,你妈就不喜欢跟人来往了。渐渐地,也就断了联系。"

蒋红梅揉了揉眼睛:"都过去了。头几年呢,我跟他们还唠嗑,后来我跟他们说话,总是能想起你哥……渐渐地,我也就不出门见人了。"

"那现在,我陪你去我张叔、李婶、王阿姨那里?"罗知南说。曼丽举手:"我也去!"

蒋红梅"扑哧"一笑:"你们两个小崽子,啥事都掺和。"她说完,又愁容满面,"我现在大着肚子,他们见了又要说这说那,我不行……"

"妈,他们见了只能祝福你,除此以外还要说啥?"罗知南咬了一口苹果,"这个年纪怀孕,本来就是很伟大的一件事!"

蒋红梅又想笑,这次忍住了:"那说好了,你们陪我一起去?"

罗知南点头。

蒋红梅收拾了一下,决定先去李婶家里。李婶年轻的时候跟她最要好,无话不谈,后来蒋红梅郁郁寡欢,就疏远了李婶。

罗知南收拾了家里买的一些蔬菜和水果,拎起来就跟着蒋红梅去了李婶家。结果，蒋红梅到了门口却情怯起来："哎呀，都这么多年没说话了，我不好意思，回去了回去了！"

"妈，你说话不算数啊！"罗知南拦住蒋红梅。蒋红梅执意要走："不行，我这张老脸要丢尽了！"

忽然，门开了，李婶站在门口，惊讶地看着罗知南，和背对着她的蒋红梅。

"红梅啊……"李婶激动地喊，"是你吗？"

蒋红梅整个人都定住了，她颤抖着，一点一点地转过身体，这一刻，几十年的光阴弹指流转。她眼中含泪："是，是我。"

"快进来，哎呀，红梅啊，好久没说话了。"李婶将蒋红梅拉进房间，又看着罗知南，"这是你女儿吧？长得真俊呦！红梅啊，你太有福气了！"

蒋红梅喜笑颜开，和李婶有说有笑。罗知南坐在一旁，看着蒋红梅，心里激动万分。她已经很久没看到处在社交状态的蒋红梅了，是那样亲和、自信和美丽。她也仿佛是第一天真正认识自己的母亲。

一晚上下来，蒋红梅和李婶相谈甚欢。李婶又带着蒋红梅和以前的老熟人熟络了一下。他们听了曼丽家的故事，一致表示，要是有人敢欺负红梅，那就是欺负他们，他们可不干！

同时，李婶、王阿姨还决定联合小区里跳广场舞的老伙计们，一起跟搬到蒋红梅家对面的大妈聊聊！

张叔以前做过人事科科长，打着官腔说："我个人认为啊，凡事不能太逼着孩子，要讲究方法，多听听孩子心里在想什么，不要搞高压政策！不然，只能事与愿违，弄出一些反效果，是不是？"

"对，张叔干过领导，就是不一样！"李婶、王阿姨纷纷鼓掌。蒋红梅也跟着附和。

张叔很享受这种感觉，但他表面上云淡风轻地一摆手："我这可不是领导瘾，我这是见不得逼迫孩子！年轻人有解决不了的问题，我们这些老家伙就用上自己的经验，帮年轻人解决，证明我们还有用，对不对？"

"对！"李婶、王阿姨像看明星偶像一样看着张叔。

罗知南和曼丽想笑，但是场合不合适，于是她们使劲憋笑。等回到家，曼丽一进房间就哈哈大笑："哈哈哈，天啊，我以前怎么没觉得这些叔叔阿姨这么有趣啊！太有意思了，而且很仗义！"

"我也是……"罗知南笑了笑，"我以前总是害怕衰老，每天都有年龄焦虑，但如果我以后是这样有趣的老太太，那么我觉得我不再害怕衰老了。"

曼丽收起笑容，正色说："其实我觉得，你妈妈是最有趣的人。她居然愿意为了我，做出这样大的改变，我……"

说到这里，曼丽低头捂住眼睛，哭了出来："我感觉，她是真的把我当女儿了。"

罗知南默默地抱住曼丽，轻轻拍打她的后背。

微弱的哭声，隐隐约约地传出卧室。

蒋红梅和罗爸默默地站在门外，听着门内的说话声，揉了揉眼眶。

## 第十七章　最好的爱是手放开

**1**

罗知南安排妥当家里的事,一身轻松地来到公司。她偷偷给何铭发了一条微信:"谢谢你啊,昨天按照你说的方法去做了,别管结果怎么样,我妈和老朋友联系上了,整个人开朗了许多。"

何铭回复:"那就好,不过你要怎么感谢我?"

罗知南想了想,问:"你想吃什么?我请你。"

"中午12点,去天台。"

罗知南看到这句话,顿时脸红了。他这是要约会啊……

她抿唇一笑,回复了一个字:"好。"

到了中午12点,罗知南火速给柳雨茜交完差事。柳雨茜好奇地看她一眼,冷不丁地问:"罗,最近谈恋爱了?"

"啊?没有……"罗知南慌忙否认。

柳雨茜一笑:"我看你嘴巴都要咧到耳朵根了,谈恋爱就是这样的,天天乐滋滋。"

罗知南不好意思地摸了摸头发,撒了个谎:"还没正式确定,也不算男女朋友。柳总,我先去吃饭了。"

她忙不迭地离开柳雨茜的办公室,暗自咋舌,柳雨茜的眼睛也太毒辣了。

罗知南收拾了下东西,然后上了天台。何铭也是刚到,看到她之后,亲昵地在她鼻梁上刮了一下。

"讨厌,都没吃饭呢!"罗知南害羞地笑。何铭轻轻搂着她,举了举手里的饭盒,"我带了便当,我们先垫垫。"

两个人坐在天台的一角,你喂我一口,我喂你一口地把便当吃完了。罗知南望着蓝天白云,心情不是一般的舒畅。何铭也是满脸甜蜜,完全没有平日里的冷峻模样。

就在这时,曼丽忽然打来一个电话。罗知南不想接听,赶紧静音。

"你还是接吧。"何铭说。

罗知南只好接听:"曼丽,这两天没事吧?"

曼丽的声音很轻松："小南，我发你几个视频，告诉你这几天都发生了什么！太精彩了！"

罗知南疑惑，点开曼丽发来的视频，立即看到了大妈的脸。大妈真的是堵着曼丽，对着曼丽就破口大骂。

下一刻，一群人围了上来，正是李婶、王阿姨和张叔。他们几个人围着大妈，开始苦口婆心地劝慰起来。大妈自然不干，坐在地上号啕大哭。王阿姨拥着曼丽，让她从旁边溜了出去。大妈想站起身去阻拦，物业从远处过来了。

"你知道吗？物业警告我婆婆了，她如果再敢扰民，他就可以告诉业主，让业主不要租房子给她了。"曼丽眉飞色舞地说。

罗知南这才放心下来："行，你那边没事就好。"

"小南，这次我真的明白了，人生得一知己的意义有多大。阿姨也是这样想的，她天天跟几个阿姨叔叔唠嗑，比以前开朗多了。"

果然，人是群居动物，情绪价值也是必需品啊。

挂上电话，罗知南现在对何铭充满了崇拜之情。

"你的办法还真的有用。"

"那当然了，我要是去做调解员也是称职的。"何铭说，"不过，解铃还需系铃人，我觉得应该跟曼丽的老公谈一谈。"

"谈什么啊？他就是一帮凶，妈宝男都是扶不上墙的烂泥。"罗知南想起老猫那天的表现，嗤之以鼻。

何铭笑着说："你总是把人想得很极端，非黑即白，但人性是很复杂的，绝对不是简单的一个标签就能概括的。你今天把曼丽的婚姻拆了，她无论是孤独终老还是另外再找，就一定能幸福吗？第一次婚姻失败了，如果不从失败中吸取教训，那么第二次就还会是失败的！"

罗知南被说服了。恰好，老猫在此时打来了电话，罗知南顿时头大了，这是接还是不接？

"人家老婆住你家里，你既然管了这闲事，就接吧？"

罗知南没办法，只能接听。老猫在手机那边说："罗知南，关于曼丽的事，我们聊聊吧？"

"你要聊什么？"

"向你道歉，然后寻求和曼丽的和解办法。我是真的不想失去她。"

罗知南心里不情愿，但是他的语气还算真诚，刚好下午有半天假，于是答应了。挂上电话，何铭说："他是没有主心骨，但他既然想要和解，这个人的恋商还是值得抢救的。下午，我跟你一起去，男人最了解男人。"

"你去？"罗知南看着何铭，开玩笑地说，"何总，你什么时候也喜欢掺和这些家务事？"

何铭面色不改："你的家务事，那就是咱俩的事，怎么能叫掺和呢？"

这个人总是能把情话说得自然干脆，滴水不漏。罗知南心头微暖，一上午的担忧和悲切，也都被冲淡了大半。

## 2

罗知南和何铭来到咖啡馆，果然看到老猫坐在靠窗的座位上，正在逗一只猫。阳光照在他的侧脸上，老猫和小猫对视而笑。罗知南突然觉得，这个男人还是有几分温暖底色的，要不然浪漫文艺的曼丽也不会看上他。

"要谈什么？"罗知南带着何铭坐下，开门见山。

老猫递来菜单，示意罗知南点咖啡。罗知南摇头："你就点最低消费就行，我无所谓，毕竟来这里和你谈天不是为了喝咖啡。"

"是这样的，我想了很多，是我对不起曼丽。"老猫似乎很是难过，"我不想离婚，我想解决问题，只是我不知道要怎么做。"

"满足她的意愿，很难吗？"罗知南反问，"其实，你一直知道曼丽要的是什么呀！"

老猫苦着脸："可是我满足不了我妈的意愿啊，她是不答应不要孩子的。唉，自古忠孝不能两全，我算是体会到了。"

何铭拿起咖啡喝了一口，说："你们总是本末倒置，上来就是谈各种满足条件。我的建议是——先把意愿、条件、想法这种事放一边，因为满足所有人意愿的办法，那是不存在的！我们现在要想的是如何相处。"

罗知南大脑空白："那，他们要如何相处？"

何铭似笑非笑："你都不知道，就指望我了是吧？"他没等罗知南有所反应，就开始说了起来，老猫在旁边一边听，一边连连点头，就差掏出笔记本做记录了。

等结束了谈话，俩人走出咖啡馆，罗知南才对何铭竖起了大拇指。

"没想到你在人际关系这方面还是有两把刷子的。你是不是学过心理学？"她好奇地问。

何铭笑了笑："没学过，我从小就跟各种人打交道，都习惯了。其实这世上哪有什么好人坏人，都是普通人。既然是普通人，那就会具备人性。"

罗知南这才发现,她跟何铭不同,对任何人都没有什么耐心。就比如老猫这种妈宝男,她顶多打两句招呼,就懒得再去沟通了。从这个角度来说,何铭的确比她强,他从不放弃,只会观察这个人的破绽,然后一击即中。

这也是因为蒋红梅的严格约束,她从小到大都没跟什么人接触过。

"怎么了?是不是又发现了我一个优点?"何铭坏笑着问。

罗知南拍了拍他的肩膀:"没有,只是发现你肩膀上落了个叶子而已。"

嘴上说着嫌弃,但罗知南心里是甜蜜的。

但是,这份甜蜜并没维持多久。下午,罗知南刚到公司,就收到了何铭的升职邮件,升职为常务副总,新增一个海外项目拓展的业务。

常务副总经理这个位子,等同宫斗剧中的副后,跟总经理差不太多,一般不设置,所以何铭这个升职让人浮想联翩。

她看着那邮件怔愣许久,感觉何铭的升职已经有了资源咖的味道了。可是,谁是在背后使劲的人呢?难道是柳雨茜?

罗知南心里醋海翻波,她和何铭朝夕相处,她自认为和何铭的关系很近了,但升职这事,他是一点口风都没透露。

而何铭也没闲着,新官上任三把火,在升职文件发下去之后,就宣布了启动新港项目。新港项目是一个大型商业区的人工智能系统建造,需要对外融资30亿元,这个项目如果能落地,何铭的业绩就妥了。

可是,罗知南总觉得哪里不对劲,一切发生得太快了,她又感觉自己不认识何铭了。

晚上,她回到梅心小居,直截了当地说:"何总,恭喜你升职,这辈子的荣华富贵是妥妥的了。"

何铭在洗菜池边上洗菜,闻言看了她一眼:"我怎么闻到一股酸味?"

"可不是,今天全公司都弥漫着一股醋酸。"

何铭低头笑了笑:"我之前没和你说这事,是因为还没正式确定,我怕我跟你说了,万一结果落空了,那我该多丢面子啊。"

罗知南问:"你的背后,是田构还是柳雨茜?"

何铭表情一凝,神色复杂地看着她。

"不管你背后跟谁合作,新港这个项目都不能做,这涉及地产,风险是非常大的。我觉得这个项目并不成熟。"罗知南不忘加了点套路,"这是我一点不成熟的建议。"

何铭使劲甩着洗好的芹菜:"嗯,这个建议的确不成熟。我以为你会高兴的,毕竟我升职加薪了,两年后说不定能还你一大笔钱。"

罗知南顿时感到没面子:"喂,先不说还钱的事!你知道地产项目风险多大吗?新港这个项目,跟田构背后的资源有很大关系!你不会是为了讨好田构,才强行推进新港项目吧?你这样会将公司的风险暴露于前,这是非常没有职业道德的行为,而且会拖累其他项目的资金分配!"

这一番话说得快、准、狠。

何铭倒抽一口冷气,冷笑着说:"罗知南,我只比你大几岁,但你的级别和我差了三级,你现在知道原因了吧?"

"我在跟你谈工作!"

"这是家,不谈工作!"何铭说完,冷静了一下,"你就是怕自己负责的项目受影响,对吧?没关系,有我!罗知南,只要你和我的关系像上午那样保持下去,我能保证你手上的项目,可以吗?"

罗知南看着何铭,问:"你的意思,让我讨好你?"

何铭没说话。

"我要是讨好你,拿到了更多的资金分配,那这可真的是行贿了!"罗知南"哼"了一声,"不可能!"

说完,罗知南就气哼哼地回了房间。

其实,要说讨好他也不难,无非就是亲他一口,说几句软话。可是,罗知南总觉得自己的心意被糟蹋了,她是不想让他身入险境,不想让他因为没有融资成功,或者是新港项目推进不顺利,而遭人诟病。

毕竟,常务副总这个位子,多少人盯着呢。

## 3

第二天,罗知南起床刷牙,正好何铭也打着哈欠从房间里走出来。他可能没睡好,眼睛有黑眼圈。

何铭拿起牙膏,正打算挤一段在牙刷上,却发现牙膏已经前胸贴后背,只能将牙膏扔了。他去拿罗知南的牙膏,罗知南却眼疾手快地一把挡住:"干什么?"

"用一点牙膏。"

"不行。"

何铭惊呆了:"罗知南,一点牙膏而已,你有必要吗?"

"有必要。"罗知南满嘴泡沫地回答,"因我这个人就是不成熟的,你也不要用我不成熟的牙膏。"

何铭气笑了:"罗三岁,你狠,算你狠。"他趁罗知南不备,忽然拿走了她的洗脸巾。罗知南呆了:"何四岁,把洗脸巾还给我!"

"不还,这是我买的洗脸巾!上周末去超市,你忘了?"

罗知南深呼吸一口气,将牙膏双手奉上:"何四岁大大,这是您需要的牙膏,现在可以把洗脸巾还给我了吗?"

何铭将洗脸巾给了罗知南,然后拿起牙膏挤出了长长的一条。罗知南翻了个白眼,觉得自己没喊错人。何铭有时候真的只有四岁,不能再多了。

俩人别别扭扭地来到了公司,一路上谁都不理谁。走进公司电梯的时候,看着何铭冷漠的侧脸,罗知南叹了口气,想起自己居然跟曼丽抱怨过,她和何铭没有磨合期。这不,磨合期虽迟但到!

到了投融资部,罗知南立即陷入了忙碌状态,努力将何铭抛之脑后。男人不是必需品,工作才是万全的保障。

晚上,罗知南无精打采地回了家,将买的补品放下,就躺到沙发上不再起来。曼丽和蒋红梅亲亲热热地从外面回来,看到罗知南后顿时惊讶:"哎?今天怎么回来这么早?"

"我休年假了。"

"你休假,不应该是去海南,或者马尔代夫吗?"曼丽说,"不应该家里躺啊。"

罗知南双目无神地看着天花板:"累,心累。"

曼丽知道罗知南其实是谈恋爱谈得累,将她拉到房间里一顿审问:"到底怎么了?你跟何总闹掰了?我就说嘛,跟男同事谈恋爱不行。"

"刚回来就走?阿姨可天天都很想你,你不许走。"

"这家里不是还有你吗?"

"我除了码字,还要上班的!你不知道吧?咱们小区最近建了一个育儿区,可新鲜了。我已经应聘成功了,过两天去上班。"曼丽得意扬扬地说。

罗知南撇嘴:"你是学幼师的不错,但你这耐心和爱心都不够吧?还育儿?再说,你婆婆呢?"

"刚开始天天骂,被邻居投诉了几次之后,也老实了。"曼丽抱住罗知南的脖子,"你回来也好,咱们一起去跳广场舞。"

罗知南倒抽一口冷气:"你行了啊,你这跟我妈在一起久了,都是什么中老年趣味?"

"特别有意思，王阿姨李婶她们带我去的。"曼丽眼睛里仿佛落进了小星星，"晚上带你去看，你就知道了。"

吃过晚饭，罗知南都忘了这事，曼丽却是兴趣满满地，早就换上了宽松的运动衫和运动裤。

"快换衣服啊，谁会穿着巴宝莉的风衣去跳舞啊？"曼丽催促罗知南。

罗知南翻看杂志，懒得抬头："谁说要去跳舞了？"

曼丽不由分说地拽起罗知南，撒娇着要她下楼。罗知南无奈，只能套进一件卫衣，跟着曼丽下了楼。楼下的广场舞正在准备阶段，一位身材曼妙的中年妇女站在最前面，做着准备动作。

罗知南看着那个大音响，问："这不是扰民吗？"

李婶立即从旁边凑过来："不扰民，我们做过调查了的。"

"这是红梅她闺女吧？怎么回来了呀？"另一个中年妇女过来打招呼。

罗知南尴尬地一一回应，然后小声地对曼丽说："我得回去了，我在这里好尴尬的。"

"你就待会儿吧！"曼丽兴致勃勃地跟着阿姨们做准备动作。

就在这时，罗知南看到昏暗中站着一个微胖的身影，定睛一看，那不是曼丽的婆婆吗？她顿时倒抽一口冷气："你婆婆来了！"

曼丽也是头皮一麻，迅速回看一眼，赶紧往队伍中间走："我的天啊，这是要正面交锋了吗？"

就在此时，领舞大妈打开了音响，震撼而有节奏的音乐顿时响起。但这在罗知南的耳朵里，这不是伴奏，而是一曲战歌！

她用眼角余光看到，曼丽的婆婆气势汹汹地往这边走来！

罗知南紧张到了极点，倒不是担心对方会对自己造成什么伤害，而是害怕婆婆使用此前网络流行的"退、退、退"的魔法攻击。要让她面对这样的骂战，那可真的是一种社会性死亡。

没想到，婆婆刚走到倒数第二排，王阿姨就冲了出来，直接挡住了她的去路。婆婆换了个方向，李叔又挡住了她的去路。

婆婆彻底恼了："你们干什么？"

"干什么？我还想问你干什么呢？是不是想找孩子麻烦？"王阿姨横眉倒竖，气场十足。

李叔叉着腰说："就是，一看你就不想干好事！今天你想搞破坏，没门！"

婆婆顿时没了气势，翻了个白眼，居然跟着节奏开始扭动起身躯。

罗知南见状，又是惊讶又是惊喜。没想到大爷和大妈们团结起来，还真的是力量很大。

"我是来跳舞的，你们误会了。"婆婆望着曼丽的方向，瞪了一眼，"她不孝顺，我压根不想认这个儿媳妇！"

李叔也开始继续动作，边舞动边说："人家也不屑搭理你，你看你都把孩子逼成什么样了！回头到你老了，你能指望孩子孝顺你？尊重都是相互的，是吧？"

婆婆没说话，但是气呼呼地甩动着胳膊。

李叔"哼"了一声："你动作太用力了，这样跳完一晚上，你明天浑身都是疼的。跳舞，得用巧劲！"

婆婆欲言又止，过了半天才好奇地问："巧劲是啥？难怪了，我昨天跟着跳了一会儿，回到家疼了半夜。"

李叔昂起头，拍了拍肩膀："要肩膀用力，不要胳膊用力，你感受一下。"

婆婆试了一下："这肩膀和胳膊连一起的，怎么能分开让肩膀单独用力呢？"

"哎，难怪你容易累，发力点都不对。"李叔好为人师的个性发作，他上手帮婆婆感受发力，"胳膊放松，肩膀……对肩膀使劲。"

俩人在那里开始了广场舞教学。罗知南和曼丽老远看着，捂着嘴偷笑，跟着节奏跳了两支舞。等到俩人离开的时候，李叔还在帮婆婆纠正动作。

罗知南和曼丽悄悄地离开队伍，跑得老远，才哈哈地笑了出来。曼丽说："平时我妈就在家里耀武扬威的，现在可算是找到克星了！"

"我说你怎么这么自在，原来她是个纸老虎，根本发不出威力来。"

"去哪撸串？我请你！"曼丽拍了拍胸脯。

罗知南刚想回答，忽然眼前被人挡住了去路。她抬头一看，老猫，也就是毛亚能在眼前站着。

"你想干什么？"曼丽紧张地看了看左右。小区的人们都集中在空地上跳舞了，她这个走道的前后左右都没人。

毛亚能赶紧解释："你别害怕，我没有恶意，我就是想跟你聊聊。"

"我们还有什么好聊的？"曼丽冷笑。

毛亚能说："曼丽，我同意离婚，但是我妈这一关不好过。但是我有个主意，你要不要听听？"

曼丽愣了愣，酸溜溜地问："你真的同意离婚了？"

"是的。"

曼丽哼了一声："什么主意，说。"

"我妈这几天有所转变，她跟李叔走得最近，李叔表面上对她态度不好，但其实也能跟我妈唠上几句。我打听了，李叔没了老伴三年，人品还不错，子女们都很和善开明。我想着，要不——咱们撮合他们两个？"

曼丽睁大了眼睛。

"啊？"

"我妈很不容易，守寡几十年，含辛茹苦地把我养大。我也是想着，如果她能找到一个知冷知热的人，说不定性格能变得开明。李叔跟着劝劝，说不定她就答应我们离婚了。你觉得呢？"他说。

曼丽听得目瞪口呆。罗知南在旁边"扑哧"一笑，说："老猫，你这是不是想得太简单了呀。万一李叔看不上阿姨，或者阿姨看不上李叔，再或者李叔家孩子不同意呢？"

"那没事，我妈有了这个心事，就不会管我离不离婚这事了，是不是？"老猫说，"这在心理学上叫，注意转移。"

曼丽撇嘴："不是，这事要是不成，那挺伤人的啊。"

"要是不成，肯定是李叔看不上咱妈！伤人也是伤咱妈啊，正好报了之前她骂你的仇了，不是一举两得吗？"老猫笑着说。

曼丽使劲摇头："你这就把我想狭隘了啊，我是不满意咱妈管我骂我，但我不至于要让她伤心吧？"

"就知道你是个孝顺孩子，刀子嘴豆腐心。"老猫笑呵呵地说，"咱妈我了解，被拒多少回了，没事。我就是看她和李叔挺投缘的，才想到这个。要是被发现了，你就把责任全部推给我。"

曼丽脸色很难看："那要是按你说的去做，咱妈还是不答应咱俩离婚呢？"

"肯定答应啊，咱妈就是因为精神没有寄托，才把希望都寄托在我身上了，什么事跟她商量，她都特轴。说白了，就是控制欲强！所以你看到了，我就成了你口中的妈宝男。其实我也不想太被我妈这样关注，如果她真的找到了第二春，我还解脱了呢！"老猫说得头头是道。

"那你，怎么就想通了要离婚呢？"

"为了成全你，最好的爱是手放开。"老猫语气真诚，"如果真的过不到一起，我希望你离开我之后能幸福。"

曼丽闷闷地答应："那行，我配合你，但是成不成要看情况。"

"行，你答应了就行，等我找你商量具体计划啊。"老猫笑嘻嘻地说。

曼丽没说话，闷着头就往前走。罗知南赶紧跟上，却怎么都追不上。

终于，到了单元门里，她才追到曼丽身后："走那么快干吗？你不是说撸串去吗？"

"毛亚能！"曼丽咬牙切齿地说，"那个混蛋，他就这么想离婚吗？他……他是不是早有预谋了？出轨了？然后等我这边提了离婚，他那边就立即答应了？"

罗知南只觉得可笑："不是，是你整天把离婚挂嘴边啊！人家答应了，不是正好吗？"

"那他也应该挽留啊？怎么就答应了呢？"曼丽还是不高兴。

罗知南看曼丽气呼呼的样子，只觉得好笑："行了，不离婚不行，离婚也不行，你自己慢慢琢磨去吧。"

说着，她就"噔噔噔"地抢在曼丽前头上了楼，表示自己对曼丽的个人私事毫不关心。

这是何铭的计策。

当时，他在咖啡馆里对老猫说："你可能并不了解你太太，你看到的是她动不动就把离婚挂嘴边，显得很幼稚，可是你并没有想过这背后的原因。"

老猫承认了，他并不是很喜欢追根问底，曼丽不说，他就不问。

"那到底该怎么办呢？"罗知南忍不住好奇心，"何铭，你就别卖关子了，快说啊。"

何铭回答："反其道而行之，既然你太太要离婚，那你就不如答应。别急，我不是让你真离婚，离婚也不是一天两天就能离得了的，我的用意是——让你太太注意你，并琢磨你。"

"琢磨？"老猫只觉得好笑，"她琢磨我，她就能关心我了，就能重新爱上我了？"

"你这两句反问里，有三个'我'，说明你是个很自我的人。"

"好吧，我是挺自我的，但我还是不理解，为什么要让我太太琢磨我？"

"你知道吗？在这个世界上，很多人爱另一个人，不是因为爱上了他们的灵魂，而是因为已经付出了成本！"何铭说，"那么成本是什么呢？成本可以有很多种！比如，琢磨一个神秘的人，付出了很多的时间成本。或者是，对方让我们感到开心、愤怒、难过、焦虑等多种情绪成本，我们也会爱上对方。你关注什么，在意什么，你就在不知不觉中爱上他！我们再来想想看，你太太平时对你有付出过什么时间啊，情绪价值之类的成本吗？"

老猫沉默地摇头。

"那就是了。你太太平时沉迷网络世界，没工夫琢磨你。加上你们的生活出了问题，她更加抗拒琢磨你，而是以简单粗暴的方式要终止夫妻关系，这就是事实。"

老猫开始上道："那我要做的第一步，就是要让她注意我这个人，然后引导她琢磨我，是吧？"

"对。"

"有点像青春期男生的做法。"老猫有些不好意思地挠了挠头，"可是，引起她注意的下一步，我该怎么做啊？"

何铭推了推金丝眼镜，说："你不是也跟着你妈住那个小区吗？那你就想办法，跟你太太做同一件事。具体是什么事，那就需要让罗经理帮忙了。"

"我？"罗知南很是意外，不过也很快领悟了。这件事拜托蒋红梅最好，让蒋红梅想办法把曼丽这个宅女拉出家门，这样老猫才有机会。

没想到，蒋红梅不负所托，给曼丽找的事情，就是让她去小区里的育儿室里做义工。

想到未来几天会发生的事，罗知南预感肯定精彩十足。

# 第十八章　Suki 公主

1

罗知南陪着曼丽来到育儿室，看着她办理了志愿者的手续，然后元气满满地开始工作。曼丽仿佛已经忘记了昨天的烦恼，干劲十足地擦柜子，摆放小板凳。

罗知南都有些怀疑，何铭之前预料的是不是对的。看曼丽这状态，完全不像是琢磨毛亚能的样子。

育儿室里有一个靠墙的书柜，书柜上放满了五颜六色的绘本。曼丽擦完柜子，拿起绘本翻看起来。罗知南打趣说："这么大的人了，你还看这个啊？"

"我看看有没有毒绘本，你知道现在的绘本经常有那种不适合小孩子看的，可糟心了。"曼丽看了几本，忽然看向柜子，皱眉说，"这柜子固定了没？"

"还没来得及固定呢，过几天工人才来。"育儿室的负责人是一个圆圆脸的中年妇女，温和地回答。

曼丽不乐意："不行，必须固定了才能让孩子来啊，不然这多危险啊！"

"这……"负责人也有些犹豫了。

正说着，外面进来一个搬梯子的工人，他放下工具箱："我来固定吧，保证下午就能好。"

曼丽忽然觉得那工人脸熟，等那工人抬起脸，她才认出那是毛亚能。

"毛亚能，你在这儿干什么？"

老猫嘿嘿一笑："当志愿者呀，你说我辞职了，不能不找个事干，是吧？"

"你……你辞职了？你以后做什么能那么赚钱啊？"曼丽几乎跳起来。

老猫以前的工作是房产中介，一套房子能有不少提成，光景好的时候一年轻松就可以拿到一百多万元。

"现在房地产和以前不一样了，也没有那么赚了。再说生活也不开心，就辞职了呗。"老猫说，"我在这里当志愿者，挺好的。"

曼丽皱眉："不开心？你昨天不是挺开心的吗？笑呵呵地跟我说，你同意离婚。"

"对啊，我辞职之后想通了，以后为自己而活，放你离开。"老猫走到柜子旁，开始岔开话题，"我看看这个柜子……挺好固定，你放心，我以前做过木匠活，技术方面没问题。"

曼丽还想说什么，却又不知道该问什么。罗知南看她那个样子，只觉得好笑："我回去了啊，你等中午别忘了回家吃饭。"

"不是，你过来……"曼丽将罗知南拉到一旁，"你说他为什么要辞职？他不会是得罪谁了吧？难道……他跟人搞小三，被人发现了，干不下去了？"

罗知南翻了翻白眼，狠狠地点了点她的额头："你别胡思乱想，别说搞小三，他就是搞小八，也跟你没关系，你们都要离婚了，在乎那么多干什么！"

曼丽急了："不是，这是两码事。"

"在我这里就是一回事。"罗知南故意问，"难不成，你还在意他？"

曼丽瞪眼："我才不在意他！我是觉得，我不能被人绿了吧？"

"法律上没有一方出轨就净身出户这一说，所以你探究个真相是没意义的。"罗知南透过玻璃门往里面看了一眼，"你就盯着他把活干完，这就行了。其他的不用多想。"

曼丽不情愿地答应了。罗知南潇洒地摆了摆手，离开了育儿室走廊。她忍不住笑了笑，因为曼丽的确是按照何铭的预判，开始琢磨老公毛亚能了。

想起何铭，罗知南心里有些空荡荡的。

等到了下班，罗知南算到姜媛回家了，拿了一盒蒋红梅包好的饺子上了楼。姜媛正坐在沙发上工作，见罗知南在外面，赶紧开了门："罗经理，你来啦？"

"给你送饺子来了。"罗知南进了房间，将饺子放下。

姜媛一边倒茶，一边问："罗经理，其实你是想向我打听何总的事，对吧？"

罗知南差点绷不住了，不会是连姜媛都看出他俩的恋情了吧？她赶紧掩饰："不是，想到哪里去了？"

"何总最近两天吧，确实挺高光的，我不想说他的八卦都不行。"姜媛啧啧地说。

罗知南心思活络起来："发生什么事了？"

"你知道吗？咱们公司来了大资本！"姜媛满脸的憧憬和向往。

"谁？"罗知南望向旁边一堆金融杂志。姜媛端着杯子走过去，翻出其中的一本，"你知道金鳞家族吗？对于这个神秘家族的报道，完全不像其他资本家族那样频繁而广泛，但金鳞家族确实掌握着巨大的财富。哎，我在金融杂志里见到的人物，居然就活生生地出现在我面前，哪怕我只是远远地望了一眼，也是……"

"你看清楚了吗？"

"没有。"

罗知南无语，用杂志轻打了她的头一下："那你自然也是不知道，她来我们公司做什么？"

"我这个级别……我怎么知道啊？"姜媛快快地说，忽然想到了什么，"哦对了，金鳞家族的成员Suki指明要跟何总聊，这两天跟何总走得很近！"

姜媛翻出杂志，指了指上面的金发美女Suki。美女的大眼睛魅惑而火辣，罗知南心里顿时警铃大作。

"走得近？有多近啊？"

姜媛想了想，说："一同吃饭、打高尔夫，我好像还听说约去游泳了？"

罗知南愣了愣，下意识地望向杂志上面，Suki的照片。Suki那傲人的胸围和一手可握的腰围，的确很有视觉冲击力。她作为一个女人都很难把持住，更何况何铭这种男人呢？

投资人Suki是富豪家族的掌门人的大孙女，美艳火辣。但是金鳞家族的继承，一直秉承优胜劣汰的竞争法则，并不拘泥于性别。也就是说，Suki是可以争得一席之地的，关键是要看她要如何去做，找什么样的帮手。

如果Suki和何铭走得近，那何铭可能是她选择的帮手。

现在家族继承已经到了第五代，在这一局被淘汰的人，要看和继承人之间的关系远近，才能决定能吃到多大的面包屑。淘汰的成员多半从事广告传媒方面的工作，也就是在这种契机之下，金鳞家族的神秘面纱才得以被揭开。不过，即便是现代了，家族人员都是没有婚姻自由的，联姻依然是他们生存的重要手段。

现在，金鳞家族即将确定下一任的继承人，Suki肯定不会放过这个往上爬的机会的。

"我明天去趟公司。"罗知南扔开杂志。

姜媛蒙了："你不是在休假吗？"

"不休了！"罗知南提步就往外走。

一条大鱼上钩了,她怎么能不钓呢?

更何况,这条大鱼好像还对何铭有意思。她作为合法妻子,得去会会这条大鱼是不是?

## 2

罗知南在第二天,风风火火地赶到了公司。柳雨茜很是及时地将她喊到办公室,告诉了她金鳞家族和Suki的事情。

"Suki代表金鳞家族,想要参股我们飓风公司。实际上,是她看中了何铭手里的'盘古'技术,想用这个技术来开发她之前布局的一个AI机器人保姆项目,只要谈判顺利,她就会引入技术入股和支付专利费用。"柳雨茜简单介绍完情况,总结了一句,"这对于我们公司是很好的一次合作。"

罗知南在心里盘算了起来,问:"Suki是只要我们技术入股和支付专利费用吗?需要看我们公司的具体运营吗?"

"只要我们技术入股,她不管我们公司的具体运营。"

罗知南心里一喜,这次终于不是烂摊子项目了!

她知道,金鳞家族的Suki不在乎飓风公司的具体运营,也不在乎公司到底怎么运营,Suki就是投资未来,抢占世界资源的最前列,以及用来当作家族内斗的筹码。对飓风公司来说,这是一块难得的肥肉,投入成本低,现金收入和股权回报却很高!

不过,Suki作为冲击金鳞家族继承人的选手,跟她合作,过程应该不会简单和轻松!

罗知南知道柳雨茜根本不敢接手这个项目,于是说:"柳总,我可以负责这次和金鳞家族合作的对接工作,然后尽快做出投资回报的模型,给公司参考。"

所谓的投资回报的模型,在这次合作中非常重要。罗知南承担的是对接工作,也就是具体合作方案的策划者,她需要列出股权分配的多种方式,以及大家不同合作方案下的利益测算。同时,她也会参与谈判,为公司争取最大的利益。

"那太好了,我还在想你刚刚结束休假,未必肯去做这项工作。"柳雨茜笑着说,"不过这对你来说也还是个机会,可以结交上流社会。"

罗知南深知,这是给上流社会服务还差不多,压根到不了结交的层面。但她还是附和柳雨茜说:"是,谢谢柳总给的机会。"

半小时后,罗知南来到常务副总的办公室。

何铭升职后,办公室比以前更加私密和气派。罗知南在秘书的带领下来到办公室。何铭坐在办公桌后,抬头看着她,神色如常:"我们又合作了,罗经理。合作完这个项目,你应该可以是罗总了。"

"我不在乎是不是罗总,我只在乎我能为公司带来多大的利益。"罗知南不卑不亢地说。

何铭笑了:"你这番冠冕堂皇的话,留给外人去说,和我不必这样。"

几天不见,他春风满面,气度不凡。罗知南故意话中带刺:"我也只能为公司争取利益,做好一个工具人的本分了。不像何总您,您美人在侧,一日看尽长安花。"

"美人?哪里有自己说自己是美人的?"何铭故意逗她。

罗知南气恼:"我说的是Suki大小姐,她不是最近几天和你走得很近吗?听说你们要去游泳?"

"不是,要去骑马。"

"好吧,差不多意思吧。"罗知南摊手。

何铭递给她一杯咖啡:"原来是吃醋了。别误会,我和Suki就是商业伙伴,我再怎么留恋纸醉金迷,也不至于这个时候沉迷女色。明天上午9点,跟我去参观Suki的AI版图。"

罗知南一想到要和Suki正面交锋,立即绷紧了神经:"还有其他的安排吗?"

"有,"何铭靠近罗知南,压迫感十足,"今天晚上,你回梅心小居。"

罗知南哼了一声:"觉得一个人很孤独是吧?"

"早饭做多了,一个人吃不掉。"

罗知南就知道他狗嘴里吐不出象牙,瞪了他一眼:"行,剩饭我一个人吃,我想和你谈一谈我们接下来的策略,以及预估下可能发生的事情。"

何铭这才恢复了常态,和她认真聊了起来。罗知南从他的描述中得知,Suki是一个过于顺利的小公主,对任何项目都抱有一种乐观的态度。但她背后的智囊团队可不好搞定。

"我知道了,我回去会好好构思应对策略。"罗知南公事公办地说完,转身出了办公室。何铭还想说什么,罗知南并不给他机会,而是飞快地关上了门。

回到梅心小居,罗知南将自己关在屋里,开始翻看金鳞家族的资料。这些资料都是在杂志上看不到,何铭传给她的。她看着电脑,将Suki的形象一点一点地勾勒了出来。

这是罗知南的习惯，她喜欢通过查看资料，在脑海中对客户进行形象描摹。等到了见面的时候，再通过一些细节进行修正和补充。短短的时间里，她就能最快速度地掌握到客户的个性。

她一直看到下半夜，才沉沉睡去。等到了早上6点钟，她准时醒来，起床刷牙洗漱，却意外地发现厨房的灯亮着，何铭已经在里面忙碌了。

"不是吧，你几点起来做饭？"罗知南惊讶地推开厨房门。

何铭笑了笑说："也就刚起来，我喜欢一边慢慢吃早餐，一边慢慢想事情，这样比较从容不迫。"

"哦，那跟我还是很像的。"罗知南打了个哈欠，但心里却泛起了嘀咕。她还是第一次看到何铭这样认真地对待一个人。也许，那个Suki真的是一个得罪不起的大客户。

吃完饭，何铭和罗知南没有去公司，而是直接开车去了Suki在本市的研发中心。研发中心位于本市的科技城，寸土寸金，高楼大厦鳞次栉比。何铭和罗知南验证过身份，在秘书的带领来到了Suki的办公室外。

秘书拿起门外的电话："Suki小姐，何先生到了。"

"让他进来。"一个好听的声音传来。

秘书推开办公室的门，示意何铭和罗知南进去。罗知南刚想让何铭进去，门内却忽然冲出一个金发美人，一把将何铭搂住："何，我真是太想你了！"

美人在怀，何铭被闹了个大红脸，罗知南整个人都要裂开了。不过，她还来不及说话，一股香味就猝不及防地蔓延开来，呛得罗知南打了一个喷嚏！

金发美人就是Suki，她扭转视线，疑惑地打量着罗知南："这位小姐是谁？是何的朋友吗？"

是情敌。罗知南在心里咬牙说。

"我是这次合作的对接人，叫我罗小姐就好。"罗知南好脾气地说。

Suki不高兴地噘起嘴巴："何，你非要一来就谈工作吗？"

何铭笑呵呵地说："Suki小姐，我迫不及待地想要给你介绍'盘古'的技术，也很想了解咱们以后的开发合作。咱们来日方长，你说呢？"

Suki这才点头："那好吧，不过我要准备准备。你们先进来吧。"

罗知南面无表情地看着俩人疑似调情的你来我往，内心实在激不起一丝波澜。生意场上没有真性情，轻易说出口的话绝非真心。如果说昨天她还有一些醋意的话,那么今天,那点醋意早已蒸发殆尽!

她跟着何铭走进办公室,行事拘谨,并暗中打量 Suki 的办公室。所幸 Suki 还算守时,很快就在休息室里收拾好一切,向两人挤挤眼睛:"走吧。"

罗知南跟着 Suki 来到了研发中心的核心营地,入门关卡足足有五道,都需要指纹验证和虹膜识别。研发室内,专业的技术人员向何铭和罗知南介绍了 Suki 一手打造的 AI 版图、智能机器人、智能 AI 办公系统等。等介绍完毕之后,罗知南在心里已经对 Suki 的商业意图有了一个初步的评估。

"Suki 小姐真是年轻有为,这不是一般人的魄力能做下来的。"何铭一半是商业互吹,一半是发自内心地赞叹 Suki。

Suki 妩媚一笑:"何,做这个 AI 商业版图,我投入了大量的金钱和心血,如果你的技术能加入,那一定是明珠般的存在。目前的状况是我们在股份和专利使用费上还没有达成一致。"

"这一点可以和对接人具体聊。"何铭扭头看了一眼罗知南,"她很专业,一定能够促成你和飓风之间的合作。另外关于'盘古'技术,我也想对你阐明它的优势。'盘古'的命名寓意开天辟地,已经经过我的团队进行了各种专业的驯化,所以这项技术比同类技术有更好的优势。还有,'盘古'尚未投入任何市场项目,具有独一无二的特性。这项技术原本就是明珠,无须谁的追捧。"

最后一句,仿佛是回应 Suki 之前的话。Suki 露出一个迷人的微笑,轻轻拍了拍手:"何,我没有看错人。不过,你的技术暂时没有投入任何市场项目,也就是说,会有一定的市场风险。除了金鳞家族,还真的很少有资本会有这样大的胆量。"

"富贵险中求,这也是金鳞家族的立足根本。"

Suki 看何铭并不相让,微笑着说:"OK,那我们这边的团队经过尽职调查之后,会尽快给到你们一份融资方案,如何?"

何铭和罗知南起身,和 Suki 握手:"谢谢认同,我们期待合作。"

之后的活动就是娱乐活动,他们一起去球场打高尔夫球,去骑马。Suki 处处表现出对何铭的亲密和好感,对罗知南则有一种莫名的疏离。

休息的时候,何铭去拿酒,Suki 突然很热情地靠近罗知南:"罗小姐,你跟何是情侣吗?"

"Suki 小姐,我和他是同事,因为我们的公司文化是不可以有办公室恋爱。"罗知南礼貌地回答。

Suki 捂着嘴，笑着说："不对哦，我看到他一直在看你，很像是男人看女朋友的眼神呢！"

罗知南不得不佩服 Suki 眼神的毒辣，不过她也没打算缴械投降："不会，因为我是对接人，他有一些决定是需要征求我的意见的，所以才会看我。"

"哦，原来是这样。"Suki 随手从手腕上脱下一只手镯，"我看罗小姐你很投缘，这只镯子送你了。"

罗知南赶紧拒绝："不不，我们是不能收取客户的礼物的。"

"我看你投缘，想送给你，又有什么关系？"Suki 不由分说地戴到她手上，"真好看，你就戴着吧。"

罗知南只好收下。这是某全球奢侈品品牌的手镯，价值 5 万元的限量版。虽说价值不菲，但罗知南还是感到了某种羞辱。

如果是真心送别人礼物，那应该是送新的，哪怕那礼物只有 200 块的价值。但如果把一个 5 万元的二手手镯送给别人，那就类似于宫斗剧中给宫女的赏赐，有一种居高临下的态度。

罗知南心里窝着一层火，但不好发作。何铭拿酒回来，一眼就看到了罗知南手腕上的手镯。但他不动声色，而是开了酒，倒了三杯酒，逐一递给 Suki 和罗知南："Suki，让我们为今天的相聚而举杯。"

Suki 优雅地举起杯子，轻轻喝了一口。

等活动结束，罗知南坐进车里，何铭扣上了安全带，才松了口气，说："知道我为什么让你来了吧？外国人真的是太热情了，我这种人和她们相处起来真的很不习惯。"

"我看你乐在其中。"罗知南呵呵一笑。

"我是苦不堪言好吧，Suki 有未婚夫的，只不过没有宣布而已。"何铭很认真地说，"反正，今天我让你看到全程了，我有恪守本分。"

罗知南望向车窗外，表示对他的男德没有兴趣："没关系，反正我们是协议夫妻，你不用严格遵守婚姻的规则。"

"那怎么行？两年的协议里，我都会表现得像一个丈夫。"何铭斩钉截铁地说。他拿起罗知南的手腕，将镯子褪了下来，"别戴了，找机会我还她。"

罗知南半开玩笑地说："5 万块，说不要就不要？"

"别人的旧手镯要来作什么？"何铭说，"回头我送给你新的。"

"假清高。"罗知南心头微暖,仿佛升职之前的何铭又回来了。那时候的他没有太高深的算计,也不会冷眼示人。

不过,她偷偷看了何铭一眼,他眼底的冷峭是藏不住的。她只能走一步看一步了,然后才知道何铭到底想要做什么。

## 3

两周后,罗知南拿到了 Suki 团队给出的融资方案,顿时感觉有些不妙。Suki 要求的持股比例,实在是太高了。

董事会上,罗知南很认真地对董事长季书楠报告:"我个人认为,Suki 的方案里,虽然表面上对公司经营并不参与,但是持股比例过高,随时会通过股东大会控制董事会和经营权。而且,金鳞家族虽然表面上是一体的,但是股权穿透以后实际控制人分别掌握在三个继承人的手里,一旦他们发生斗争,公司随时会成为权力斗争的炮灰。"

季书楠问:"比如说呢?"

"比如,一旦他们有撤资、拉拢的行为,就会造成董事会决策复杂化,不利于公司运营。"罗知南谨慎地说,"我认为,这份融资方案还需要再进行协商和修改。"

季书楠看向其他董事:"你们怎么看?"

董事们一阵沉默。

就在这时,何铭举起了手,说:"季总,我认为,公司目前作为世界前沿的技术和项目,最重要的就是资金支持研发、基建和运营,如果对融资不能大刀阔斧,畏首畏尾,将会错过风口期。"

他话音落地,有几名董事开始点头,很显然更认可何铭的意见。

罗知南有些急了:"季总,我们既然要合作,就要稳扎稳打,不能留存一些隐患啊。"

季书楠微微点头:"那我们再跟金鳞家族协商沟通具体的合作条款,争取避免任何疏漏。"

散会后,罗知南来到何铭的办公室,皱着眉头说:"何总,您不觉得董事会上,您要大刀阔斧地签订这份合作方案,太过冒险和激进了吗?"

何铭看她:"罗经理,如果大家都畏首畏尾,那么谁来去抢占风口呢?你要知道技术研发是很烧钱的,金鳞这样的家族可遇而不可求!"

"给我时间,我可以去谈判,但是 Suki 要求的这个持股比例,绝对不行。"罗知南很冷静地说,"我不会给公司留下任何后患!"

何铭点了点头，说："好，那你就坚持自己的正义，只要你能搞定Suki，行吧？"

罗知南叹了口气，伸出手掌："镯子给我。"

"Suki 送你的那只？"

"对，"罗知南说，"我去找人谈判，我还嫌弃人家送的礼物，这不是打脸吗？镯子给我吧，我去见 Suki 的时候，要戴的。"

何铭眼眸深深地看着罗知南，阔步走到办公桌后，从抽屉里拿出那只奢侈品镯子。他语气有些落寞地说："你辛苦了。"

"只要为了公司好，一切都是值得的。"罗知南说，然后将桌子戴到了手腕上。

接下来的几天时间里，罗知南不停地和 Suki 的团队进行沟通和谈判，但是 Suki 一直没有松口持股比例的问题。罗知南内心有些焦灼，她体会到了，为什么柳雨茜将这块骨头留给自己了。

另外，Suki 脾气很古怪，不是找不到人，就是经常约她去一些奇奇怪怪的地方。罗知南开着车满城跑，很多时候到了半夜三更才能回到家。

这天，她回到梅心小居之后，又是半夜 12 点。

何铭看她疲惫的样子，劝她说："要不你就答应 Suki 的条件吧，季总也没有说那个持股比例不行，你何必要坚持？"

罗知南毫无形象地躺在沙发上，双目失神地望着天花板："你也觉得我是一个毫无情商、很轴很难搞的人？"

"我不是那个意思。"

"你别误会，我倒是觉得这都是优良品质。"罗知南扭过头看着何铭，"我刚毕业那会儿，与人为善，事事为别人考虑，最后我得到了什么？工作业绩不合格，好几个项目的合同出现了接二连三的漏洞和错误。我后来就明白了一点，但凡合作过程中哪里让你感到不舒服了，不自在了，绝对要死磕下去，一定要把任何合作细节给整明白！何铭，我不需要高情商，我只需要把工作干好了。我宁愿合作不成，我也不让任何人以后来恶心我。"

何铭默默地在她身边坐下，递给她一张毯子："你的确不需要高情商，放轻松。我只是觉得这段时间你太辛苦了。要不，明天我陪你去，有我在场，她不会那么公主病。"

罗知南瞪了何铭一眼："绝对不行！虽然我不会吃醋，但我也不想看到 Suki 揩你的油！"

何铭刚想说什么，罗知南忽然接到了一条短信。她打开手机一看，顿时倒抽了一口冷气。

那是 Suki 发来的：罗小姐，明天我们上午 10 点在这里见面吧，关于合作，我有个新情况要和你说。

地址，居然是一家高奢婚纱店。

罗知南顿时感到头皮发麻。什么叫作有新情况？

"她又要弄什么幺蛾子？她那边变动一点，我这边都要向董事会报告。"罗知南揉着眉心。

何铭看着那婚纱店的地址，淡淡地说："恐怕，是跟她要结婚的对象有关系。"

"她要跟谁结婚？"

何铭想了想，说出了一个航海大亨的名字。

"我也是多方打听到的消息，明天你就当不知道。"何铭同情地看着罗知南，"有任何情况，记得及时给我电话。"

# 第十九章　我们要站在阳光之下

## 1

第二天，罗知南向公司说明情况后，匆匆来到了这家高奢婚纱店。高奢婚纱店二楼，Suki 正在和两名年轻女子坐在沙发上说说笑笑，见到罗知南，并未起身，而是招呼她说："罗小姐，你来得刚好。"

"Suki 小姐，上午好。听说您要订婚纱对吗？"罗知南问。

Suki 点了点头，说："是啊，可是我一早晨已经试了好几件了，都没有合适的，好烦呀。"她笑嘻嘻地继续说："要不你帮我试吧，我看你和我的身材很相似的。"

罗知南为难地说："这不太好吧，而且 Suki 小姐，你说有合作上的新打算要和我说。"

"一边试婚纱，一边说嘛，我天天忙得很，哪里有坐下来仔细谈判的时间？"Suki 打了个哈欠。

罗知南无奈，只能去试婚纱。店员为她拿了最名贵的婚纱来试，裙子层层叠叠地拖地。罗知南好不容易穿好，从试衣间里走出来，Suki 端详她之后，摇头："不好看。"

"罗小姐，再试试这件吧？"店员让罗知南再试几套其他的婚纱。罗知南无奈，抱住婚纱问 Suki："Suki 小姐，你对合作有什么想法，就先告诉我吧。"

Suki 冷笑着说："如果是你之前说的，觉得我持股比例过高，那我真的无话可说。你们是技术入股，本来就没出钱。还让我减少持股比例，这合适吗？"

这一刻，她再也没有之前温文尔雅的形象，而是变得咄咄逼人。罗知南反倒是暗中松了一口气，知道关键节点来了。

"虽然我们是技术入股，但是未来溢价的情况也是显而易见的，既然这么看好这个技术，就不应该按照目前的技术成本作价，应该按溢价。"罗知南说，"Suki 小姐，你再追加一亿元，持股不变。另外虽然你不参与经营，但我可以让你有 10% 份额的投票权，以防万一，怎么样？"

Suki 和小姐妹们对视一眼，小姐妹们微微点头，似乎认同了罗知南。

"这个解决方案还不错。"Suki 说,"不过,我马上要结婚了。"

"恭喜。"罗知南心里高兴起来。看样子,Suki 已经答应了追加投资,这一上午的婚纱没有白试穿,她给公司争取来了一亿元!

"不过,我的未婚夫要求占股'盘古'这个项目。"Suki 摊了摊手,"但是金鳞家族的其他成员不同意这件事。"

真是高兴不过三秒。

罗知南顿时心思电转,Suki 实际上是拿着金鳞家族的钱去投资,金鳞家族不同意一个外人参与到这个项目中来,担心股权平衡被打破,也是正常的。

"你帮我想想办法,怎么才能让金鳞家族同意我未婚夫参与。"Suki 站起身,抱着胳膊走向罗知南。

罗知南无奈地说:"实在不行,就引入一个基金公司,这类基金公司只求回报也是不参与经营的,然后让基金公司与您和未婚夫签署代持协议。"

Suki 翻了个白眼:"你这是侮辱金鳞家族的智商!会有人相信吗?罗小姐!"

"那……"

"你好好想想吧,不然我会考虑,要不要追加一亿元。"Suki 傲慢地说。

罗知南尴尬之际,只能将手里的婚纱递给店员,并对 Suki 说:"我会再出一个合适的方案的,请您再等一些时间。"

这一刻,她见识到了资本的冰冷和傲慢。

"最好快一些,不然我没有耐心。"Suki 冷冷地说,"婚纱你还没试完呢,继续啊。"

罗知南淡淡地说:"Suki 小姐,婚纱好不好看,需要未婚夫来进行评定,我不太适合试穿婚纱。"她抬起手腕看了看手表,"我还有事,需要回一趟公司,告辞了。"

"你!"Suki 小姐脸色微变。

罗知南不理会,转身走向试衣间。她忍了一上午的怒气,在这一刻终于得到了释放。

也许这是一场家族联姻,Suki 和未婚夫没有爱情,所以才会缺席试穿婚纱的环节。但罗知南知道,这不过是 Suki 给自己的羞辱和磨难罢了。这样级别的富豪,穿的婚纱肯定是世界知名设计师的独家打造,怎么可能是高奢婚纱店能满足的?她今天忍气吞声地试穿婚纱,不过是为了套出 Suki 口中的真正想法罢了。

## 2

果然，Suki 的团队在第二天就向飓风公司发难，明里暗里点名罗知南不够专业，给出的合作方案让人无法接受。

会议室里，柳雨茜当着何铭的面批评罗知南："罗经理，我让你去跟 Suki 对接，你怎么能得罪这样的一个财神爷呢？"

罗知南装作很无奈地叹气："柳总，Suki 还让他的未婚夫介入进来，你说金鳞家族的人怎么可能答应啊？"

何铭说："柳总，要不然你来做这个对接人吧，罗经理能力有限，我也觉得她不是很适合。"

柳雨茜张口结舌，没想到何铭和罗知南居然这么快就缴械投降。她何尝不想促进金鳞家族达成合作？但她知道，Suki 向来难伺候，她如果担任对接人，那么 Suki 会把折腾罗知南的招数在她身上再使一遍。

没办法，柳雨茜只能说："罗经理，可能我太打击你的信心了，你既然是对接人，就对接到最后，好吧？"

罗知南点了点头。

何铭看着柳雨茜，慢条斯理地说："我拜托柳总，安抚 Suki 的情绪。谈判过程本来就会有各种突发状况和不愉快，我们不需要过度反馈对方的意见。还有，我们是一个阵营的人，不需要对内施压。"

这句话的潜台词就是，不让柳雨茜再大呼小叫地责怪罗知南。柳雨茜怏怏地答应了，而罗知南则感激地看了何铭一眼。

下午，罗知南就提出了解决方案。

既然金鳞家族担心的是，Suki 未来的老公要求是同股同权，那他们在自己的生意领域容易被外人参与经营权，那么罗知南就建议，只保留 Suki 未来老公的收益权，也就是同股不同权。

这样，满足了 Suki 很想让老公参与到这个项目中来，又能让金鳞家族不那么忌讳的要求了。此外，Suki 虽然持股 10%，但她追加一亿元的投资，日常没有公司决策权，只有投票权。

这个方案提出来之后，皆大欢喜。Suki 一方很快就签订了相关的协议，并且按部就班地进行着相关的步骤。罗知南因为金鳞案办得不错，升职为部门副总监，姜媛则从助理升为了经理。

对罗知南来说，这不是第一次升职。不过，她走进新办公室，却看到桌子上摆放着一只大花束。

这不会是何铭送的花吧？

罗知南捧起花束，却发现里面只有白玫瑰、康乃馨和百合花，并没有红玫瑰的身影，心里"咯噔"了一下。

她想起刚才在电梯里看到了Suki，Suki怀里也抱着一束花，只不过那花束里全部都是火红的红玫瑰。

Suki的脸上洋溢着幸福的笑容。

难道，花是何铭同时订购的，只不过红玫瑰给了Suki，白玫瑰给了她？

都什么年头了，还在玩白玫瑰和蚊子血，红玫瑰和白饭粒那一套？

罗知南拿起手机，给何铭发了一条讽刺意味的微信："谢谢何总送的花，真是让我受宠若惊。没有一朵红玫瑰，何总的眼光是真的好。"

何铭没有回复。

就在这时，门口传来了一声："罗总。"

罗知南回头，看到姜媛眼眶红红地站在门口，吃了一惊："姜媛，你怎么了？怎么哭了？"

"罗总，恭喜您升职，也谢谢您平日里的悉心教导。"姜媛走进来，擦了擦眼睛，忍不住落泪，"这束花是我送给你的，再次祝贺您。"

"你送的？"

姜媛点头："是的，我想给你一个惊喜。"

罗知南尴尬，这花居然是姜媛送的？那她刚才讽刺何铭，就很没有道理了。她赶紧打开微信，想要撤回那条消息，却发现已经过了2分钟，无法撤回。

"罗总？"姜媛见她不说话，以为她不喜欢自己的选的花。罗知南赶紧干笑："我喜欢，我很喜欢。"

姜媛点了点头，说："罗总，晚上因为金鳞案，咱们公司举办晚宴，我也参加。"

这是姜媛第一次有资格参加公司的高端晚宴。她的眼睛里亮晶晶的，升职让她重新看到了希望。

等到姜媛离开，罗知南打开对话框，想跟何铭说些什么，却发现词穷。她反省了一下自己的冲动，发现自己还是因为吃了Suki的醋。

没办法，谁让她爱上了一个招蜂引蝶的男人。

## 3

晚上，罗知南一袭长裙来到晚宴现场。她惊讶地发现，自己已经从以前的配角，一跃成为主角。

看来，金鳞案让她在公司一战成名了。

董事长季书楠端着酒杯走过来，轻轻地和她碰杯："小罗，你是我见过的最有干劲的年轻人，以后继续加油干。"

"谢谢董事长。"罗知南忍不住内心激动。同时，她也用眼角瞥到了柳雨茜和张恒的目光，那是带着嫉妒的目光。

无所谓，优秀的人才被人嫉妒。

虽然季书楠只敬了一杯酒，就立即和Suki和她的团队谈话去了，但这对罗知南来说，还是得到莫大的面子。只是，她下一刻就看到了Suki热情地和何铭交谈，两人的组合还是吸引了大部分人的目光。

罗知南心里空落落的，她是不屑于雌竞的，但看到Suki和何铭之间的互动，总是心里哪里有些不舒服。

"小南，恭喜你升职。"身后突然传来了苏雨的声音。

罗知南惊讶地回头，看到苏雨："苏雨，好久不见。"

一两个月不见，苏雨变得成熟和深沉了。他和罗知南碰了下高脚杯，然后看向Suki和何铭："小南，要不是Suki快要结婚，何铭真的能跟她传出一些娱乐新闻。"

罗知南被说中了心事，但她并不打算投降："他不屑于这样。"

"别误会，虽然是娱乐新闻，但是那可是Suki的男人，爆出来是能给他增加不少商业价值的。"苏雨话里有话地说。

罗知南不想管太多，落寞地回到长桌前，往盘子里夹一些食物，慢慢地吃了起来。苏雨凑到她身边，说："小南，有没有想过未来的打算？我都替你感到不值，升一次职，你要披荆斩棘。这不公平。"

"谢谢，想过未来，未来是现在的延伸，所以这条荆棘之路我打算还是要走下去。"罗知南说，"谁都想走康庄大道，不是那么简单的。"

说话的时候，她看到何铭也在往这边遥遥地看。

这是公众场合，她和他不能暴露出恋爱的事实，也只能这样两两相望。罗知南心里有些发苦，正想离开，忽然听到何铭的声音："大家好，今晚的气氛非常好，我想借此机会，宣布我个人的一件喜事。"

罗知南惊讶地回头，看到何铭站在落地话筒后，正笑眯眯地看着大家。众人纷纷猜测，不知道何铭要说什么。

"我结婚了。"何铭很认真地说。

众人哗然，罗知南也愣住了。苏雨说不上来是兴奋还是意外，走到她身后低声说："小南，你之前口口声声维护何铭，还跟他一起办了个玩具结婚证,其实人家早就有女朋友,还结婚了?"

罗知南不理苏雨,只是往前走了一步。

"本来打算让我太太来到现场的,但是我太太是一个非常羞怯的人,我只能单方面宣布这个喜讯。"何铭看着罗知南,继续说,"服务生马上给大家送上喜糖和喜酒,谢谢大家能在这里分享我的喜悦,也谢谢季总给的场地,非常感谢。"

说完,何铭向季书楠点了点头。季书楠十分意外:"小何,深藏不露啊,给了我一个大大的惊喜。"

Suki 颇有玩味地看着何铭,举起手中的高脚杯:"恭喜何总,也恭喜您的夫人。"

何铭一一应对,但目光时不时地落在罗知南的身上。罗知南知道他的用意,低头轻笑,心里荡漾起一阵阵涟漪。

"何总,说说你和太太是怎么认识的?"人群中有人起哄。

何铭淡淡一笑,说:"我非常,非常爱我的太太,就是这样。"

人群欢呼起来,似乎在庆祝自己亲眼见证了一场爱情修成正果。罗知南站在人群中,目光和何铭遥遥相接,然后——

她低眸一笑。

这算是,公开的告白吧?

晚宴结束后,人们纷纷散去,罗知南在此时收到了何铭的微信:"来地下车库二层 C 区 30 号。"

她心领神会,匆匆来到了约定地点。何铭在车里坐着,看到她走过来,打开车灯。罗知南环顾左右,发现无人注意到她之后,才坐进车里。

刚落座,她就忍不住和何铭拥抱。就连这样甜蜜的时刻,他们也是偷偷摸摸地才能进行。

许久,何铭松开罗知南,眼睛里是藏不住的深情:"对不住,没和你商量,Suki 前几天就要给我介绍女朋友,我实在是……"

"这下子省事了,是吧?"罗知南"扑哧"一笑。

何铭低头,不好意思地说:"反正我说的是实话,他们也不知道我的太太究竟是谁。"

"你的喜糖,挑得还不错。"罗知南拿出喜糖,剥开一颗放到嘴里,"原来自己吃自己的喜糖,是这种感觉。谢谢你呀,何先生。"

何铭笑了笑:"也谢谢你,罗夫人。"

## 4

两颗心如果相爱，那么同居仿佛是水到渠成的事情。

早晨，罗知南在何铭的床上醒来，扭头看着他沉睡的侧脸，以及光裸的上半身，有些羞涩。

昨天晚上，她和何铭终于迈出了关键性的一步。虽说是意料之外，却也在情理之中。

只是……

罗知南开始前前后后地捋起了她和何铭说过的话。她是不婚主义者，何铭也是。那么他们现在这样，是放弃了曾经不婚的想法，真正地结婚了，还是只不过是男女寂寞，露水情缘？

这么想着，罗知南有些惴惴不安。她看了看床尾散落的衣服，伸手去拿，却惊醒了何铭。何铭一把将她搂住，按回到床上，鼻音很重地说："再睡会儿，今天周末。"

"我八点半就要和我妈视频了，我妈要是看到我在一个陌生男人的房间里，不得杀了我？"罗知南起床穿衣服。

何铭坐起来，沉默了三秒钟后，说："要不，我们可以这样……循序渐进地跟阿姨说，我们谈恋爱了。然后过一段时间再告诉她，我们结婚了。"

罗知南一愣，瞪圆了眼睛看何铭："我可告诉你，我妈那人不是一般人，你要是和我谈恋爱，被她知道了，她这辈子就吃定你了！你看我跟苏雨，我跟他还没怎么样呢，我妈就天天念叨。咱俩要是告诉她我们谈了恋爱，那还真的是……啧啧。"

这也是她没有谈过恋爱的原因。

毕业这么多年，在蒋红梅的允许下，她也尝试过和几个男人相亲见面，但是蒋红梅每次都跳出来打乱节奏。不是逼着人家做出一辈子的承诺，就是各种怀疑对方的人品。结果所有的男人都被蒋红梅这种架势给吓跑了。

何铭听了，笑呵呵地说："没关系，我可以接受。现在先打预防针，总好过将来被她猛然知道，受刺激强。"

罗知南想了想，道理是这么个道理，只是……

她试探地看着何铭："那你现在是什么意思？你放弃不婚主义了？"

何铭摸了摸罗知南的脑门："什么不婚主义？我什么时候说过？你是不是发烧了？"

罗知南拿起枕头，嗔笑地砸在何铭身上："你坏！"

于是,毫无预防地,罗知南带着何铭回了家。到家的时候,蒋红梅已经怀孕快6个月了,刚做完产检回来,正坐在客厅的沙发上休息。曼丽陪蒋红梅回来,正在忙里忙外地倒水。

罗知南开门进来:"妈,你看谁来了?"

蒋红梅捧着水杯,怔怔地看着何铭拎着礼品走进来。曼丽也呆住了:"小南,你们……"

"何铭现在是我男朋友了,我带他回来见见大家。"罗知南红着脸说,"爸是不是买菜还没回来呢?"

何铭很懂事地说:"阿姨好。"

蒋红梅扶着肚子站起来,一脸不可思议的表情。忽然,她破涕为笑:"小南,你真是遂了我的愿了!真好,我马上让你爸爸回来!"

"我妈一直很喜欢你。"罗知南低声对何铭说了一句,就让他去跟蒋红梅聊天,然后自己去厨房洗水果。曼丽乐滋滋地跟过来,碰了碰罗知南的胳膊:"你居然把他往家里带了?你们真的确定关系了?"

罗知南红着脸点了点头。

曼丽笑了:"好家伙,之前还说各种不确定呢,还协议结婚,结果现在倒好,果然是女人翻脸比翻书还快!"

罗知南赶紧竖起手指,嘘了一声:"你别说出去啊,我和他先扮演情侣,然后再订婚,最后把结婚的事情告诉我妈。"

"我说,你们是不是把顺序弄反了?"

"这……没办法啊,我妈不能激动,对吧。"罗知南将洗好的水果放在果篮里沥水,担忧地往外看了一眼。

"也是,你们这样情有可原。"曼丽擦了擦手,笑得灿烂,"我等着吃你们的喜糖。"

就在这时,门响了。

罗知南还以为是父亲回来,忙端着水果从厨房出来。然而,来人不是别人,正是老猫。老猫看到罗知南,不好意思地笑了笑:"今天逛超市,看到鱼很新鲜,所以给你们送来两条。你们今天来客人啊?那曼丽——"

曼丽从厨房出来,老猫继续说:"曼丽,人家家里来客人了,你等会儿就回家吃饭。"

这对小夫妻之间的状态,已经完全不像之前那样别扭了。罗知南看曼丽满脸羞涩地点头,扭头问她:"你们之间到底发生什么了?"

曼丽不好意思地拿过罗知南手里的水果,让她放下,然后拽着罗知南进了卧室。罗知南看她那小女人的模样，已经猜到了大概："你跟老猫和好了，是吧？"

曼丽羞红了脸，抿唇笑了起来。

罗知南从房间里出来，将曼丽送到了对面。门开了，曼丽的婆婆穿着围裙开门，再也不是以前那样凶神恶煞的模样，整个人都变得温和了。

"妈，曼丽的婆婆从那天起，再也没有来咱家找事？"罗知南回到客厅，问蒋红梅。

蒋红梅笑了："她呀，她天天跟你李叔吵架，李叔是我年轻时候的同事，她就算找我闹事，也要看李叔的面子吧？再说了，曼丽现在跟毛亚能又和好了，再也没有嚷嚷离婚的事了。"

罗知南看了一眼何铭："跟你的预判一模一样啊，真行。"

何铭笑了笑说："我是觉得，凡事都有转机，不需要那么极端。"

蒋红梅惊喜："是你给出的主意？小何，你还真行啊！"

在蒋红梅的叙说下，罗知南大概知道了这些天，曼丽和毛亚能身上都发生了什么变化。

起初，曼丽和毛亚能都在育儿室工作，曼丽只是为了她的新书而取材，实际上内心深处并不是真的喜欢孩子。毛亚能则是为了追回曼丽，实际上也不懂得怎么照顾孩子。

很快，曼丽就被育儿室的负责人喊到办公室里谈话。负责人希望他能退出，因为也看出了他的确太年轻，在照顾孩子上经验不足。这时，毛亚能走进了办公室，帮曼丽说话，告诉负责人，虽然曼丽没有经验，但是曼丽很细心，比如第一天上午，她都能发现柜子没有经过固定，看出这对于孩子是一个潜在的危险。

在毛亚能的请求下，负责人答应让曼丽再做一段时间。曼丽和毛亚能的关系，就在这个节点上彻底发生了转变。曼丽看到毛亚能每天忙里忙外，将每一个孩子都照顾得井井有条，渐渐觉得他是一个可靠的男人。

此外，毛亚能居然在恶补儿童心理学，更是勾起了曼丽的兴趣。在这之前，她一直觉得心理学是一门华而不实的学科，有很大水分。

另一边，毛亚能和曼丽开始明里暗里撮合婆婆和李叔。让他们很是意外的是，李叔和婆婆不打不相识，很快就打得火热。精神上有了依靠，婆婆也不再追着曼丽打骂了。相反地，在小区邻居的劝说下，婆婆对曼丽也有了很深刻的理解，婆媳关系彻底冰消。

渐渐地，曼丽也发生了改变。她不再把"离婚"挂在嘴上，而是开始冷静地去看待婚姻中出现的问题。虽然曼丽现在仍然没有放弃丁克的想法，但毛亚能也没再对这个问题有任何过度反应。当你不把一个问题当成一个问题的时候，这个问题就不会再影响你的生活。

所以，毛亚能和曼丽现在关系越来越好，虽然还没有恢复到最初的模样，但也是差不多了。

蒋红梅说完，欣慰地说："曼丽这孩子我特别喜欢，看着她幸福快乐，我比谁都开心。如果她能改掉把'离婚'挂嘴上的习惯，就更好了。"

何铭沉默了一下，突然问："我能问一问，曼丽的原生家庭是什么样的吗？她的母亲在她小时候去世后，她爸爸有再娶吗？"

罗知南愧疚地说："我还真没问清楚过，我对曼丽太不关心了。"

蒋红梅说："我知道，她和我说了。"

那一刻，罗知南觉得曼丽和蒋红梅才是闺蜜。

"曼丽很可怜的，她妈妈去世后，爸爸很快给她娶了一位继母。继母对她很好，但是爸爸和继母的关系却很糟糕，经常吵架。继母本来要离婚，但离婚前夕发现自己怀孕了，就选择了忍气吞声。现在，这段婚姻吵吵闹闹也20多年了。"

何铭问："那曼丽的生母，和爸爸的关系怎么样？"

蒋红梅想了想："也不怎么样，好像也是时不时地争吵，不过时间太久了，曼丽也没有说太多。"

人生就是这样，换一个人结婚，并不会换掉亲密关系的内核，也不会更换掉这个人和伴侣的相处模式。

何铭突然说："曼丽把'离婚'挂嘴边，很可能是在替母离婚，这是一种很常见的心理现象。"

"替母离婚？"蒋红梅和罗知南非常诧异。

"很多父母以为不离婚，就是给了孩子一个完整的家庭。但实际上，对孩子来说，和谐的家庭才是一个完整的家。如果一对父母整天吵架却不肯离婚，那么就会在孩子的心里留下一道阴影。等到孩子长大了之后，就会产生'替母离婚'的想法，她会在自己的婚姻里选择决裂的。"

蒋红梅恍然大悟："原来还有这种说法？"

"是的。"

"唉，没想到做父母的一举一动，对孩子的影响是这么大。"蒋红梅看着罗知南，"我可能对小南管控太严格了，是因为我背负着以前的伤害，迟迟不肯放下……希望小南能摆脱掉我给的阴影，跟何铭好好地走

下去。"

罗知南惊呆了:"妈,你说什么呢?"

蒋红梅居然道歉了?这真的是破天荒的头一遭。

罗知南想不到,固执的蒋红梅还有改变的一天。也许是因为怀孕,也许是因为曼丽,也许是因为以前的老朋友。总之,蒋红梅再也没有以前的阴郁、敏感和多疑,整个人变得开阔起来。

只见蒋红梅将罗知南的手握住:"妈早就想和你说了,这段时间我也想了很多,以前对你的态度是不对的。"她的眼中闪烁着泪光,"你就忘了妈以前的压迫,勇敢地向前看,以后跟何铭好好地过。"

罗知南红着脸看了何铭一眼,何铭也有些不好意思。俩人心里都忍不住对未来憧憬起来。

"妈,我对你也有亏欠的地方。"罗知南轻轻抱住蒋红梅,眼角酸涩,"我对你只有躲,没有真正的沟通。这一点,曼丽做得比我好多了。"

"傻孩子,你们都是我的好女儿。"蒋红梅说。

罗知南抱住蒋红梅,眼眶红了。

一转眼,几个月之后,罗知南多了一个小妹妹。

小婴儿非常可爱,手指头粉粉嫩嫩。罗知南和何铭但凡有时间,就会回来照顾妹妹。只是照顾婴儿真的很累,也多亏了何铭帮忙照料,总算是还过得去。

罗知南终于把小妹妹给哄睡了,走到阳台,看到何铭正在晾衣服。她有些愧疚地说:"哎呀,又让你付出了一天的劳动。"

"没关系,就当为以后的生活事先做练习了。"何铭意有所指地摸了摸罗知南的肚子。

罗知南脸一红,捶了他一拳:"那你打算什么时候,告诉我爸妈,我们是真的扯证结婚了?"

"就现在吧,现在是他们最幸福,心情最平稳的时候。"何铭想了想,说,"当然,也是我们最幸福的时候。"

他们当初商量好的,两年后就离婚的决定,早已被他们抛到脑后了。如今的何铭和罗知南,只想携手共度一生。

窗外,阳光正好。